천외천의 주인 40 완결

2023년 10월 12일 초판 1쇄 인쇄
2023년 10월 17일 초판 1쇄 발행

지은이 한수오
발행인 강준규

기획 이기헌 왕소현 임동관 박경무 강민구 조익현
책임편집 오영란
마케팅지원 이원선

발행처 (주)로크미디어
출판등록 2003년 3월 24일
주소 서울시 마포구 마포대로 45 일진빌딩 6층
Tel (02)3273-5135 Fax (02)3273-5134
홈페이지 rokmedia.com E-mail rokmedia@empas.com

ⓒ 한수오, 2020

값 9,000원

ISBN 979-11-408-0727-7 (40권)
ISBN 979-11-354-8621-0 04810 (세트)

한수오 신무협 장편소설

완결 ④⓪

천외천의 주인

천상천하유아독존天上天下唯我獨尊

차례

독중지성毒中之聖 (1)   7

독중지성毒中之聖 (2)   43

천하유일天下唯一 (1)   79

천하유일天下唯一 (2)   115

천하유일天下唯一 (3)   151

천하유일天下唯一 (4)   187

천하유일天下唯一 (5)   223

천지개벽天地開闢   259

종장終章 반년 후   297

에필로그 — 끝이 아닌 또 다른 시작   325

독중지성 毒中之聖 (1)

풍잔의 비무대회는 모든 사람들의 술안주가 되어서 몇 날 며칠 동안 회자되며 어수선한 분위기를 연출했다.

다음 날 아침 일찍 거사에 참가할 명단이 발표되는 바람에 더욱 그럴 수밖에 없었다.

다만 누구는 애써 들뜬 기분을 감추고, 또 다른 누구는 못내 실의의 빠져서 술맛이 달다 쓰다를 따지는 와중에도 한 가지 사실만큼은 풍잔의 모든 식구들의 가슴을 웅장하게 만들어 주었다.

그날 누구도 알아차리지 못했을 정도로 한순간 나서서 금안혈승과 혈지주를, 그것도 격돌하고 있는 그들을 마치 어린아이처럼 가볍게 다루었던 설무백의 무위가 바로 그것이었다.

강호 무림인들은 타인의 목숨을 은밀하게 취하는 살수를 멸시하고 경멸하면서도 다른 한편으로 매우 경계하고 두려워하는 모순적인 감정을 지니고 있었다.

금안혈승과 혈지주는 그런 강호무림의 살수들 중에서도 사대살수로 꼽히는 고수들인 것이다.

과연 얼마나 강해야 그런 살수들을 그처럼 손쉽게 다룰 수 있을까?

안 그래도 설무백을 외경(畏敬)의 대상으로 여기며 존경하던 풍잔의 식구들은 이제 더 이상 그를 자신들과 같은 사람으로 보지 않았다.

사람의 범주를 벗어난 초인이요, 능력의 한계를 알 수 없는 초월자(超越者)로 보았다.

유일무이(唯一無二)라는 말이 공공연하게 나돌았다.

천하제일(天下第一)이라는 단어를 서슴지 않고 설무백의 이름 앞에 붙였다.

그러나 정작 당사자인 설무백은 그사이 자신을 평가하는 것은 다른 누구도 아닌 자기 자신이라는 말처럼 자신의 부족함을 채우기 위해서 두문불출, 내내 거처의 지하에 있는 연무실을 벗어나지 않고 있었다.

황금왕 신이립을 통해서 얻는 다라제일경 일원을 통해서 아직 자신의 내공인 천기혼원공과 융화되지 않은 채 흡사 포도송이처럼 주렁주렁 단전에 뭉쳐 있는 여타 진기들을 합일시키기 위해서였다.

물론 쉽지 않은 일이었다.

설무백은 몇 날 며칠을 매달리고 있었지만, 이렇다 할 성과를 이루지 못했다.

분명 다라제일경인 일원의 구결을 관통하는 것은 서로 궤를 달리하는 진기를 융화해서 하나로 조화시키는 공릉이었다.

그러나 막상 될 듯 될 듯하면서도 되지 않았다.

그의 단전에 포도송이처럼 매달려서 따로 존재하는 진기들을 녹이고 흩으려 놓기는 했으나, 그게 다였다.

어느 일부가 융화되면 다른 것이 되지 않고, 다른 것이 융화되면 이미 융화되었던 일부가 떨어져 나갔다.

흡사 목에 걸려서 넘어갈 듯 넘어가지 않는 가래처럼 혹은 다가올 듯 다가오지 않는 연인처럼 그의 애간장만 태우는 상황의 연속이었다.

이유는 간단했다.

천기혼원공이 경지에 달한 그의 내공은 너무도 거대하고, 그간 그가 흡정흡기신공인 흡령력으로 흡수한 진가들은 너무나도 다양한 까닭이었다.

다만 세상의 이치는 실로 오묘해서 간단한 이유는 오히려 간단하게 해결되지 않는 경우도 있는 법이다.

하물며 답을 알고 나면 절로 실소를 자아낼 정도로 간단한 문제일지라도 답을 알기 전에는 세상 그 어떤 문제보다도 더 복잡하고 어려운 법인 것이다.

작금의 설무백이 그랬다.

그 바람에 그는 하루에도 몇 번씩이나 심마에 빠져서 위태로운 순간을 넘겼다.

심한 경우 생사의 기로를 헤매기도 했다.

그래도 그는 포기하지 않았다.

지금도 충분하다는 달콤한 유혹이 방해하고, 여차하면 주화입마에 빠져서 돌아올 수 없는 강을 건너게 된다는 두려움이 다시금 그를 심마에 빠지게 했지만, 그는 이를 악문 채 버티고 또 버티며 길을 찾아 헤맸다. 그리고 기어코 주화입마에 빠졌다.

아니, 그런 줄 알았다.

처음에는 복잡하게 뒤엉킨 머릿속에서 쾅 하는 소리가 들렸다.

그다음에 몸이 싸늘하게 식어 가며 호흡이 끊어질 듯 미세하게 가라앉았다.

코에 솜털을 가져다 대어도 흔들리지 않을 정도로 숨이 멎어 갔고, 오감에 대한 느낌이 사라졌으며, 기의 흐름이 전혀 감지되지 않는 공허한 상태가 되었다.

말 그대로 시체와 다름없는 상태였다.

와중에도 정신은 살아서 설마 이대로 죽는 건가 했으나, 묘하게도 고통은 없었다.

죽은 것 같지만 죽지 않았고, 깨어나고 싶지만 깨어나지 못하는, 요컨대 완벽한 공백과도 같은 상태였다.

그때 그것이, 바로 다라제일경 일원의 공릉이 발휘되기 시작했다.

일원의 공릉은 그가 시체처럼, 즉 그의 육체가 아무것도 없이 텅 비워진 완전한 기의 공백 상태로 변하자 활성화되기 시작한 것이다.

아니, 이건 애초에 일원이 그의 육체를 지금처럼 만들어 놓기 위해서 그렇듯 끈질긴 줄다리기를 했다고 봐야 하는 상황이었다.

순간, 그의 몸에서 변화가 일어났다.

우선 수많은 색이 섞여서 하나의 색으로 변화하려면 그것이 무엇이든 휘휘 휘젓는 도구와 그에 따른 변화가 필요한 것처럼 그의 단전이 요동쳤다.

그리고 단전에서 뿜어져 나간 기운이 그의 전신을, 사지백해에 파란을 일으켰다.

설무백으로서는 그저 느낄 뿐, 아무것도 반응할 수 없는 상태에서 벌어지는 현상이었다.

가부좌를 틀고 앉은 설무백의 전신에 불길이 치솟았다.

삽시간에 의복이 타 버리며 드러난 그의 피부가 새빨갛게 물들어 가며 크게 부풀어 오르기 시작했다.

마치 이미 탱탱한 고무공에 필요 이상의 바람을 불어넣는 것 같은 모습이었다.

당장이라도 펑 하고 터질 것 같은데, 막상 터지지는 않아서 그의 몸은 손과 발만이 겨우 구분될 정도였다.

일원의 공릉이 천기혼원공으로 극대화된 그의 내공에 그간 섞이지 않고 따로 뭉친 채로 공존하고 있던 여타 진기들을 조화시키며 일어나는 팽창이었다.

다만 다행히도 설무백의 육체는 그동안 천기혼원공에 기반해서 철마신의 경지와 무극신화강의 조화로 인해 충분히 강하고 단단하게 변화되어 있었다.

보다 정확히 말하면 금강불괴와 다름없어서 외부는 물론 내부의 그 어떤 타격도 너끈히 견딜 수 있을 정도로 강인한 육체였다.

그 때문이었다.

설무백의 육체는 실로 당장에 터질 것처럼 크게 부풀어 올랐으나, 정작 터지지는 않았고, 그사이에 그의 내부인 단전과 사지백해는 거대한 소용돌이처럼 빠르게 돌아가는 기의 흐름으로 폭주했다.

그간 그의 체내에서 따로 응축되어 있던 모든 진기들이 천기혼원공과 조화를 이루며 하나가 되어 가는 과정이었다.

그 순간부터 그의 육체는 크게 부풀어 올랐다가 다시 본연의 모습으로 돌아가기를 반복했다.

동시에 육체의 변화가 일어났다.

용광로처럼 검붉게 타오르는 공간 속에서 눈부신 은발이 우수수 빠져서 타 버리고, 흑단처럼 윤기 흐르는 검은 머리카락이 새순처럼 스르륵 자라나서 길게 늘어졌다.

붉은 피부가 쩍쩍 갈라지며 검불처럼 떨어져서 타 버리는 가운데, 새살이 돋아나고, 새로운 손톱이 자라나서 기존의 손톱을 밀어내서 태워 버렸다.

설무백이 세 번째 맞이하는 환골탈태(換骨奪胎)였다.

설무백의 내부에서 소용돌이치던 격랑이 서서히 가라앉기 시작한 것은 그와 동시였다.

설무백은 혼절하지도, 잠들지도 않았고, 무아지경에 빠지지도 않았기 때문에 자신의 변화를 하나에서 열까지 모두 다 세세하게 느꼈다.

포도송이처럼 따로 뭉쳐 있던 여타 진기들이 물처럼 녹아서 천기혼원공과 조화되는 과정과 그 순간에 자신의 내부에서 일어난 변화도 고스란히 체감했다.

혈맥이 굵어지고 단단해졌다.

피부는 이전보다 매끄러워졌으나, 근골은 더욱 질겨지고, 강인하게 변화했다.

단전에서 용암처럼 분출되어서 사지백해로 뻗어 나가며 폭주하던 진기가 순한 양처럼 고분고분 단전으로 돌아와서 자리하는 것도 여실히 느낄 수 있었다.

설무백은 그제야 확실하게 느꼈다.

그의 내공은 완전한 하나로 조화되어 있었다.

그는 본능처럼 천기혼원공을 운기했다.

그 순간, 그를 기점으로 거대한 폭발이 일어났다.

꽈광-!

거대한 폭음 속에 천장을 비롯한 사방팔방이 밀려 나갔다.

천기혼원공과 조화를 이루지 못한, 정확히는 조화를 이룰 필요가 없는 불필요한 진기의 찌꺼기가 그의 전신 모공을 통해서 분출되는 바람에 일어난 폭발이었다.

　

"뭐, 뭐야?"

설무백의 거처가 자리한 전각은 삼 층으로, 설무백 혼자 쓰는 건물이 아니었다.

일 층인 그의 거처에는 그가 떼어 놓은 요미와 철면신, 공야무륵, 고고매 등이 대기하는 중이었고, 이 층과 삼 층에는 각기 광풍대의 상위 서열들이 거처로 사용하고 있었다.

그들 대부분이 반사적으로 신형을 날렸다.

폭음과 함께 전각이 크게 진동하며 무너지기 시작한 것이다.

모두가 분분히 신형을 날려서 전각을 벗어나는 와중에 밖에서는 반대로 사람들이 몰려들고 있었다.

다른 곳도 아닌 설무백의 거처였다.

주변에 있던 경계들은 물론, 저 멀리 있던 풍잔의 모든 고수들까지 부리나케 몰려드는 것이다.

"자객인가?"

어디에 있다가 왔는지는 몰라도, 한줄기 유성처럼 하늘에서 떨어져 내린 검노의 질문이었다.

가까운 곳에 있다가 그보다 먼저 도착해 있던 제갈명이 절레절레 고개를 저었다.

"그럴 리가요! 감히 누가 여기까지……!"

제갈명의 대답이 끝나기도 전에 요미가 외쳤다.

"오빠는?"

모두가 주변을 두리번거렸다.

그러다가 다들 안색이 변했다.

설무백이 보이지 않는 것이다.

요미가 새파랗게 질린 얼굴로 무너진 전각을 바라보았다.

전각은 불길이 일어나고 있었다.

"서, 설마……?"

요미는 미친 듯이 내달렸다.

고고매도 다급하게 그녀의 뒤를 따라붙었다.

공야무륵이 반사적으로 신형을 날려서 그녀들의 앞을 막아섰다.

"왜……?"

요미가 흠칫 놀라 멈추자, 공야무륵이 쓰게 웃으며 말했다.

"너희들은 안 돼!"

"그게 무슨 소리야!"

"주군께서 옷 좀 가져와 달라신다."

"응?"

요미와 고고매만이 아니라 주변의 모두가 어리둥절해하고 있었다.

공야무륵이 그런 주변의 둘러보며 어색한 미소를 흘렸다.

"수련 중에 무언가 실수하신 것 같네요."

"실수?"

주변의 모두가 새삼 어리둥절해하는 사이, 공야무륵이 곁에 있던 두 명의 광풍대원을 붙잡고 말했다.

"너는 상의, 너는 바지 좀 벗어라."

두 명의 광풍대원이 급히 상의와 바지를 벗어 주었다.

공야무륵이 그 옷가지를 들고 불길이 치솟기 시작한 전각으로 가까이 내밀었다.

순간, 그의 손에 들린 옷가지가 마치 누가 낚아챈 것처럼 빠르게 전각의 불길 속으로 사라졌다.

고도의 허공섭물이었다.

그리고 이내 무너진 전각의 불길 속에서 방금 사라진 옷을 걸친 설무백이 걸어 나왔다.

어느새 활활 타오르고 있는 전각의 불길이 스스로 길을 열어 주고 있었다.

모두가 안도하는 와중에 요미가 설무백의 변화를 알아보았다.

"오빠 머리가……?"

설무백은 그제야 자신의 백발이 검은 머리카락으로 바뀌었다는 사실을 인지하며 피식 웃었다.

"나쁘지 않지?"

그때 설무백의 외모가 아닌 내면의 변화를 감지한 사람들이 있었다.

그중의 두 사람, 환사와 천월이 털썩 무릎을 꿇으며 감격해 마지않았다.

"대공을 성취하신 것을 경하드립니다, 주군!"

좌중의 모두가 그제야 설무백의 변화를 인지했다.

지금의 설무백에게서는 이전의 모습에서 엿볼 수 있던 강인함이 사라지고 백면서생처럼 여리게 보이는 모습이었으나, 그 속에 자리한 미지의 힘과 위엄을 느낄 수 있었다.

적어도 지금 이 자리에 몰려든 사람들 중 태반은 능히 그 정도는 느낄 수 있는 고수들인 것이다.

"경하드립니다, 주군!"

⁂

설무백은 때 아닌 폭발로 놀라서 몰려든 사람들을 해산하고 몇몇 핵심 요인들만을 취의청으로 불렀다.

검노와 쌍노, 예충, 태양신마, 반천오객의 삼인 등 풍잔의 수뇌부를 구성하는 십삼인의 요인과 태산파의 수뇌 삼인인 담대성, 한상지, 마결, 그리고 양가장의 장주인 양웅이 바로 그들이었다.

상황이 상황인지라 다들 하고 싶은 얘기가 많은 표정들이었는데, 어쩐 일인지 선뜻 나서서 입을 여는 사람이 없었다.

와중에 그들의 뒤를 따라서 취의청으로 들어온 두 여인, 검매 사문지현이 작은 소반을 들고 들어와서 상석에 앉은 설무백의 면전에 내려놓았다.

소면과 소채 등이 차려진 소반이었다.

"드세요."

설무백은 절로 눈을 멀뚱거렸다.

회의를 하자고 사람들을 불러 모은 자리인데 음식을 가져와주니 당황스럽기 짝이 없었다.

그런데 묘하게도 군침이 돌았다.

급격히 허기가 느껴지고 있었다.

"며칠이나 지났지?"

설무백은 혹시나 하며 슬쩍 제갈명을 향해 물었다.

막 자리를 잡고 앉은 제갈명이 자신에게 던지는 질문인지 모르다가 뒤늦게 자신을 바라보는 그의 시선을 의식하며 급히 대답했다.

"아, 엿새입니다."

"엿새······?"

설무백은 적이 당황했다.

운기행공에 몰입해서 자신도 모르게 하루나 이틀의 시간을 보낸 경험이 없지는 않았으나, 이렇게 오랜 시간을 보낸 것은 실로 오랜만의 일이었다.

"지금이 자시(子時 : 오전11~1시)이니, 거의 이레가 지난 겁니다. 안 그래도 다들 오늘 밤만 더 기다려 보자 했습니다. 다들 걱정이 많으셨거든요."

설무백은 멋쩍은 표정으로 면전의 소반을 들었다.

"그래도 여기서······."

검매가 슬쩍 내민 손으로 소반을 지그시 눌러서 다시 내려놓게 만들며 말했다.

"드세요. 지금!"

설무백은 고개를 돌려서 검매의 시선을 마주했다.

검매의 눈빛이 위압적으로 느껴졌다.

"아, 뭐, 그러지 그럼."

설무백은 바로 수긍했다.

검매가 그래도 물러나지 않고 그대로 서 있었다.

"지금 당장······?"

"예."

설무백은 검매의 짧은 한마디에 다시금 바로 수긍하며 서둘러 수저를 들어서 소면을 먹었다.

시장이 반찬이었는지는 몰라도 생선을 우려 낸 국물에 말은 소면은 감칠맛이 아주 그만이었다.

불과 서너 번의 젓가락질 만에 그리 작지 않은 그릇에 담긴 소면을 먹어 치워 버렸을 정도였다.

"한 그릇 더……?"

"아니, 됐어. 나중에."

설무백은 급히 사양했다.

먹을 때는 잠시 잊었으나, 다 먹고 나니 좌중의 시선이 느껴져서 무안하기 짝이 없었다.

다행히 검매가 더 권하지 않고 조용히 소반을 물렸다.

늘 그렇듯 철면신과 함께 설무백의 뒤에 시립하고 거구의 고고매가 재빨리 그녀의 손에 들린 소반을 낚아챘다.

"치우는 건 내가 하지."

"아니, 괜찮은데……!"

"내가 괜찮지 않아. 만들지 못하니 치우는 거라도 해야지. 마음에 걸리면 나중에 시간 내서 만드는 거나 좀 알려 줘."

"……."

검매가 살짝 머뭇거렸다.

고고매의 투박한 진심이 그녀를 당황스럽게 만든 것이다.

"그러죠."

고고매는 그제야 소반을 들고 밖으로 나가고, 검매가 애써 침착하게 자리를 잡고 앉았다.

제갈명이 눈치 빠른 사람답게 슬쩍 한마디 하는 것으로 자칫 어색해질 수 있는 분위기를 바로잡았다.

"신선놀음에 도끼자루 섞는지 몰랐나보죠? 다들 궁금하실 텐데, 그 얘기부터 하고 넘어가는 게 좋을 것 같네요."

설무백은 간단명료하게 사정을 밝혔다.

"별거 아냐. 전부터 부조화를 이루는 진기들을 몸에 담고 있어서 적이 거북했는데, 때마침 그걸 정리할 수 있는 신공을 얻어서 해소한 거야. 근데, 그게 이렇듯 긴 시간이 걸릴 줄은 몰랐네. 괜한 걱정을 끼쳐서 미안하게 됐어."

좌중이 술렁였다.

사람의 몸을 그릇으로 말하는 경우가 있긴 하지만, 정작 사람의 몸은 그릇이 아니었다.

사람의 몸은 작은 우주라 불릴 정도로 더 없이 복잡하고 다양한 구조였다.

무인이 오랜 수련의 결과로 그 속에 쌓은 진기를 마치 그릇에 담은 볍씨처럼 골라내고 솟아 내는 것은 실로 가당치 않은 일인 것이다.

"그걸 어떻게……?"

검노가 황당해하는 모두를 대표하듯 물었다.

"대체 어떤 신공이 그것을 가능하게 한단 말이오?"

설무백은 대수롭지 않게 대답했다.

"다라제일경인 일원."

"예에……?"

좌중 모두의 눈이 커졌다.

천마십삼보와 함께 천하제일로 회자되는 다라십삼경의 전설을, 그것도 그중 최고를 아무렇지도 말하는 설무백의 태도에 다들 놀라고 또 어처구니가 없다는 반응이었다.

설무백은 그 때문에 어쩔 수 없이 다라제일경 일원을 얻게 된 사연을 밝혔다.

그리고 말미에 제갈명을 향해 말했다.

"……내친김에 하는 말인데, 우리와 북경상련이 다 소모하지 못하는 비단이나 차, 특산품 등을 거인상련으로 보내면 어떨까 해. 그쪽도 꽤나 규모가 큰 곳이니, 우리 문제가 어느 정도 해결되지 않을까?"

"꽤나 규모가 큰 곳이요?"

제갈명이 황당하다는 투로 말을 받았다.

"거인상련은 북경상련과 더불어 대륙을 반분하다시피 하는 거대상련입니다. 천하의 그 어떤 상인들의 조직도 강북의 북경상련과 강남의 거인상련을 벗어나서는 그 어떤 장사도 쉽게 할 수 없다는 사실을 아직도 모르시는 겁니까?"

설무백은 무색한 표정으로 반문했다.

"좋다는 소리지?"

"어디 이르다 뿐입니까!"

제갈명이 장담하며 부연했다.

"뭐 일단 세부적인 사안은 엄 대인과 논의를 해 봐야겠지만, 이거 아주 대박입니다. 잘만 하면 손 안 대고 코를 풀 수도 있겠는 걸요?"

신나서 대답하는 제갈명과 달리 다른 사람들은 내내 멍한 표정으로 설무백만 주시하고 있었다.

그들에겐 다라제일경의 전설과 그에 따른 설무백의 비약이 다른 무엇과도 비교할 수 없는 비상한 관심인 것이다.

설무백이 뒤늦게 그들의 기색을 인지하며 물었다.

"왜들 그래요?"

검노가 기다렸다는 듯이 대꾸했다.

"몰라서 물으시오?"

설무백은 이해할 수 없었다.

"모르겠는데?"

검노가 자못 삐딱하게 설무백을 바라보았다.

"나는 지금 당장 주인과 비무하고 싶소. 대체 내가 왜 이럴 것 같소?"

설무백은 고개를 갸웃했다.

이번에도 그는 검노의 진위를 이해할 수 없었다.

"대체 왜들 그러는 건데요?"

검노가 화를 낼 것처럼 얼굴을 붉히는 참인데, 예충이 나서며 먼저 말했다.

"지금 주군의 모습 때문에 그렇습니다."

"지금 내 모습이 어때서……?"

"지금 주군의 모습은 기도나 기풍(氣風)이 혹은 기세 또는 기백이라 불리는 후천지기(後天之氣)의 자연스러운 발로(發露)가 이전과 완전히 다릅니다."

설무백은 이제야 무언가 알 것도 같아서 피식 웃으며 물었다.

"뭐가 어떻게 다른데?"

예충이 대답하려 하자, 이번에는 검노가 나서서 말을 가로챘다.

"분명 무언가 변한 것 같기는 한데, 이전에 우리가 아는 화후가 엿보지 않고 있소. 주인이 제아무리 오래전에 본연의 내공을 깊숙이 갈무리하는 반박귀진의 경지를 넘어섰다고 해도 이건 말이 안 되는 일이오."

검노는 잠시 말을 끊고는 보란 듯이 두 눈을 가늘게 좁히며 설무백을 직시하다가 이내 고개를 절레절레 흔들며 다시 말을 이었다.

"우리 정도 되는 늙은이가 되고 보면 알게 모르게 길러진 통찰력으로 인해 상대가 누구라도 자연스레 읽히는 화후가 있는 법이고, 실제로 며칠 전만 해도 주인의 화후를 어느 정도 엿볼 수 있었소. 그런데 지금의 주인은 아무리 다시 봐도 내공 한줌 없는 백면서생이오. 분명 조금 전에 주인이 내공을 발휘하는

천외천의
주인

모습을 내 눈으로 똑똑히 봤는데도 불구하고 이러니, 정말이지 귀신이 곡할 노릇이다 이 말이오, 내 말은!"

설무백은 이제야 검노를 비롯한 좌중의 태도를 제대로 이해하며 자신도 모르게 미간을 찌푸렸다.

"나는 잘 모르겠는데?"

검노가 우거지상을 하는 가운데, 태양신마가 불쑥 말했다.

"사람이 다 그렇지. 자기 배꼽은 볼 수 있어도 자기 똥구멍은 볼 수 없는 법이지."

"더럽게 똥 얘기는……!"

"똥이 어때서? 세상에 똥 안 싸고 사는 사람도 있나?"

"지금 내 얘기는 그 얘기가 아니잖아!"

"내 말이 틀린 말도 아니잖아!"

"틀리지!"

"뭐가 틀려!"

"자기 똥구멍도 거울로 비춰 보면 볼 수 있으니까 틀린 말이지!"

사람은 가끔 자신도 모르게 혹은 우연찮게 당면한 문제의 답을 찾아내는 경우가 있다.

지금 검노가 그랬다.

태양신마와 언쟁을 벌이던 그는 갑자기 안색이 변해서 설무백을 향해 말했다.

"아, 저기, 그래서 말인데, 어디 한번 내가 잠시 그 거울이 되어 보면 안 되겠소? 그러니까……."

태양신마가 불쑥 끼어들었다.

"똥구멍을 비춰 보게?"

"똥구멍을……!"

검노가 얼떨결에 말을 받다가 멈추고는 잡아먹을 듯이 태양신마를 노려보았다.

"자꾸 끼어들래?"

태양신마가 천연덕스럽게 헤하고 웃으며 대꾸했다.

"그 거울에 나도 끼워 주면 안 하지."

태양신마도 방금 검노와 같은 생각이 들었던 것이다.

"……."

검노가 잠시 말문이 막힌 표정으로 태양신마를 노려보다가 이내 귀찮다는 듯 손을 내저으며 고개를 돌려서 설무백을 바라보며 씩 웃었다.

"어떻게 가능하겠소, 주인?"

도무지 오리무중인 설무백의 경지를 가늠해 보기 위해서 비무를 청하는 것이다.

그러자 너도나도 나섰다.

"내친김에 저도……!"

"이왕이면 저도……!"

의외의 인물도 지원했다.

"저도 한번 해 보고 싶소만……?"

저편 구석에 앉아서 내내 침묵을 지키고 있던 북산현하각의 검군 적용사문이었다.

검노가 자못 근엄하게 적용사문을 타일렀다.

"자네는 안 돼. 객이지 우리 식구가 아니잖아."

적용사문이 상대가 상대인지라 반발도 하지 못한 채 실망한 표정을 지었다.

그다음 순간에 그의 옆에 앉아 있던 검영이 나서며 말했다.

"그럼 저는 되죠? 이젠 저도 엄연히 풍잔의 식구니까요."

검노가 어색해진 표정으로 입맛을 다시다가 마지못한 듯 고개를 끄덕이며 수긍했다.

"자네야 뭐 상관없겠지."

설무백은 내심 고소를 금치 못했다.

정작 당사자인 그는 아무런 생각이 없는데, 자기들끼리 이미 결정이 난 것처럼 논의하고 있지 않은가.

제갈명이 그런 그의 속내를 읽은 것처럼 그 순간에 시큰둥한 태도로 나서며 말했다.

"다들 안 됩니다. 그럴 시간 없습니다."

검노가 버럭 했다.

"네가 뭐라고 안 된다는 거야!"

제갈명이 평소 습관대로 한 대 칠 것처럼 주먹을 쳐드는 검노를 보면서도 눈 하나 깜짝하지 않고 히죽 웃으며 손가락으로 자기 자신을 가리켰다.

"저 누군지 모르세요? 여기 풍잔의 군사인데?"

검노가 벌떡 일어나서 재차 버럭버럭하려다가 그만두며 슬며시 고개를 돌려서 설무백을 보았다.

이제야 지금 이 자리가 어떤 자리고, 누가 같이 있는지가 떠오른 모양이었다.

제갈명이 그러거나 말거나 태연하게 다시 말했다.

"일전에 주군께서 연기한 거사의 시일이 며칠 남지도 않았습니다. 아직 거사를 다시 연기할지 아니면 그대로 밀고 나갈지도 결정하지 않은 마당에 비무가 웬 말입니까?"

검노가 슬며시 자리에 앉았다.

동조했던 사람들도 머쓱해져서 딴청을 피웠다.

그때 풍잔의 수문장 위지건이 취의청의 문이 열고 안으로 들어와서 보고했다.

"손님이 방문했습니다, 주군!"

위지건의 보고가 끝나기도 전에 두 사내가 모습을 드러냈다.

전혀 어울릴 것 같지 않은 그들, 두 사내는 바로 황하의 강상교와 장강의 하백이었다.

강상교와 하백은 취의청에 자리한 요인들의 위세에 적잖은 위화감을 느끼는 모습이었다.

두 사람 다 전에 없이 굳은 태도로 쭈뼛거리다가 자리에서 일어나는 설무백을 보고서야 안색을 풀었다.

대신에 위지건의 안색이 굳어졌다.

그는 대번에 돌아서서 취의청으로 들어서려는 강상교와 하백의 앞을 막아서며 질타했다.

"누가 따라오라고 했소?"

강상교와 하백의 앞을 막아선 위지건은 더 없이 불쾌한 기색, 얼음처럼 싸늘한 눈빛이었다.

그런 그의 태도만으로도 취의청의 모두가 상황을 짐작할 수 있었다.

강상교와 하백은 객청에서 혹은 밖에서 기다리라는 그의 지시를 어기고 뒤를 따라온 것이다.

강상교가 대답 대신 멋쩍은 미소를 흘렸다.

고의든 실수든 옳지 않은 자신의 행동에 대해서는 어떤 식으로든 인정하고 넘어가는 성정의 그인지라 선뜻 대꾸를 못하는 것이다.

반면에 하백의 태도는 전혀 달랐다.

그 어떤 상황에서도 옳고 그름을 따지기에 앞서 누르면 가차 없이 반발하고 보는 성정의 소유자가 그인 것이다.

"젊은 친구가 뭐 이리 빡빡해? 친구 좀 보자고 먼 길 달려온 사람을 객청 구석에 처박아 두니 기분 나빠서 따라왔다, 왜? 그게 그리도 아니꼽냐?"

위지건이 한층 더 삭막해져서 화를 냈다.

"입향순속(入鄕循俗)이라 했소! 세상 어디를 가든 그 지역의 풍속이나 규칙을 따르는 게 도리인 거요!"

하백이 코웃음을 쳤다.

"내가 그런 걸 따지고 살았으면 수적이 되었겠냐?"

위지건이 기세를 일으켰다.

"나 역시 그래. 그런 사정까지 봐주는 놈이었으면 문지기가
안 됐지."

하백이 눈살을 찌푸렸다.

강아지도 자기 집 앞에서는 한 수 먹고 들어간다는 식으로
그냥 하는 말이나 위협이 아니라 실제로 싸우려고 드는 것을
느낀 것이다.

"나 참……!"

하백은 '뭐 이런 놈이 다 있지' 하는 표정으로 위지건을 쳐다
보다가 슬쩍 고개를 돌려서 설무백을 향해 말했다.

"어이, 친구. 아무리 봐도 얘 아주 꽉 막힌 녀석 같은데, 안
도와줄 거야?"

설무백이 대답을 하려는데, 검노가 먼저 나서며 윽박질렀
다.

"그러게 뭐 주워 먹을 게 있다고 쥐새끼처럼 남의 뒤를 따라
와! 시키는 대로 곱게 기다렸으면 대우 받고 좋았잖아! 걔가
고집부리면 우리도 못 말리니까, 어서 사과하고 끝내!"

하백이 설무백을 향해 물었다.

"너도 그래?"

설무백은 심드렁하게 반문했다.

"넌 저 녀석이 지금 왜 화를 내는지도 모르지?"

하백이 눈을 끔뻑거렸다.

"우리가 자기 지시를 어기고 따라와서 저러는 게 아냐?"

설무백은 끌끌 혀를 차며 말했다.

"저 녀석이 지금 화를 내는 건 그게 아니라, 그 사실을 감지하지 못한 자기 자신에게 화가 나는 거고, 그래서 싸우려는 거야. 사나이 자존심 문제라 나도 막기 싫다. 그러니 어지간하면 정중히 사과하고 끝내라."

하백이 삐딱하게 물었다.

"사과하지 않으면?"

설무백은 대수롭지 않게 대꾸했다.

"한 번 싸우고 끝내면 되지."

"잉?"

하백이 어이없는 표정을 지었다.

곁에 서 있는 강상교는 한술 더 떠서 볼썽사나운 우거지상이 되었다.

강상교의 입장에선 그럴 수밖에 없었다.

그는 대외적으로 문무를 겸비한 고수라는 평가를 듣는 사람답게 작금의 강호무림을 활보하는 고수들의 자료가 거의 빠짐없이 머릿속에 저장되어 있었고, 거기에는 장강의 패주인 하백도 예외가 아니었다.

그리고 그 자료에 따르면 하백은 차라리 죽으면 죽었지 싸움을 피하지 않는 승부욕과 열여덟 살 처녀보다도 더 강한 자존심의 소유자였다.

그는 얼마든지 사과할 수 있지만, 하백이 일개 문지기에게 사과한다는 것은, 도저히 기대할 수 없는 일인 것이다.

그런데 사람이 살다 보면 왕왕 전혀 기대하지 않은 일도 겪게 되는 법이다.

"쩝쩝……!"

하백이 입맛을 다셨다.

그러고는 어쩔 수 없다는 듯 한숨을 내쉬며 위지건을 향해 공수했다.

"그래, 이제 보니 내가 잘못했네. 사과한다. 이유야 어쨌든 친구 집을 방문해서 난장을 칠 수는 없는 일이니, 네가 너그럽게 용서해 주라. 응?"

위지건이 제아무리 나이답지 않게 고지식한 성격이라도 상대가 이렇게 나오는데, 어쩔 수 있을까.

"주군의 얼굴을 봐서 참겠소."

그러고는 조용히 돌아서서 설무백을 향해 우직하게 고개를 숙이며 공수했다.

"그럼 저는 이만……!"

위지건이 그렇게 취의청을 나갔다.

막상 사건이 그렇듯 잘 해결되자, 강상교는 왠지 모르게 아쉽고 허탈한 기분이 들어서 슬쩍 하백을 바라보며 물었다.

"원래 이런 사람이었소?"

하백이 되물었다.

"이런 사람이 어떤 사람인데?"

강상교는 꼬집어 말했다.

"어떤 사람이긴 어떤 사람이겠소. 상대가 세게 나오면 고개를 팍 숙이는 사람이지요. 약자에겐 강하고 강자에겐 약한 사람이라고나 할까?"

하백이 히죽 웃으며 대꾸했다.

"나야 그렇다 치고, 그럼 당신이나 어디 한번 강하게 나가봐. 다들 기다리고 있네."

말을 하면서 그는 옆으로 자리를 비켜 주고 있었다.

강상교는 절로 꿀꺽 소리가 나게 마른침을 삼켰다.

하백이 옆으로 비켜서자, 그는 비로소 그들을 응시하고 있는 취의청의 모든 사람들의 시선을 마주하게 되었던 것이다.

"아……!"

강상교는 재빨리 고개를 숙이며 공수했다.

"번거롭게 해서 죄송합니다!"

좌중 모두가 떨떠름한 표정으로 강상교를 바라보았다.

설무백이 자리한 마당이라 다들 애써 나서지는 않고 있지만, 누구는 보란 듯이 끌끌 혀를 찼고, 또 다른 누구는 대놓고 곱지 않은 시선을 던지고 있었다.

명실공히 황하수로연맹의 전권을 좌지우지하는 실세인 그도 풍잔의 요인들이 모인 이 자리에서만큼은 고개를 숙이고 눈치를 볼 수밖에 없는 처지인 것이다.

하백이 키득거리며 웃었다.

설무백이 그때 나섰다.

"그래서 무슨 일로 왔다는 거야?"

강상교가 대답했다.

"이번에는 연기할 것 같지 않아서 말이오."

하백이 부연했다.

"이제 닷새밖에 남지 않았잖아."

그리곤 대뜸 설무백을 손가락질했다.

"머리가 변했네?"

강상교도 이제야 의식한 듯 눈을 끔뻑였다.

"그러고 보니……!"

설무백은 대수롭지 않게 손을 내저으며 그들에게 자리를 권했다.

"일단 앉아. 하던 얘기 끝내야 하니까."

강상교과 하백이 새삼 좌중의 시선을 의식한 듯 시키는 대로 자리를 잡고 앉았다.

설무백은 그제야 앞서 의견을 냈던 검노와 적용사문, 검영 등을 둘러보며 말했다.

"비무는 참아 줘. 보고도 모르면 당해도 몰라. 내가 어느 정도의 전력으로 상대하는지 알 수 없을 테니까."

검노가 쩝쩝 입맛을 다시며 고개를 끄덕이는 것으로 수긍했다.

적용사문과 검영은 못내 아쉬움이 남은 기색이었으나, 감히 설무백의 결정에 토를 달지는 못하고 있었다.

그때 제갈명이 한마디 질문으로 장내의 분위기를 바꾸었다.

"하면, 정말 이번에는 나서는 겁니까?"

설무백은 대답 대신 슬쩍 고개를 돌려서 강상교와 하백을 바라보며 물었다.

"그리 판단했으면 준비는 다 되었다는 거겠지?"

강상교가 씩 웃으며 대답했다.

"우리 애들 전원 이미 예정된 집결지로 보내 두고 오는 길이오. 지금쯤 거의 다 하서회랑에 진입했을 거요."

하백이 어깨를 으쓱이며 말을 받았다.

"나도 그렇게 처리했지. 어차피 거사가 다시 또 미루어진다고 해도 그쪽에서 놀고 있는 게 나을 것 같아서 말이야."

설무백은 묵묵히 고개를 끄덕이며 잠시 뜸을 들이다가 문득 미간을 찌푸리며 창밖을 바라보았다.

때를 같이 해서 폭음이 들려왔다.

꽝-!

설무백의 시선이 돌아간 방향이었다.

그는 폭음이 터지기 전에 이미 무언가 수상한 낌새를 차렸던 것이다.

"뭐야, 이건 또?"

좌중 모두가 어리둥절해하며 벌떡 일어났다.

설무백은 그 순간 이미 반쯤 열어 놓은 창문을 박살 내며 밖으로 날아가고 있었다.

그제야 장내의 모두가 그 뒤를 따라서 신형을 날렸다.

폭음이 들려온 곳은 풍잔의 영내에서 손꼽히는 금지 중 하나인 독화원이었다.

설무백이 실로 한 호흡도 되지 않는 순간에 하늘을 가로질러서 도착한 독화원은 그야말로 아수라장으로 변해 있었다.

전각은 와르르 무너져서 섬뜩한 느낌을 주는 검은 기류에 휩싸여 있었고, 그 주변은 정말이지 견디기 어려울 정도로 역한 냄새가 코를 찌르는 가운데, 전날 그가 확인한 죽음의 땅이 더욱 시커멓게 변해서 군데군데 움푹 파인 채로 검은 연기를 피어 내고 있었다.

실로 가공할 독기와 독연이었다.

오죽하면 이미 독기를 내공으로 사용하는 경지에 달한 오독문의 무녀 야우스와 사색독수가 감히 그쪽으로 접근할 생각도 하지 못한 채 설무백을 막아설 것인가.

"안 됩니다, 주군!"

설무백은 검노 등 풍잔의 요인들이 속속들이 장내로 내려서는 가운데, 앞을 막아서는 야우스 등의 제재를 대수롭지 않게 뿌리치며 무너진 전각으로 다가섰다.

그때 무너진 전각의 잔해가 들썩였다.

정확히는 무너진 잔해가 마치 문이 열리는 것처럼 좌우로 벌어지며 한 사람이 걸어 나왔다.

바로 독후 이이아스였다.

"아, 저기…… 죄송해요! 운기를 끝내고 한번 시험해 본다는 게 그만……!"

설무백 등을 발견한 이이아스는 매우 난처해하며 안절부절 못하고 있었다.

그런데 그런 그녀의 모습은 장내의 상황과는 전혀 어울리지 않게 거짓말처럼 멀쩡했다.

그 상태로, 그녀는 뒤늦게 폐허로 변한 독화원을 인식하고는 다급히 손을 뻗어 냈다.

순간, 놀라운 일이 벌어졌다.

사르르르르ㅡ!

이이아스의 손길이 폐하로 변한 주변을 휩쓸자 사방팔방에서 피어나는 독기와 독연이 그대로 정지했다.

그리고 다음 순간, 마치 곁으로 다가서는 연기를 흩어지게 하려는 듯한 그녀의 손길 아래 주변에서 피어나던 모든 독기와 독연이 돌개바람에 휩쓸린 먼지처럼 한줄기로 뭉쳐서 그녀의 손아귀로 빨려 들어갔다.

"아……!"

누군가의 입에서 탄성이 터졌다. 삽시간에 주변의 모든 독기와 독연을 흡수해 버린 이이아스가 그 탄성에 정신을 차린 듯 설무백을 바라보며 고개를 숙였다.

검은 피부를 가진 묵인임에도 얼굴 가득 붉은 홍조가 드러날 정도로 쑥스러워하는 모습이었다.

설무백은 픽 웃으며 한마디 했다.

"축하해."

이이아스가 슬쩍 고개를 들어서 유난히 두 눈으로 설무백을 쳐다보고는 이내 한층 더 홍조가 서린 얼굴로 다시금 고개를 숙였다.

"아, 예……! 고맙습니다……!"

독공의 대성을 인정한 것이다.

설무백은 기꺼운 표정으로 웃으며 고개를 끄덕였다.

지금 그가 바라보는 이이아스의 모습에서는 일체의 독기도 느껴지지 않고 있었다.

독인인 그녀는 이제 인체의 독기를 내면 깊숙이 갈무리해서 필요할 때만 꺼내서 쓸 수 있는 또는 본능에 앞서는 감각에 따라 저절로 펼쳐지는 전설의 경지인 독중지성의 반열에 올라선 것이다.

"제갈명!"

설무백은 안색이 변해서 제갈명을 불렀다.

다른 사람들보다 늦게 장내에 도착한 제갈명이 적잖게 놀라며 대답했다.

"예, 옙!"

설무백은 단호하게 지시했다.

"모두에게 연락해라! 대지급이다!"

제갈명이 절로 마른침을 꿀꺽 삼키는 사이, 그는 다시 대지급의 내용을 말했다.

"예정대로 거사를 연기한 시한이 끝나는 즉시 일체의 연락을 삼가며 이동해서 보름 이전까지 모처에 집결하고, 계획대로 사전에 약속한 신호에 따라 공격을 시작한다!"

⚜

설무백의 지시를 적은 대지급이 발송되었다.

그리고 하루이틀 상간으로 대지급을 받은 무리는 저마다 그의 지시대로 거사를 연기한 시한이 끝나자마자 삼삼오오 짝을 지어서 밤을 낮 삼아 쥐도 새도 모르게 이동하기 시작했다.

방향은 같았으나, 집결지는 서로 다른 이동이었다.

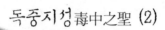

독중지성 毒中之聖 (2)

그날 밤, 마교총단의 심처에 자리한 거처에서 잠을 청하던 독수신옹도 한통의 전서를 받았다.

마교총단의 대외연락망을 주관하는 마안각(魔眼閣)의 각주인 염서생(閻書生) 무곡(武鵠)이 뜬금없이 찾아와서 전해 준 전서였다.

"설 아무개가 중원무림을 대표해서 알린다……."

독수신옹은 자못 신중한 모습을 견지하는 무곡과 달리 대수롭지 않게 전서의 내용을 읽다가 피식 웃으며 물었다.

"설 아무개라면 풍잔의 설무백이라는 그 아이를 말하는 거겠지?"

무곡이 고개를 끄덕였다.

"예, 그렇습니다."

"그렇단 말이지."

독수신옹은 정말이지 신기하다는 표정으로 웃으며 전서의 내용을 다시 읽었다.

"무릇 세상의 모든 이치는 인(因)이 있으면 과(果)가 있고, 응(應)이 있으면 보(報)가 있는 법이다. 해서, 알린다. 그대들 마교의 무리는 대륙을 노리느라 중원을 어지럽히고, 숱한 인명을 희생시켰음을 부인하지 못하리라. 그대들의 잔인한 행보에 스러진 생명이 대체 몇이고, 구천을 떠도는 영혼이 대체 몇인가. 속절없이 땅에 뿌려진 선혈은 또한 얼마나 되는가. 이에 나는 마침내 결단을 내려서 그 대가를 돌려받으려 하니, 그대들은 준비하라."

전서를 읽어 내려가던 독수신옹의 입술이 서서히 비틀어지더니, 이내 미소가 자리했다.

그리고 수중의 전서를 손가락으로 톡톡 치며 마지막 문장을 힘주어 읽었다.

"돌아오는 처서(處暑 : 음력 칠월. 양력 8월 23일이나 24일)에 내가 직접 중원의 협사들과 함께 그대들을 방문해서 그간의 은원을 해결하겠노라."

독수신옹은 수중의 서신을 이리저리 흔들어서 팔랑거리며 무곡을 향해 물었다.

"이건 그 설 아무개가 중원의 떨거지들을 데리고 여기 마교 총단을 공격하겠다는 선전포고인 거겠지?"

무곡이 대답에 앞서 두 눈을 끔뻑거렸다.

염서생이라는 별호와 어울리지 않게 우둔해 보이는 모습인데, 이내 흘려낸 대답 또한 시큰둥해서 더욱 그런 느낌이 강하게 들었다.

"대충 그런 것 같습니다."

독수신옹은 물끄러미 무곡을 응시했다.

무곡의 태도에서 그 어떤 감정의 동요도 읽을 수 없었기 때문이다.

그는 한층 더 날카롭게 변한 눈빛으로 무곡을 살펴보았다.

오십 대로 보이는 얼굴이지만, 칠십을 바라보는 나이로 알고 있었다.

각진 턱과 뭉툭한 주먹코, 두터운 입술이 고집스러운 인상을 자아내는데, 얼굴에 주름이 자글자글함에도 그만큼이나 젊게 보이는 것은 검게 그을린 얼굴이 늙어서가 아니라 오랜 시간을 실내가 아닌 밖에서, 즉 햇볕 아래 있었기 때문으로 느껴지기 때문이었다.

독수신옹은 턱을 들고 가늘게 좁혀진 눈가로 그런 무곡의 시선을 마주하며 불쑥 물었다.

"사실인 것 같은가?"

무곡이 천연덕스럽게 대꾸했다.

"글쎄요? 저는 잘 모르겠습니다. 그리고 저는 마교총단과 외부의 연락망을 관리하는 졸자에 불과하니, 그런 질문은 삼

가 주십시오. 너무 부담스러워서 답을 알아도 제대로 대답할
수가 없습니다."

독수신옹은 말을 잊고 무곡을 쳐다보았다.

스스로를 졸자라고 겸손을 떨고 있지만, 마치 어디 믿는 구
석이라도 있는 것처럼 대범하게 하고 싶은 말을 하고 있지 않
은가.

그는 새삼 날카로운 눈빛을 드러내서 무곡을 찌르듯 노려보
았다.

무곡은 아무런 표정의 변화 없이 시큰둥하게 그의 시선을
마주하고 있었다.

그는 의미심장한 미소를 지은 채 새삼 수중의 전서를 팔랑
거리며 물었다.

"그럼 이런 질문은 어떤가? 이 전서를 왜 하필 다른 사람도
아닌 내게 가져온 거지?"

무곡이 조금 난처한 표정으로 독수신옹을 바라보았다.

그러다가 결국 어깨를 으쓱하며 대답했다.

"졸자라도 눈치나 주관은 가지고 있으니까요."

"눈치? 주관……?"

"작금의 마교총단은 단주님을 중심으로 돌아가고 있습니
다. 그리고 저는 그게 옳다고 생각합니다. 아직 후계자로 결정
되지 않은 이공자가 마교총단의 전권을 쥐고 마구 휘두르는
것은 옳지 않다고 생각했으니까요."

독수신옹은 이제야 알겠다는 듯, 그래서 의외라는 표정으로 미소를 지으며 물었다.

"자네도 대공자를 추종했었나?"

무곡이 은근슬쩍 그의 시선을 외면하고 딴청을 부리며 대답했다.

"그리 내세울 정도는 아닙니다만, 대충 그렇습니다. 그리고 총단에는 저 같은 사람이 의외로 적지 않습니다."

독수신옹이 말꼬리를 잡았다.

"내세울 정도는 아니지만, 대충 대공자를 추종하던 사람들이 말인가?"

"아니요."

무곡이 고개를 저으며 독수신옹의 시선을 마주했다.

"이공자와 뜻이 달라서 한직으로 내쫓긴 사람들을 말하는 겁니다."

독수신옹이 고개를 끄덕이며 말을 받았다.

"마교총단 내부에 제오열이 있다는 얘기는 들었지. 그래서 재기를 꿈꾸나?"

무곡이 천만에 말씀이라는 듯 손사래를 쳤다.

"그럴 리가요. 저는 이대로 편합니다. 그리고 제오열이라는 말은 가당치 않습니다. 그저 더불어 살고 있습니다. 어떤 식으로든 서로 돕지 않으면 여기서 버틸 수가 없거든요, 우리들은."

독수신옹이 문득 싸늘해져서 물었다.

"그럼 이 서신을 빌미로 그를 내게 안내한 이유는 뭔가? 이것도 단순히 더불어 살기 위한 방편인가?"

무곡의 안색이 살짝 변했다.

눈빛도 흔들렸다.

그가 처음으로 드러낸 감정의 변화였다.

그 상태로, 그는 애써 웃는 낯을 보이며 시치미를 뗐다.

"저는 지금 노야께서 무슨 말씀을 하시는지 전혀 모르겠습니다만?"

"그래?"

독수신옹은 더 이상 다른 말을 하지 않고 가늘게 좁힌 눈가로 무곡의 시선을 마주하며 웃다가 이내 손을 내저었다.

"알았으니, 그만 나가 보게. 이 문제는 내일 내가 정식으로 논의할 테지만, 자네는 이 서신을 내게 가져온 적이 없네. 이건 내게 온 거고, 내가 받은 거야. 알겠나?"

무곡은 두말없이 수긍했다.

"아, 예. 알겠습니다. 저는 그 서신을 받은 적이 없고, 이곳에 오지도 않았습니다."

"그래, 그럼 그만 가 보게."

"예, 소인은 이만……!"

무곡이 애써 평정을 유지한 채로 공수하며 돌아서서 서둘러 밖으로 나갔다.

독수신옹은 그런 그의 뒷모습이 남긴 여운을 잠시 음미하다가 불쑥 천장을 바라보며 수중의 전서를 팔랑거렸다.

"이거 자네가 쓴 건가?"

잠시 아무런 소리가 없다가 일순, 그의 눈이 주시하는 천장이 움직이기 시작했다.

자단목으로 화려하게 장식된 천장의 일부가 흡사 촛농이 녹아내리는 것처럼 흐물흐물하더니, 이내 금방이라도 붉은 선혈이 쏟아질 것처럼 붉은색으로 물들어 버렸다.

그리고 실제로 핏물이 흘러내렸다.

정확히는 거대한 물방울처럼 큼직한 핏덩어리가 고이며 스르르 아래로 늘어지며 흘러내려서 구체를 형성하고 이내 사람의 형체로 변했다.

핏덩이로 뭉쳐진 사람의 모습, 마치 지옥의 구덩이에서 빠져나온 귀신의 형상, 바로 혈뇌사야였다.

혈뇌사야의 핏물로 만들어진 듯한 입술이 벌어지며 붉은 이빨이 보였다.

"내가 썼으면 그리 고운 말투를 안 썼지요."

"하긴……."

독수신옹이 바로 수긍했다.

"그리 고운 말씨를 가진 사람이 아니지, 자네는."

혈뇌사야가 뼈다귀만 남은 것 같은 붉은 손가락을 들어서 턱으로 보이는 하관을 긁적였다.

"그보다 뇌옥에 갇혀 지낸 사람이 어쩨 그리 진보한 거요? 예전에도 이리 쉽게 내 기척을 감지하지는 못하지 않았소."

독수신옹이 의미심장한 미소를 지었다.

"내 능력이 아니야. 자네가 나를 찾아오리라는 것을 알고 기다렸으니까 아는 거지."

"아……!"

혈뇌사야가 바로 알아들었다.

"백변귀천(百變鬼天)!"

혈뇌사야의 말이 끝나기도 전에 땅에서 솟은 듯 홀연히 그들의 측면에 나타나는 인영이 하나 있었다.

보기 드물게도 크게 삐뚤어진 매부리코에 움푹 깊이 들어간 눈, 가늘게 찢어진 입술이 특이해 보이는 마의노인, 팔로문의 여덟 고수 중 은신과 은형술의 대가로 알려진 절대고수, 백변귀천이었다.

그 백변귀천이 어색한 미소를 흘리며 말했다.

"혈가주의 능력이 실로 놀랍구려. 본인 역시 사전에 준비하고 기다린 것이 아니라면 혈가주의 침습을 몰랐을 거요. 대체 그사이에 어떤 기연이 있었기에 이리도 진보한 것이오?"

혈뇌사야의 붉은 얼굴이 슬쩍 백변귀천을 일별하며 독수신옹에게 돌려졌다.

"두 분 다 같은 말씀을 하시는구려. 내가 노야를 만나러 오리라는 것을 어찌 예상했다는 거요?"

독수신옹이 웃는 낯으로 대답했다.

"내게 알려 줄 것이 있을 테니까."

혈뇌사야가 고개를 갸웃하는 사이, 독수신옹이 대답을 기다리지 않고 말을 덧붙였다.

"설 가 그 아이가 대공자의 후예라는 얘기 말일세."

"……!"

혈뇌사야는 크게 당황했다.

"그, 그걸 알고 있었다는 소리요?"

독수신옹이 진정하라는 듯 슬쩍 손을 들어 보이며 웃었다.

"이공자가 같은 수단과 방법을 동원해서 내게 알리려 하지 않았으나, 내가 어찌 그걸 모르겠나. 이래 봬도 아직 마교총단에는 나를 따르는 아이들이 적지 않다네."

혈뇌사야는 더 없이 차분하게 말하는 독수신옹의 태도를 보자, 가슴이 차갑게 식었다.

그가 아는 독수신옹은 이런 사람이 아니었다.

독수신옹이 대공자라는 말을 듣고도 이리 침착하다는 것은 사실을 불신하고 있다는 얘기가 되는 것이다.

"믿지 않는 모양이구려."

"믿지 않는다기보다는 확인이 필요하다는 생각일세."

독수신옹은 어색한 미소를 흘리며 부연했다.

"그렇지 않나? 대공자라면 모를까 대공자의 후예라니, 내가 어찌 그걸 쉽게 믿을 수 있겠나?"

혈뇌사야는 급히 말했다.

"내가 자리를 마련하겠소! 지금 당장이라도 좋소! 노야도 만나 보면 틀림없이 알 수 있을 거요!"

독수신옹이 활짝 웃었다.

"골방 늙은이로 물러나 앉았던 나를 이렇게나 믿어 주다니 정말 고맙기 짝이 없군그래. 이래서야 내가 미안해서 어쩌지?"

"……!"

혈뇌사야는 어딘지 모르게 낯선 독수신옹의 태도에 절로 등골이 오싹해졌다.

'위험하다!'

혈뇌사야의 머리 한쪽에서 경보가 울렸다.

아니나 다를까!

쐐애애액—!

살기가 비등하며 독수신옹의 공격이 그에게 가해졌다.

어느새 뽑아 든 독수신옹의 검이 붉게 빛나면서 한 줄기 빛으로 화해서 그의 목으로 뻗어 오고 있었다.

혈뇌사야는 피하지 못했다.

"이런 비겁한……!"

외마디 일갈을 내지르는 혈뇌사야의 목을 독수신옹의 검이 빠르게 갈랐다.

순간, 혈뇌사야의 전신이 핏물로 화해서 바닥에 뿌려졌다.

"아차차……!"

독수신옹이 탄식했다.

백변귀천이 그 순간에 혈뇌사야의 핏물이 뿌려진 바닥에 일장을 날리고, 연이어 바닥과 이어진 벽과 천장을 향해서 장력을 날렸다.

쾅! 꽈광-!

바닥이 움푹 파이고, 벽에 구멍이 뚫렸다.

천장이 와르르 무너지는 가운데, 혈뇌사야의 원독에 사무친 저주가 들려왔다.

"내 눈이 어두웠구나! 늙은이의 욕심이 하늘에 닿아 있음을 간과했어! 두고 보자! 내 기필코 간교한 네놈의 새치 혀를 뽑아서 목에 두르고 말리라!"

독수신옹이 발작적으로 소리쳤다.

"북방이다, 쫓아라! 상처를 입었으니 그리 멀리는 도주하지 못할 거다!"

백변귀천이 신형을 날리는 가운데, 사방에서 일어난 기운이 북방으로 쏘아졌다.

주변에 매복하고 있는 팔로문의 고수들이었다.

그때였다.

무너진 벽에 간신히 기대고 있던 문이 안으로 젖혀지며 일단의 무리가 모습을 드러냈다.

현 마교총단의 단주인 혁련보와 잠시 후계자 싸움을 멈춘

세 사람, 악초군과 야율적봉, 아소부가 바로 그들이었다.

그리고 그들의 뒤에는 악초군의 친위대인 악인대의 수장 일악이 따르고 있었다.

'삼공자가……?'

독수신옹은 다른 무엇보다도 아직 자신이 불러들이지 않은 독수마룡 아소부가 악초군 등과 함께 나타났다는 사실에 내심 적잖게 놀랐다.

그럴 수밖에 없는 것이 삼공자 아소부는 전날 그가 주관한 악초군과 야율적봉의 회합 자리에 나타나지 않았다.

그뿐 아니라, 그 이후 그가 수차례 연락을 취했음에도 별다른 기별이 없었다.

그런데 아닌 밤중에 홍두깨라고 느닷없이 악초군 등과 함께 나타난 것이다.

'이공자의 수단인가?'

독수신옹은 본의 아니게 만감이 교차했으나, 애써 내색을 삼가며 무색한 표정을 드러냈다.

"허허, 이거 본의 아니게 창피한 모습을 보이게 되었구려."

악초군이 흡사 모두를 대표하듯 앞으로 나섰다.

그는 감정을 읽을 수 없는 무심한 눈빛으로 주변을 살펴보며 물었다.

"혈가주인가요?"

독수신옹은 방금 전의 상황이 못내 분하다는 듯 지그시 어금니를 악물며 대답했다.

"그렇소. 혈가주 혈뇌사야가 찾아왔습디다."

악초군이 은연중에 예리한 눈빛으로 독수신옹의 기색을 살피다가 피식 웃었다.

"혈가주라면 제가 더 미안하네요. 아시다시피 그 사람은 제가 싼 똥이나 다름없지 않습니까. 제가 제대로 구실을 못해서 마교를 이탈한 사람이니까요."

독수신옹은 사뭇 아쉬운 기색을 드러냈다.

"아니오. 그보다는 그저 내 실수가 너무 커서 아쉽고 화가 나는구려. 분명 그자가 찾아올 것을 알고 있었음에도 대비가 미흡했소. 아니, 대비가 미흡했다기보다는 내가 착각했소. 내가 알던 예전에 혈가주로 생각하다가 그만 한 방 먹고 말았다오."

악초군이 눈을 빛냈다.

"더 강해졌던가요?"

"그렇더구려. 예전의 그가 아니었소."

독수신옹은 수중의 검을 옆으로 내던지며 쓰게 입맛을 다셨다.

"예전에도 내 마인섬(魔刀閃)을 받아 본 경험이 있긴 하지만, 이렇듯 지근거리에서, 그것도 전력으로 당하는 것은 처음인데도 그자가 피해 냈소."

악초군이 의외라는 표정으로 말을 받았다.

"그사이 혈가비전인 사망혈사공을 대성했다는 소리네요."

독수신옹은 마뜩찮은 기색으로 인정했다.

"그런 것 같더구려."

악초군이 한층 더 관심 어린 시선을 드러내는 참인데, 혁련보가 조급해진 기색으로 그들의 대화에 끼어들었다.

"저기, 그보다 이공자. 혈가주가 일대를 빠져나가기 전에 우선 추적대를……!"

악초군이 뭐라고 대답하기도 전에 독수신옹이 같잖다는 표정으로 혁련보를 쳐다보며 끌끌 혀를 찼다.

"눈이 어두워서 보지 못한 건가? 팔로문의 형제들이 나섰다. 그들이 놓친다면 지금 총단에 있는 그 누가 나서도 그를 잡을 수 없다는 것을 모르나?"

혁련보의 안색이 붉어졌다.

"아무리 그래도……!"

그가 항변을 하는데, 독수신옹이 제대로 듣지도 않고 말을 잘랐다.

"아니, 지금 총단에 거하는 마왕들이 전부 다 나선다면 어느 정도 가능성이 있겠군그래. 뭐하나? 어서 빨리 가서 알리지 않고?"

혁련보의 얼굴이 볼썽사납게 일그러졌다.

독수신옹의 채근이 진짜로 하는 말이 아니라 비아냥거림이라는 사실을 누가 모를 것인가.

독수신웅의 말이 옳고 그르고를 떠나서, 작금의 상황을 알린다고 마왕들이 선뜻 나선다는 보장이 없다는 것은 그는 물론 지금 이 자리에 있는 모두가 다 익히 잘 알고 있는 사실인 것이다.

아니 그럴 수 없는 것이, 작금의 마교는 하나의 세력이면서도 하나의 세력이 아닌 모순의 구조였다.

외세를 대적하기 위해서 일시적으로 뭉치긴 했으나, 아직 후계자가 결정되지 않은 마당이라 그랬다.

후계자가 결정되기 전까지 삼전오문구종의 주인들과 그에 준하는 마교총단의 마왕들, 그리고 모든 후계자 후보들은 공식적으로 상명하복에 구애받지 않는 동등한 신분을 유지한다는 것이 독수신웅이 뇌옥에서 풀려나자마자 가장 먼저 부활시킨 마교의 율법이었다.

혁련보가 못내 불만과 불쾌함이 가득한 눈빛으로 독수신웅을 노려보았다.

인정할 수밖에 없는 사실이기에 더욱 울화가 치민 것 같은 모습으로 보였다.

"너무 그리 몰아붙이지 마세요, 노야. 혁련 단주도 놀란 마음에 저러는 거 아니겠습니까."

야율적봉이 늘 그렇듯 사람 좋은 미소를 지으며 나서서 중재했다.

악초군이 그러거나 말거나 새삼 쓰러진 벽과 무너진 천상을 살피며 넌지시 말문을 돌렸다.

"아무리 봐도 노야를 암살하려고 온 것 같지는 않은데, 대체 혈가주가 왜 이 시국에 남몰래 노야를 찾아온 겁니까?"

기실 악초군만이 아니라 지금 나타난 모두가 가진 초미의 관심사가 이것일 것이다.

별반 관심이 없는 듯 지나가는 말처럼 묻고 있지만, 평소 이런 행동을 전혀 보이지 않는 사람이, 막말로 다른 누구의 눈치도 보지 않고 나대는 천방지축 악초군이 새삼스럽게 눈치를 보며 묻고 있는 것도 그렇고, 알게 모르게 더 없이 유심히 장내를 살피는 야율적봉과 아소부 등의 예리한 눈빛도 그것을 대변하고 있었다.

애써 그런 그들의 태도를 외면한 독수신옹은 실없이 웃는 낯으로 앞서 검을 뽑느라 내던졌던 바닥의 전서를 집어 들어서 악초군 등에게 내밀었다.

"이런 걸 가져왔더구려."

악초군이 선뜻 받지 않고 야율적봉과 아소부를 쳐다봤다.

야율적봉이 어깨를 으쓱했다.

아소부는 슬쩍 딴청을 부렸다.

두 사람 다 알아서 하라는 태도였다.

악초군이 그제야 히죽 웃고는 전서를 받아서 읽었다.

그리고 시종일관 별다른 내색 없이 전서를 다 읽은 그는 슬쩍 야율적봉에게 건네주었다.

야율적봉이 전서를 받아서 읽고는 아소부에게 넘겼다.

그것은 마치 그들 간의 서열을 말해 주는 것 같은 모습이었는데, 전서를 다 읽은 아소부가 그 전서를 다시 혁련보에게 건네주는 사이, 악초군이 새삼 피식 웃는 낯으로 독수신옹을 바라보며 말했다.

"재밌네요."

와중에 혁련보가 낚아채듯 전서를 받아서 전서의 내용을 확인하고 있었다.

그사이 악초군이 묘하다는 듯 고개를 갸웃하며 쩝쩝 입맛을 다시고는 재우쳐 물었다.

"어떻게 보세요? 진심일까요?"

독수신옹은 어깨를 으쓱하며 대답했다.

"그게 그자의 진심인지 아닌지는 그리 중요한 문제가 아니오. 중요한 것은 그 전서로 인해 우리가 운신할 수 있는 폭이 더욱 좁아졌다는 사실이오."

악초군이 물었다.

"어째서요?"

독수신옹은 답변 대신 슬쩍 혁련보에게 시선을 던지며 같은 그와 질문을 던졌다.

"어째서일 것 같으냐? 명색이 이공자의 장자방 노릇을 하고 있으니, 그 정도는 능히 알겠지?"

혁련보는 이제 막 전서의 내용을 다 읽고 오만상을 찡그리

다가 독수신옹의 질문을 듣고는 불쾌해했다.

"말이 너무 심한 거 아닙니까!"

독수신옹이 흡사 한 방 맞은 것처럼 두 눈을 끔뻑이며 말했다.

"뭐지 이 반응은? 이공자의 장자방이 아니라는 거냐, 아니면 이공자의 장자방 노릇을 하기 싫다는 거냐?"

"노야!"

혁련보가 눈을 치켜뜨며 발끈했다.

독수신옹이 같잖다는 듯 피식 웃는 낯으로 손을 내저으며 재촉했다.

"노야고 자시고 괜히 쓸데없는 소리 말고, 어서 대답이나 해봐. 설마 모르는 건 아니지?"

알면서도 당하는 것이 이런 식으로 상대의 감정을 자극하는 격장지계(激將之計)이다.

하물며 악초군은 물론이거니와 야율적봉과 아소부가 대답을 기다리는 표정으로 그를 쳐다보고 있었다.

혁련보가 '끙' 하며 분노를 억누르고 대답했다.

자존심 때문인지 독수신옹이 아니라 악초군 등을 바라보면서였다.

"이건 실로 통보일 수도 있으나, 의도적인 도발일 수도 있소. 울컥해서 나섰다가 그걸 기다리는 놈들의 매복에 당할 수도 있다는 얘기요. 게다가 날짜까지 지정했다는 것도 의미심장하오. 그때까지 대비라는 뜻일 수도 있으나, 그때까지 우리를 움직이지 못하게 하려는 수작일 수도 있는 건데, 그걸 알면서도 우리는 움직일 수 없소. 그 날짜가 지나도 말이오. 역시나 이조차 고도의 기만일 수 있기 때문이오."

한달음에 달리는 것처럼 쉬지 않고 서신에 대한 자신의 의견을 설파한 혁련보가 이 정도면 되었느냐는 듯이 독수신옹을 쳐다봤다.

독수신옹은 그러거나 말거나 시큰둥한 태도로 그의 시선을 마주하며 다음 말을 재촉했다.

"그리고 또?"

혁련보의 얼굴이 한쪽으로 일그러졌다.

"뭐가 또 더 있다는 거요?"

독수신옹은 혀를 찼다.

"평소 그리도 머리를 잘 굴리는 척하더니만, 이제 보니 정말 별거 없구나. 가장 중요한 문제를 쏙 빼놓고 있으니 말이다."

혁련보의 얼굴이 수치심으로 시뻘겋게 달아올랐다.

"내가 무슨 중요한 문제를 빼놓았다고 그러시오?"

독수신옹이 가소롭다는 듯이 웃으며 설명했다.

"네 의견을 총평하면 결국 우리는 그냥 여기서 한 발짝도 움직이지 않으면 그만인 거다. 그것도 저들이 친절하게 공격할 날짜까지 알려 주었으니 철저히 대비하면서 말이다. 아니 그러냐?"

혁련보가 슬쩍 악초군의 눈치를 보면서 대답했다.

"뭐, 이를테면 그런 셈이오."

독수신옹은 실소했다.

그다음에 대뜸 혁련보가 들고 있던 전서를 낚아채며 면전에다가 대고 신경질적으로 흔들었다.

"얘가 무슨 바보멍청이냐? 아니, 바보멍청이도 그런 짓은 안 하겠다. 얘가 미치지 않고서야 아군에게는 하등 도움이 안 되고, 전적으로 적인 우리에게만 도움이 되는 일을 대체 왜 한다는 거냐?"

"······!"

혁련보가 그야말로 우거지상이 되어서 어쩔 줄 몰라 했다.

독수신옹의 말을 듣고 나서야 자신의 생각에 오류가 있음을 깨달은 것이다.

독수신옹은 그런 그에게 한 번 더 눈총을 주고는 슬쩍 고개를 돌려서 악초군 등을 바라보며 말했다.

"요는 이거요. 설무백이라는 이놈이 이 서신을 다른 누구도 아닌 내게 보냈다는 거요. 그것도 우리 식구였다가 등을 돌린 혈가주를 통해서 말이오."

악초군의 눈빛이 변했다.

무언가 하고 싶은 말이 있으나 애써 참는 기색이었다.

독수신옹이 그것을 느끼지 못한 것처럼 아무렇지도 않게 계속 말을 이어 나갔다.

"놀랍게도 이놈은 내가 나선 것과 우리 내부에 알력이 존재한다는 사실을 정확히 꿰고 있고, 영악하게도 그 틈을 파고들어서 더한 분란을 조장하려는 거요. 그리고 이는 우리 내부에, 그것도 요직에 놈의 첩자가 있지 않고는 절대 있을 수 없는 일이오."

"첩자?"

혁련보가 실소하며 말했다.

"그건 조금 너무 나간 같소. 노야가 나선 것과 우리 내부에 알력이 있다는 것 정도는 저 아래 말단 졸자들도 다 아는 사실이오. 고작 그걸 가지고 첩자 운운하는 것은 좀 아니다 싶군요."

독수신옹이 대번에 면박을 주었다.

"그게 자랑이냐?"

"아, 아니, 그게 아니라……!"

혁련보가 당황하며 진땀을 흘리는 사이, 독수신옹은 냉정하게 그를 외면하며 악초군을 향해 다시 말했다.

"혈가주가 얼토당토않게 내게 그럽디다. 설 가 그 아이가 대공자의 후예라고. 자기가 자리를 마련할 테니 한번 만나 보지 않겠느냐고. 그게 바로 오랜만에 만난 혈가주를, 그것도 내가 고작 전령으로 온 혈가주를 때려잡으려고 한 이유였소."

"음!"

악초군이 묵직한 침음을 흘렸다.

적잖이 놀라는 표정이었는데, 눈빛만큼은 왠지 모르게 안도하는 기색이었다.

상대적으로 혁련보는 크게 당황한 기색을 숨기지 못하고 있었다.

나름 애써 감정을 억누르고 있는 것 같지만, 마치 폐부를 찔린 것 같은 눈치였다.

"해서, 내 생각은 이렇소."

독수신옹은 그런 그들의 반응을 전혀 보지 못한 것처럼 열을 올리며 힘주어 단정했다.

"무슨 사정인지는 모르겠으나, 설 가 그놈은 여전히 시간을 벌고 싶은 모양이오. 다시 말해서 여기 서신에 적힌 날짜인 돌아오는 처서에 마교총단을 방문하겠다는 놈의 통보는 고도의 기만이라는 소리요. 더불어 혈가주는 이제 더 이상 우리 마교에 미련이 없소. 그렇지 않고서야 대공자까지 거론하며 나를 함정으로 이끌려 하지는 않았을 거요!"

악초군이 묵묵히 고개를 끄덕이며 잠시 뜸을 들이다가 물었다.

"하면, 이제 우리가 어떻게 대처하면 좋겠습니까?"

독수신옹은 이미 생각해 둔 것처럼 바로 대답했다.

"대처랄 것도 없소. 놈이 와도 좋고, 안 와도 상관없는 일이니만큼 당분간은 그저 전력을 가다듬는 데 주력하면 그만이오. 애초에 그게 우리의 계획이었지 않소. 게다가 돌아오는 처서라고 해 봤자 이제 고작 보름 후니, 무엇이 사실인지는 기다려 보면 자연히 알게 되는 일이오. 단!"

그는 말미에 힘주어 한마디 덧붙였다.

"그 전에 한 가지만큼은 분명하고 확실하게 정리해야 할 것 같소."

악초군이 물었다.

"어떤 일을 말씀하시는지⋯⋯?"

"간자들을 처리해야지요."

독수신옹은 단호하게 잘라 말했다.

"언제까지 내부의 상황이 밖으로 새는 것을 방치할 수는 없는 일이오. 만에 하나, 백만에 하나, 설 가 아이가 이끄는 중원의 조무래기들이 돌아오는 처서에 공격해 온다고 가정하면 그 사이 놈들의 활동으로 인한 폐해가 적지 않을 것이오. 그러니 내가 직접 나서서 그 안에 정리하도록 하겠소."

악초군이 묵묵히 고개를 끄덕였다.

잠시 그 모습을 지켜보던 야율적봉이 의미심장한 미소를 보이며 슬쩍 끼어들었다.

"말씀하시는 것을 보니 어디 짚이는 구석이라도 있는 것 같군요. 그렇습니까?"

독수신옹은 가볍게 웃는 낯으로 어깨를 으쓱했다.

인정이었다.

그다음에 그는 의미심장한 표정으로 악초군과 야율적봉, 아소부를 차례대로 쳐다보며 넌지시 물었다.

"혹시 우리 마교총단 내부에 제오열이 존재하고 있다는 사실을 아는지……?"

"허헉……!"

혈뇌사야는 숨이 턱에 차는 것도 잊은 채 미친 듯이 달리고 있었다.

거친 숨을 몰아쉬는 지금의 그는 기력을 다한 초췌한 노인의 모습이었다.

독수신옹의 돌발적인 기습에 심대한 타격을 입은 까닭이었다.

상당한 내상을 입어서 진기가 흐트러지는 바람에 사망혈사공이 깨지며 본연의 모습으로 돌아간 것인데, 독수신옹의 마인섬에 길게 베어진 가슴과 의지와 무관하게 벌어진 입에서 끊임없이 피가 흘러내리고 있었다.

그러나 그는 멈추지 않았다.

가슴의 격통으로 인해 저절로 신음이 나오고, 정신마저 혼미해질 정도였으나, 이를 악물고 참으며 악착같이 내달렸다.

이대로 상처를 돌보지 않으면 막대한 진기를 잃고 생명에도 지장을 초래할 것이라는 사실을 익히 잘 알면서도 멈출 수 없었다.

지금 자신의 뒤를 추적하는 팔로문의 고수들이 어떤 존재들인지, 어느 정도의 무력을 갖춘 마왕들인지 다른 누구보다도 가장 잘 알고 있기 때문이다.

팔로문의 여덟 마왕은 마교의 원로들이기 이전에 전대 마교의 주인인 천마대제가 인정한 마교의 최고수들이었다.

그들이 마교를 구성하는 삼전오문구종의 주인들과 지위고하를 논하기 어려운 이유가 그 때문인 것이다.

단적으로 말해서 둘이 손을 합치면 삼전오문구종의 주인들 중 그 누구도 제압할 수 있고, 셋이 손을 합치면 석년의 천마대제조차 버겁다고 했을 정도이니, 그에 대해서는 이견의 여지가 없는 일이었다.

그런데 지금 그들, 여덟 명 전부가 그의 뒤를 추적하는 중이었고, 지금의 그는 내상까지 입은 몸이라 고작 전력의 육 할이다인 몸이었다.

숨 돌릴 시간조차 아끼며 사력을 다하지 않는다면 대번에 따라잡힐 것이 불 보듯 뻔했다.

'어떻게든 거리를 벌려야 한다!'

요원한 일이긴 하나, 지금으로는 이게 최선이었다.

일말의 시간이라도 벌어서 상처를 돌보고 내상이 악화되는 것을 막아야 했다.

그러나 아무래도 요원한 바람인 것 같았다.

그가 사력을 다하고 있음에도 후미를 따라붙은 기척은 멀어지기는커녕 오히려 조금씩 가까워지고 있었다.

추적자의 속도는 그대로지만 그의 속도가 서서히 줄어들고 있었기 때문이다.

'하나! 아니, 둘인가?'

혈뇌사야는 이제 결정을 내려야 할 때임을 절감하며 빠르게 주변을 살폈다.

마침 적당한 장소가 눈앞에 나타났다.

울창한 아름드리나무가 하늘을 가리고, 오랜 세월 쌓인 낙엽이 장독을 형성하는 질척한 늪지대였다.

이곳이라면 그의 사망혈사공이 위력을 더할 수 있었다.

'속전속결로 끝내야 한다!'

마음을 다잡은 혈뇌사야는 전면으로 다가선 거대한 아름드리나무의 중동을 잡아채는 것으로 빠르게 신형을 돌려세우며 전신의 내력을 끌어 올렸다.

사망혈사공의 발현으로 그의 전신이 대번에 흐물흐물한 핏물 덩어리로 변하고 있었다.

그 순간, 정확히는 간발의 차이를 두고 두 개의 그림자가 홀연히 그의 전면에 나타났다.

각기 마의와 백의를 걸친 두 명의 노인이었다.

마의노인은 독수신옹의 거처에서 마주했던 백변귀천이었고, 백의노인은 그 백변귀천과 같은 속도로 따라왔다는 것을 믿을 수 없을 정도로 구부정한 허리를 한 손에 잡은 가느다란 죽간으로 버티고 있는 백발의 털북숭이였다.

"음!"

혈뇌사야는 절로 침음을 흘렸다.

그의 시선은 절로 백발의 털북숭이노인에게 고정되었다.

첫눈에 상대의 정체를 알아봤기 때문이다.

백변귀천이 팔로문의 마왕들 중 은신법을 포함한 경신술의 대가라면 백발의 털북숭이노인은 바로 팔로문의 마왕들 중 최강이라는 마천거사(魔天居士)였다.

"아무래도 오늘은 길보다 흉이 많은 날이군."

혈뇌사야는 절로 자조적인 웃음을 흘렸다.

와중에 쳐든 그의 한 손이 주룩 석자나 늘어나며 칼날의 형상으로 바뀌었다.

혈가비전인 사망혈사공을 대성한 자만이 구현해 낼 수 있는 피의 검, 혈인이었다.

"그래도 쉽지는 않을 게야. 내가 도주가 아니라 죽기를 각오하면 귀하들 역시 무사하지는 않을 테니까."

두 사람, 백변귀천과 마천거사는 대답 대신 시선을 교환했다.

정확히는 백변귀천이 슬쩍 마천거사를 쳐다본 것이었다.

그러자 마천거사가 고개를 끄덕이는 것으로 무언의 신호를 보냈고, 그것을 본 백변귀천이 뒤로 물러났다.

"……?"

혈뇌사야는 절로 고개를 갸웃했다.

묘하게도 멀찍이 뒤로 물러난 백변귀천이 사주를 경계하는 듯한 태도를 취했기 때문이다.

"이건 또 무슨 수작이지?"

혈뇌사야는 예사롭지 않은 그들의 태도에 심히 경계하며 묻자, 마천거사가 주름진 입가를 허물고 미소를 지으며 대답했다.

"그냥 무시하고 계속 갔으면 좋았을 것을……."

"뭐라?"

"우리는 싸우려고 따라온 것이 아니니, 어서 칼을 거두시게, 혈가주."

"싸우려고 따라온 것이 아니면?"

"지키려고 따라온 걸세."

"나를?"

혈뇌사야는 절로 실소하며 손으로 자기 자신을 가리켰다가 다시 그들을 지목했다.

"당신들이?"

마천거사가 예의 미소를 한결 더 짙게 드리우며 대답했다.

"틀림없는 사실이니 믿어도 좋네."

"……."

혈뇌사야는 혼란스러웠다.

그가 아는 마천거사는 기만술을 모르는 인물이었다.

이런저런 성정을 떠나서, 굳이 상대에게 기만술을 펼칠 이유가 없는 강자가 마천거사인 것이다.

"나를 지키려고 했다?"

혈뇌사야는 일말의 적의나 살기도 느껴지지 않는 마천거사 앞에서 칼을 거두며 묻지 않을 수 없었다.

"어째서?"

마천거사가 웃는 낯으로 다가와서 손을 내밀었다.

그 손에는 작은 전통 하나가 들려 있었다.

"대형께서 전해 주라 하셨네. 시간이 없으니 가면서 확인해 보게나."

혈뇌사야는 어처구니가 없었다.

마천거사가 대형으로 부를 수 있는 사람은 오직 한 사람뿐이었다.

그를 기습해서 내상을 입힌 독수신옹이 바로 그였다.

"어서 서두르게!"

마천거사가 채근했다.

혈뇌사야도 서두르지 않을 수 없었다.

지근거리로 다가서는 다수의 기척을 감지했기 때문이다.

'팔로문의 마왕들이 아니다!'

혈뇌사야는 더는 묻고 자시고 할 사이도 없이 돌아서서 신형을 날렸다.

우선은 자리를 피하는 것이 상책이었다.

마천거사의 전음이 그런 그의 귓속을 파고들었다.

―동남쪽으로 가시게!

혈뇌사야는 일순 망설였으나, 이내 마천거사가 알려 준 동남쪽으로 방향을 틀었다.

이제는 마천거사를 믿을 수밖에 없는 상황이었다.

다만 혈뇌사야는 그야말로 사력을 다해서 달리면서도 경계를 게을리 하지 않았다.

선택의 여지가 없는 결정이라고 생각하면서도 못내 자신이 예상할 수 없는 모종의 함정일 수도 있다는 생각이 들어서 자연히 그렇게 되었다.

그렇듯 그가 남은 여력을 쥐어짜고 또 짜서 얼마나 달려갔을까?

수풀지대가 사라지고 붉은 황토가 깔린 불모지가 시작되는 구릉지대가 펼쳐졌다.

혈뇌사야는 그 순간 펄쩍 뛰어서 측면으로 방향을 바꾸며 멈추었다.

불모지가 시작되는 지점에, 정확히는 구릉과 구릉이 겹쳐지며 좁게 만들어진 통로의 입구에 한 사람이 유령처럼 아무런 기척도 없이 서 있었기 때문이다.

"젠장, 역시 함정인 거야?"

구릉의 비탈로 내려선 혈뇌사야는 못내 투덜거리면서도 재빨리 상대를 확인했다.

달빛을 등지고 서 있어서 얼굴을 확인하기 어려운 상대는 훤칠한 키와 호리호리한 몸매에 삼단 같은 머리카락을 허리까지 길게 늘어트리고 있었다.

"여자……?"

혈뇌사야는 절로 미간을 찌푸렸다.

분명 육체의 굴곡이 여인임을 말해 주고 있는데, 그의 이목을 뛰어넘는 은신술의 고수가 여자라는 사실은 선뜻 인정하기 어려운 일이었다.

그런데 돌이켜 보니 마교에 그런 여자가 있었다.

그것도 두 사람이나 되었다.

팔로문에 속한 마녀인 염화귀모(炎火鬼母)와 삼전오문구종 중 구종의 하나인 사화신녀교의 주인인 요수염비(妖手艶妃) 연자하가 바로 그녀들이었다.

"연자하……?"

혈뇌사야는 그래서 바로 알아보았다.

제아무리 달빛을 등지고 있다고 해도 그가 고작 십여 장밖에 안 되는 거리에 서 있는 사람의 얼굴을 볼 수 없다는 것은 말이 되지 않았다.

이건 상대가 모종의 신공을 운용하고 있기 때문이고, 그런 능력을 가진 여자는 그가 알고 있기로 마도제일미이자, 마도 제일수라 불리는 사화신녀교의 주인 연자하밖에 없었다.

아니나 다를까, 검은 면사로 하관을 가린 그녀가 인정했다.

"오랜만에 뵙네요."

혈뇌사야는 벌레 씹은 표정으로 그녀, 연자하를 바라보았다.

싫지만 어쩔 수 없이 한숨이 절로 나오는 상황이었다.

염왕의 불꽃이라는 그녀의 신공 벽력마화강(霹靂魔火罡)은 그의 사망혈사공과 상극이기 때문이다.

'어라?'

그런데 묘했다.

혈뇌사야는 대치한 연자하에게서 그 어떤 일말의 적의도 느낄 수 없었다.

"그래, 오랜만이군."

그는 재우쳐 물었다.

"그런데 뭐지? 나를 잡겠다고 앞을 막은 게 아닌가?"

연자하가 어깨를 으쓱하며 대답했다.

"아직은 그래요."

"아직은?"

혈뇌사야는 거북한 표정을 드러내며 재우쳐 물었다.

"지금은 그렇지만 상황에 따라서 얼마든지 생각이 바뀔 수 있다 이건가?"

연자하가 그를 칭찬했다.

"연세가 드셨어도 총기는 여전하시네요."

혈뇌사야는 내심 울컥했다.

지금 그를 향해 연세라고 말하는 연자하가 고절한 신공의 영향으로 반노환동해서 젊어 보일 뿐이지 실제 나이는 그와 별반 차이가 없다는 것을 알고 있기 때문이다.

'쭈그렁 할망구인 주제에……!'

혈뇌사야는 속으로야 욕했지만, 언감생심 그것을 입 밖으로 내기는커녕 내색조차 해서는 안 된다는 사실을 익히 잘 알고 있기에 애써 웃으며 말을 받았다.

"나야 늘 그렇지. 아무튼, 그건 그렇고, 사실 내가 지금 많이 바빠서 그러는데, 그럼 대체 왜 지금 내 앞을 막아선 건지 용건만 간단히 밝혀 줄 수 없을까?"

연자하가 시큰둥한 태도로 손가락을 들어서 귀를 후비며 대꾸했다.

"내가 굳이 그럴 필요가 있나요? 난 지금 시간이 아주 많거든요."

혈뇌사야는 손을 들어서 얼굴을 긁었다.

놀리는 듯한 연자하의 태도에 분노가 치솟아서 얼굴이 간지러웠다.

하지만 그는 지고지순한 인내를 발휘해서 한 번 더 참아 내고 애써 미소를 견지하며 말했다.

"보다시피 내 꼴이 지금 말이 아니라서 말이야. 예전에는 그래도 우리가 가끔 연락도 하고 지내던 사이였잖아. 옛정이라고 하기에는 조금 어색하지만, 대충 그와 비슷한 거로 생각하고 내 사정 좀 봐주면 안 될까?"

연자하가 잠시 손등을 턱에 대고 고민하는 듯하다가 고개를 끄덕였다.

"오랜만에 만나기도 했으니, 그러죠, 그럼."

그리곤 덧붙여 말했다.

"제가 날도 궂은 이 날, 땀까지 흘려가며 여기까지 와서 혈가주를 기다리는 것은 한 가지 부탁이 있어서예요."

"부탁?"

혈뇌사야는 어리둥절해서 물었다.

"무슨 부탁?"

연자하가 두 눈을 반달처럼 만들어서 지금 자신이 최대한 선량하게 웃고 있다는 것을 내비치며 말했다.

"설무백이라는 그 남자, 내가 한번 만나 볼 수 있을까요?"

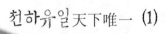

천하유일天下唯一 (1)

마천거사가 마교총단으로 돌아온 것은 독수신옹이 악초군 등 후계자 후보 세 명과 함께 과거 천마대제의 거처이자, 집무실이었던 마황궁(魔皇宮)의 대청으로 자리를 옮겼을 때였다.

　작금의 사태를 논의하기 위해서 총단에 거하는 마왕들을 호출한 다음이었는데, 독수신옹 등이 미처 자리를 잡고 앉기도 전에 그가 돌아와서 보고했던 것이다.

　"죄송합니다. 놓쳤습니다."

　마천거사의 보고에 안 그래도 모두의 귀추가 주목되어 조용하던 대청이 적막하게 고요해졌다.

　독수신공이 적막을 깨며 물었다.

　"그에게 아직 그럴 여력이 남아 있었다는 건가?"

마천거사가 담담한 어조로 대답했다.

"따라잡지 못했으니, 그건 확인이 불가능한 일이지요. 다만 점점이 피를 흘리며 도주하던 자가 어느 순간부터 흔적을 지우기 시작했고, 이내 완전히 자취를 감추었습니다."

"음."

독수신옹이 마뜩찮은 표정으로 침음을 흘리는 참인데, 악초 군이 대화에 끼어들었다.

"어째 거사의 용력이 예전만 못한 모양이시오. 석년의 거사 는 삼전오문구종의 주인들과 어깨를 견주던 분이라고 들었는 데, 고작 상처 입은 짐승 하나 사냥하지 못하다니 말입니다."

단순한 질책을 넘어선 책망이요, 비웃음이었다.

두 손으로 지팡이를 짚고 서 있던 마천거사가 슬쩍 고개를 돌려서 악초군을 바라보았다.

입은 미소를 그리고 있는데, 눈빛은 더 없이 고요했다.

그 상태로, 그가 심드렁하게 고개를 끄덕이며 말했다.

"비록 마교를 등지긴 했으나, 혈뇌사야는 엄연히 마도오문 의 하나였던 혈가의 가주라오. 그런 인물을 상처 입은 짐승이 라 비하하는 건 아니라고 보오, 이공자."

악초군의 눈썹이 발에 밟힌 지렁이처럼 꿈틀했다.

독수신옹에게 깍듯이 공대하던 마천거사가 그에게는 평대 를 쓰고 있었다.

하물며 한 수 가르쳐 준다는 식의 훈계였다.

마천거사는 지금 그간 그가 마교총단에서 가지고 있던 권위를 인정하지 않겠다는 뜻을 확고히 밝힌 것이다.

대청의 분위기가 흉흉해졌다.

악초군만이 아니라 그 곁의 혁련보는 물론, 문가에 시립한 일악 등 악인대의 고수들까지도 마천거사에 대한 적의를 노골적으로 드러내고 있었다.

마천거사가 그런 그들의 반감을 아는지 모르는지 태연하게 말을 덧붙였다.

"그리고 굳이 변명하자면, 노쇠한 본인을 석년과 비교하는 것은 너무 과한 일이오. 다만 잃는 게 있으면 얻는 것도 있는 것이 세상의 이치인지라, 어느 면에서는 줄었으나 어느 면에서는 늘어난 것이 지금의 본인이오."

그는 지그시 악초군을 주시하며 말을 끝맺었다.

"필요하다면 이공자가 직접 확인해 봐도 좋소."

필요니, 확인이니 하는 말로 에둘러 말하고 있지만, 기실 얼마든지 자신이 가진 능력을 증명해 보일 용의가 있으니, 원한다면 지금 당장이라도 싸우자는 소리였다.

"……!"

악초군이 눈가를 씰룩이는 것으로 극도의 불쾌감을 드러내며 마천거사를 노려보다가 이내 고개를 돌려서 분노에 가득한 눈으로 독수신옹을 바라보았다.

어떻게 내게 이럴 수 있느냐고 따지는 눈빛이었다.

그러나 독수신옹은 아무렇지도 않게 그의 시선을 외면했다. 그리고 그건 독수신옹만이 아니었다.

　악초군을 추종하는 몇몇 인물들을 제외한 모두가 방관자로 변해 있었다.

　야율적봉과 아소부의 경우는 한술 더 떠서 은근히 그가 나서기를 기대하는 눈치까지 보였다.

　"……!"

　악초군은 좌중의 냉정한 반응에 아니, 오히려 싸움을 부추기듯 호기심과 기대감으로 뜨거워진 열기에 찬물을 들이켠 것처럼 정신이 맑아지는 것을 느꼈다.

　여기서 나서면 그만 바보가 된다.

　만약 그가 나선다면 여기 있는 자들 중 거의 대부분이 속으로 쾌재를 부를 것이다.

　절대로 그가 지는 일은 없을 테지만, 그 자체로 손해도 이만저만 손해가 아니다.

　상대가 팔로문의 수장 겸인 마천거사인 점을 감안하면 그의 전력이 노출되는 것이 불가피하기 때문이다.

　'두고 보자, 늙은이!'

　악초군은 속으로야 이를 갈았으나, 절대자의 자리인 천마의 권좌에 앉기 전에는 마교의 마왕들 중 그 누구도 제대로 통솔할 수 없다는 작금의 냉혹한 현실을 다시 한번 뇌리에 각인하며 애써 웃었다.

"하하, 이런, 딴에는 가벼운 농이라고 건넨 말인데, 거사의 심기를 불편하게 만든 모양이군요. 화 푸세요. 제가 어찌 거사의 능력을 모른다고 확인씩이나 하겠습니까. 하하하……!"

마천거사는 애써 청하는 악초군의 화해를 수용하지 않았다. 그는 웃지 않고 무심하게 대꾸했다.

"본디 이 사람이 책망은 능히 수용할 수 있지만, 비웃음은 실로 감당하기 어려운 체질이라서 말이오."

악초군은 속에서 끓어오르는 열불을 더는 억누르지 못하고 두 눈을 치켜떴다.

그때 독수신옹이 한발 앞서서 마천거사를 꾸중했다.

"말이 심하구나. 이공자가 농으로 던진 말이라 하지 않는가. 어서 사과드리게."

마천거사가 속을 알 수 없는 눈빛으로 독수신옹을 일별하고는 악초군을 향해 고개를 숙였다.

"미안하오, 이공자. 늙으면 애가 된다더니, 이 사람도 별 수 없나보오. 분명 잡을 거라고 생각했다가 놓치자, 분한 마음을 지우지 못하고는 이공자의 농조차 고깝게 듣고 괜히 흥분해서는 앞뒤 분간도 못하고 설쳤구려. 너그러운 마음으로 이해하고 용서해 주시오, 이공자."

악초군은 애초에 마음 쓰지도 않았다는 표정으로 웃으며 선선히 마천거사를 용서해 주었다.

"무슨 용서씩이나, 사람이 살다보면 그럴 수도 있지요. 너무 괘념치 마세요."

"고맙소, 이공자."

마천거사가 거듭 공수하며 감사를 표했다.

때마침 그 순간 열어 놓은 대청의 문을 통해서 일단의 사람들이 안으로 들어섰다.

사왕전의 적미사왕과 독왕전의 광혼독신, 오행마가의 신임 가주인 음양유마 광척, 백선마가의 가주인 백안마신 등, 마교 총단에 거하고 있는 열두 명의 마왕이 바로 그들이었다.

기실 악초군이 애써 거듭해서 분노를 누르고 마천거사를 용서한 이유가 바로 그들, 무리가 마황전으로 들어서고 있음을 감지했기 때문이었던 것이다.

"어서들 오시오. 안 그래도 회의가 더 늦어지면 어쩌나 걱정하던 참이었는데, 마침 다들 오셨구려."

독수신옹이 이때를 기다린 것처럼 능숙하게 분위기를 바꾸며 회의를 주도하기 시작했다.

"다들 연락을 받고 긴가민가하고 급히 나섰을 텐데, 우선 먼저 밝혀 두자면 들은 내용들은 어김없는 사실이오. 혈가주가 남몰래 나를 찾아와서 이걸 전해 주었소."

그는 앞서 악초군 등이 확인한 전서를 탁자에 올려놓았다.

"돌아오는 처서에 우리를 공격하겠다는 선전포고요."

모두가 전서를 돌려보는 가운데, 장내가 급격히 소란스러워졌다.

저마다 전서의 진위 여부를 따지느라 의견이 분분했다.

누구도 선뜻 결론을 내지 못하는 주장들이 얽히고 설키며 돌고 돌아서 제자리로 돌아오기를 반복했다.

누구도 걱정을 하거나 두려워하는 기색은 없었으나, 누구도 이렇다 할 결론을 내리지 못하고 있었다.

탁탁―!

결국 묵묵히 앉아서 돌아가는 상황을 지켜보고 있던 독수신옹이 가볍게 탁자를 치며 나섰다.

"이제 내 의견을 말해도 되겠소?"

이목을 집중한 좌중이 침묵했다.

누구도 입을 열지 않는 무언의 승낙이었다.

독수신옹은 바로 다시 입을 열지 않고 좌중을 둘러보고 나서 가장 상석을 차지한 세 사람, 악초군과 야율적봉, 아소부를 향해 시선을 고정했다.

동의를 구하는 눈빛이었다.

나름 후계자 후보들에게 최대한의 예의를 지키는 것이다.

악초군과 야율적봉, 아소부가 슬쩍 시선을 교환했고, 이내 누구는 고개를 끄덕이는 것으로, 누구는 어깨를 으쓱이는 것으로 그의 호의에 화답했다.

독수신옹은 그제야 좌중을 둘러보며 다시 말문을 열었다.

"요는 이것이오. 저들의 선전포고와 상관없이 우리의 중원 진출은 마교의 적통을 이을 후계자 선출 이후로 미루어졌다는 사실이오. 따라서 본인의 생각은 경계를 강화하되 크게 동요하지 말며, 기존의 계획대로 내실을 다지는 데 주력하자는 거요."

말이 부드러워서 내실을 다지는 것이지 사실을 말하자면 아직도 알게 모르게 여전한 내부의 알력을 해소하자는 소리였다.

악초군이 슬쩍 한손을 들어서 이목을 끌며 말했다.

"아무리 그래도 단순히 경계를 강화하는 것만으로는 부족하지 않을까요?"

독수신옹이 대답했다.

"본인이 말하는 경계 강화에는 척후와 매복도 포함되어 있소."

악초군이 어색한 미소를 흘리며 말꼬리를 잡았다.

"과연 이 시기에 스스럼없이 병력을 내주려는 종사들이 있을까 싶네요. 물론 총단을 포함해서 말입니다."

독수신옹은 의미심장한 눈빛으로 악초군과 야율적봉을 번갈아 보며 대답했다.

"그렇게 쓸 만한 자들이 있지 않소이까."

악초군과 야율적봉이 그의 시선을 의식하며 어리둥절해했다.

"우리에게 말입니까?"

독수신옹은 태연하게 고개를 끄덕이는 것으로 그렇다고 인

천외천의
주인

정하며 부연했다.

"두 분에겐 소모품으로 쓰기에 적당한 아이들이 있지 않소이까. 쾌활림의 아이들 말이외다."

악초군에게는 쾌활림을 등지고 합류한 흑룡 등 흑사자들과 그들이 데려온 강시들, 또한 개인적으로 충성을 맹세한 흑표가 있고, 야율적봉에게는 쾌활림의 림주인 사도진악과 그 측근들이 식객으로 들어가 있는 것이다.

"음!"

악초군과 야율적봉이 긍정도 부정도 하지 않은 채 가만히 독수신옹을 쳐다보았다.

독수신옹이 웃는 낯으로 악초군을 바라보며 넌지시 말을 더했다.

"배신의 맛은 실로 짜릿해서 한 번 배신한 놈은 두 번도, 세 번도 하기 마련이오. 그런 자들을 중용하는 건 우리 마교의 미래를 위해서도 결코 바람직한 일이 아니외다."

그는 침묵하는 악초군을 외면하며 야율적봉을 향해 다시 말했다.

"이는 사도진악에게도 적용되는 말이외다. 그자는 애초에 우리의 지시를 어기고 딴생각을 품었으며, 결국 천사교주의 등에 비수를 꽂은 자가 아니외까."

악초군이 자못 난감하다는 투로 웃으며 말했다.

"반대할 이유는 없습니다만, 그들을 함께 보내면 적을 방비하기는커녕 자기들끼리 피바람을 일으킬 걸요, 아마?"

개인적으로 합류한 흑표는 차치하고, 사도진악과 흑룡 등 흑사자들은 아직 화해하지 않았다.

그게 어떤 일이든지 간에 불공대천지수처럼 서로가 서로를 향해 이를 갈며 적대하는 그들을 함께 투입한다는 것은 화약과 불씨를 뒤섞어 놓는 것과 다름없는 것이다.

야율적봉도 같은 생각인 모양이었다.

악초군의 말이 끝나기 무섭게 멋쩍게 웃는 낯으로 독수신옹을 보며 어깨를 으쓱이고 있었다.

그러나 독수신옹은 태연하게 말했다.

"굳이 화해시킬 필요 없소이다. 각기 합밀(哈密)과 약강(若羌) 인근에 배치해 두고, 소통은 총단과만 허락한다면 전혀 문제될 것이 없지 않겠소."

중원에서 마교총단으로 오는 길은 감숙성의 옥문관을 통하는 길과 청해성의 험로를 해쳐서 신강으로 들어서는 통로, 그렇게 두 곳밖에 존재하지 않는다.

그리고 합밀은 옥문관을 통하면 필히 거쳐야 할 길목이고 약강은 청해성의 험로를 벗어나서 신강으로 들어설 경우 필히 거쳐야 하는 길목인 것이다.

물론 서장으로 우회해서 신강으로 들어서는 통로가 없진 않다.

하지만 그 길은 워낙 험악해서 다수의 병력을 이동시키기란 실로 요원하다.

설령, 무리해서 그 길을 선택한다고 해도 워낙 사방이 광활한 황무지요, 한 방울의 물도 구하기 어려운 사막지대라 마교로서는 극히 소수의 정찰병만 투입해도 얼마든지 사전에 적들의 진입을 파악하고 능히 통제할 수 있다.

따라서 합밀과 약강은 중원에서 마교총단으로 오는 일종의 첫 번째 관문과도 같은 것이다.

"그렇다면야…….."

악초군이 수긍했다.

"마다할 이유가 없지요."

야율적봉도 동의했다.

"저 역시!"

"내 말 못 들었나?"

"예?"

"알겠다고 했잖아."

"뭘요?"

"자리를 마련해 보겠다고 말이야."

"호호, 그 얘기예요. 난 또 뭐라고……."

"그 얘기지 그럼 또 무슨 얘기를 하겠어. 그런데도 왜 돌아가지 않고 집 쫓겨난 강아지처럼 졸졸 따라오는 거야?"

"신경 쓰지 마세요. 혹시나 해서 이러는 거니까."

"뭘 혹시나 해서?"

"몰라서 그래요? 성치 않은 몸이잖아요. 그 몸으로 가다가 길 잃은 마적 떼라도 만나면 어떻게 해요."

"지금 나를 걱정해서 호위를 서 주고 있다는 거야?"

"무슨 그런 터무니없는 소리를……! 영감님이 아니라 나를 걱정하는 거죠. 약속 다 해 놓고 그냥 골로 가 버리면, 아니, 골은 좀 너무 심한가? 아무튼, 인생 하직해 버리면 나만 손해 잖아요. 내가 미쳤다고 그래요? 다된 밥에 코 빠트릴 일 있어 요?"

천하의 혈뇌사야에게 이렇듯 의뭉스럽게 능청을 떨며 할 말 못할 말 다 할 수 있는 존재는 정말 세상에 흔치 않았다.

지금 보란 듯이 두 손을 허리에 턱 걸치고 한껏 이맛살까지 찌푸리며 타박하는 검은 면사의 여인, 사화신녀교의 종사인 연자하가 바로 그 흔치 않은 존재 중 하나였다.

"휴……!"

혈뇌사야는 거하게 한숨부터 내쉬고 나서 부탁했다.

"저기, 이제 무슨 뜻인지 알겠고, 고맙기도 한데, 그냥 이만 돌아가 주면 안 될까? 자네 말마따나 지금 내가 이 모양 이 꼴 이라서 말이야. 아무리 그래도 내가 자네를 옆에 두고 운기조 식을 할 수는 없잖아. 안 그래?"

"어머, 실망스러워라."

연자하가 검은 면사로 가려진 입을 손으로 가리며 화들짝 놀란 시늉을 하며 말했다.

"너무 섭섭해요. 어떻게 하면 보다 더 안전하게 가주를 호위할 수 있을까 생각하는 나를 그렇게 불신해도 되는 거예요?"

혈뇌사야는 속으로 욕했다.

'이 할망구가 정말……!'

그리고 겉으로는 웃으며 사정했다.

연자하는 천하의 그에게도 그런 존재였다.

달리 염비, 염왕의 여자이겠는가.

"아니, 못 믿어서가 아니라 흉한 꼴 보이기 싫어서 그러지. 명색이 나도 사내인데, 끙끙대며 상처를 치료하는 모습을 다른 사람에게, 그것도 여자에게 보여 주고 싶겠어?"

연자하가 듣고 보니 그도 그럴 법하다는 듯 고개를 끄덕이는 것으로 수긍하며 말했다.

"그럼 이렇게 하지요. 제가 잠시 멀리 떨어져 있을 테니, 그때 운기조식 해요. 운기조식이 끝나면 다시 합류하도록 하지요. 제 생각엔 최소한 오로목제(烏魯木齊)를 지나서 토로번(吐魯番:투르판)까지는 같이 가야 마음을 놓고 돌아설 수 있을 것 같거든요."

토로번은 신강의 중심인 오로목제의 남동쪽에 자리한 분지에서도 남쪽에 치우친 오아시스 마을로, 감숙성과 가까운 신강 지역의 동쪽에 자리하고 있었다.

요컨대 토로번을 지나서 조금만 더 동쪽으로 가면 신강으로 들어서는 관문이라는 합밀이 나오고, 거기서 조금만 더 동쪽으로 이동하면 바로 중원으로 들어가는 관문인 옥문관이 나온다.

즉, 연자하의 말은 혈뇌사야를 중원까지 데려다주겠다는 것과 다름없는 것이다.

"아니, 그럴 필요까지야……!"

"있어요!"

연자하가 사뭇 단호하게 혈뇌사야의 말을 자르며 주장했다.

"당신의 안전을 보장하고, 그로 인해 향후 설무백, 설 공자와 만날 수 있게 되는 것은 저의 미래를 결정하는 데 지대한 영향을 끼칠 거라고 생각하니까요!"

혈뇌사야는 절로 등골이 오싹해지는 것을 느꼈다.

그녀의 단호한 태도를 보자, 잠시 망각하고 있던 과거 그녀가 대공자인 천마공자에게 저지른 폭거가 떠올랐던 것이다.

'설마 이 할망구가……?'

혈뇌사야는 애써 내색을 삼가고 침착함을 유지하며 물었다.

"자네 설마……?"

연자하가 슬쩍 손을 들어서 그의 말문을 막고는 눈으로만 웃으며 말했다.

"설마라니요. 제 마음을 잘 아시면서. 하늘이 무너지고 땅이 꺼져도 제 마음은 절대 변하지 않아요. 제 몸에 씨를 뿌릴 사람은 오직 대공자밖에 없어요."

혈뇌사야는 새파랗게 질려서 절로 꿀꺽 소리가 나도록 마른 침을 삼키며 급히 말했다.

"자네가 어디서 무슨 소리를 들었는지는 모르겠으나, 내가 새롭게 모신 분은 대공자가 아니라……!"

"대공자의 후예라죠?"

연자하가 요사스러운 눈웃음을 치며 잘라 말했다.

"같은 핏줄이요."

혈뇌사야는 말문이 막혀 버렸다.

연자하가 그런 그를 바라보며 간드러지게 호호 웃었다.

"뭘 그리 놀라요? 고작 씨예요, 씨. 그저 씨만 뿌려 주면 되는 거예요. 그 대가로 내가 얼마나 지대하게 당신의 주인을 도울 수 있는지 상상이 안 가요?"

그녀는 자신의 가슴을 치며 장담하듯 말을 더했다.

"나 연자하예요, 연자하! 애초에 마교의 존폐 따위는 안중에도 없는 연자요!"

혈뇌사야는 여전히 말문은 열리지 않았으나, 이것만큼은 인정하지 않을 수 없었다.

그가 아는 연자하는 정말 그런 여자였다.

백세를 내다보는 할망구인 주제에 자신이 원하는 핏줄을 잉태하기 위해서 물불 가리지 않고 목숨을 걸었다.

그런 그녀에게 마교의 소속감 따위가 있을 리 만무했다.

실로 우습기도 하고, 기가 막히기도 하지만, 누구에게는 그 어떤 천하대사도 지극히 개인적인 자신의 꿈이나 이상보다 못한 것이다.

"응?"

혈뇌사야는 대체 이 상황을 어떻게 받아들여야 좋을지 몰라서 전전긍긍하다가 문득 안색이 변했다.

순간, 연자하가 반색하며 말했다.

"거봐요. 내가 따라오길 잘했죠?"

혈뇌사야는 대답 대신 사망혈사공을 운기해서 전신을 핏덩이로 변화시켰다.

주변을 감싼 살기에 절로 반응한 결과였다.

때를 같이해서 그와 연자하의 주변이 검붉은 물결로 휩싸였다.

하나같이 붉은 승포를 걸친 민머리 사내들, 바로 소뢰음사의 혈승들이었다.

그중의 하나가 음충맞은 기소를 흘리며 말했다.

"크크, 역시 이공자의 말이 옳았군. 팔로문의 고수들을 너무 믿지 말라고 하더니만, 그들이 포기한 길에 이렇듯 당신이 서 있으니 말이야. 크크크……!"

혈뇌사야는 첫눈에 상대의 정체를 알아보았다.

소뢰음사가 자랑하는 일천 혈승의 수좌인 광도혈붕(狂刀血鵬)

이었다.

그는 비릿한 미소를 흘렸다.

"광도혈붕, 그사이 간덩이가 부었구나. 감히 내 앞에서 그 따위 여유를 부리다니 말이다."

광도혈붕이 예의 기소를 흘리며 대꾸했다.

"크크, 혼자라면 몰라도 지금은 혼자가 아니니까. 게다가 지금의 그대는 온전히 서 있기도 버거워 보이는 걸?"

혈뇌사야는 슬쩍 주변을 에워싼 혈승들을 훑어보며 코웃음을 쳤다.

"고작 서른 남짓한 잡졸들을 데려와서는 그리 여유를 부리다니, 네가 정말 세상 살기 귀찮은 모양이구나!"

비록 호기롭게 말은 했어도 혈뇌사야의 속은 시커멓게 타들어 가고 있었다.

소뢰음사의 혈승들이 어느 정도의 능력을 가졌는지 익히 잘 알고 있기 때문이다.

내상으로 내공의 절반도 사용하지 못하는 지금의 그로서는 서른 명이 아니라 대여섯 명도 제대로 상대할 수 없었다.

그러나 그럼에도 불구하고 피할 수 없는 싸움이었다.

피한다고 피해질 상대들이 아닌 것이다.

그때 경황 중에 깜박 잊고 있던 연자하가 나서며 말했다.

"어머, 무안해라. 어째 다들 나는 안중에도 없으시네?"

그때서야 광도혈붕을 비롯한 모든 혈승들의 이목이 그녀에게 집중되었다.

혈뇌사야는 그제야 알았다.

광도혈붕은 물론 나머지 혈승들도 연자하의 정체를 모르고 있었던 것 같았다.

연자하가 존재감을 드러낸 지금에 와서야 그들은 그녀의 정체를 알아본 기색들이었다.

'소녀무상기(小女無相氣)!'

마주보고 있어도 자신의 존재감이 드러나지 않게 만드는 연자하의 신공이었다.

앞서 혈뇌사야가 지근거리로 다가설 때까지 그녀의 존재감을 느끼지 못한 것도, 지금 광도혈붕 등 혈승들이 지근거리에 서 있는 그녀의 정체를 알아보지 못한 것도 바로 그 때문이었던 것이다.

"여, 연자하 종사가 어, 어떻게 여길……?"

광도혈붕이 크게 당황했다.

연자하가 눈살을 찌푸리며 싸늘하게 말했다.

"내가 누군지 알았으면 예의부터 갖추는 게 도리 아닐까?"

광도혈붕이 대체 이게 무슨 상황인지 모르겠는지 어쩔 줄을 모르며 눈치를 보았다.

연자하가 싸늘해져서 물었다.

"싫어?"

광도혈붕이 재빨리 고개를 숙이며 공수했다.

"소뢰음사의 광도혈붕이 연자하 종사를 뵈오."

연자하는 거만하고 고개를 끄덕이며 인사를 받았다.

답례는 없었다.

대신 그사이, 혈뇌사야의 뇌리로 그녀의 전음이 들려왔다.

―내가 이공자를 너무 쉽게 봤네요. 그 경황 중에 애들을 풀 생각까지 하다니, 정말 깜찍한 걸요. 아무튼, 토로번까지 데려다준다는 말은 지키지 못할 것 같네요. 애들 의외로 세거든요. 어서 가요. 애들은 내가 막을 테니. 아, 약속 잊으면 안 돼요.

―절대 잊지 않도록 하지!

혈뇌사야는 일말의 망설임도, 머뭇거림도 없이 즉시 신형을 날리며 대답했다.

지금의 그는 연자하에게 짐이 되었으면 되었지 절대 도움이 될 수 없다는 사실을 절실하게 인지하고 있었기 때문인데, 찰나지간에 그의 신형은 밤하늘 높이 치솟았다.

도약을 위한 그 어떤 사전 동작도 없이 두 다리를 꼿꼿이 편 채 수직으로 날아오르는 수법, 어기충소(御氣衝溯) 또는 어기충천(御氣衝天)이라 부르는 극상의 경공술이었다.

"앗!"

광도혈붕은 연자하에게 고개를 숙이느라 보지 못했지만, 다른 혈승들은 다 보았고, 그중의 하나가 반응해서 신형을 날렸다.

연자하가 그 순간 손을 뻗었다.

그 손에서 뻗어 나간 가느다란 실 같은 것이 달빛을 받아서 반짝였다.

그녀의 병기인 십대마병의 하나, 용린사(龍鱗絲)가 흘리는 빛이었다.

촤아악–!

섬뜩한 소음 속에 붉은 피와 조각난 살점이 분산했다.

지상을 박차고 날아오르던 혈승의 전신이 난도질당한 어육처럼 분해돼서 사방으로 뿌려지고 있었다.

"헉!"

뒤따라서 신형을 날리려던 혈승들이 본능처럼 그대로 멈추었다.

뒤늦게 사태를 인지한 광도혈붕도 헛바람을 삼키며 다급히 물러나서 그녀와의 거리를 벌리고 있었다.

연자하는 물러나는 광도혈붕을 바라만 싸늘한 미소를 흘렸다. 그리고 슬쩍 광도혈붕을 위시한 주변의 혈승들을 냉혹한 눈빛으로 훑어보며 말했다.

"다들 꼼짝 말고 그대로 있어라! 먼저 움직이는 놈이 먼저 죽는다!"

광도혈붕이 곤혹스러운 표정으로 물었다.

"연자하 종사, 대체 왜 이러는 거요?"

연자하가 잠시 뜸을 들이다가 에둘러 대꾸했다.

"뭐랄까? 좋은 씨를 받고 싶어서?"

광도혈봉으로서는 하늘이 두 쪽으로 갈라져도 절대 이해할 수 없는 대답이었다.

그래서였는지 모른다.

연자하의 대답이 그저 놀리는 헛소리라고 생각했는지, 그는 바로 격분하며 소리쳤다.

"쳐라!"

광도혈봉이 칼을 뽑아 드는 가운데, 주변을 에워싼 혈승들의 공격이 시작되었다.

연자하가 즉각 반응했다.

그녀의 손이 다시금 쾌속하게 뻗어졌다.

츠르르르-!

그녀의 손에서, 정확히는 열 개의 손가락에서 뻗어나간 용린사가 수백 아니, 수천의 반딧불이가 흩어지는 것과 같은 장관을 연출했다.

죽음을 부르는 장관이었다.

촤아아악-!

전면으로 나섰던 두 명의 혈승이 앞서 허공에서 분해되었던 혈승처럼 붉은 피와 조각난 살점으로 변해서 흩어졌다.

그사이, 다른 혈승들이 그녀의 뒤로, 혹은 측면으로 접근하며 칼을 휘둘렀다.

연자하가 본능처럼 반응해서 혈승들의 칼을 피했다.

그리고 다시금 그녀의 손이 춤을 추었다.

"으악!"

"크아악!"

단말마의 비명이 꼬리를 물고 이어지는 가운데, 피와 살점이 허공에 난무했다.

장내가 한 장의 지옥도로 변하는 것은 그야말로 순식간의 일이었다.

새벽이 어슴푸레 밝아오고 있었다.

해가 지면 급격히 기온이 내려가고 해가 뜨면 급격히 기온이 올라가는 사막기후의 일교차는 실로 악명이 높아서 밤새 얼어붙었던 대지가 빠르게 녹으며 훈기를 일으키기 시작했다.

"젠장……!"

바위산 기슭을 내려가며 새벽을 맞이하고 있던 혈뇌사야는 절로 오만상을 찡그리며 투덜거렸다.

아침이 되고 해가 뜨기 시작하면 얼마나 뜨거운 열기가 쏟아질지 익히 잘 알고 있기 때문이다.

밤에는 얼음이 꽁꽁 얼지만 낮에는 초열지옥을 방불케 하는 열기가 대지를 달구는 것이 신강이라는 땅의 사막 기후이다.

"지랄 맞게 춥더니 또 얼마나 몸을 태우려나……!"

혈뇌사야는 입으로야 연신 투덜거리면서도 쉬지 않고 움직여서 바위산을 내려갔다.

오래전에 추위와 더위를 초월한 한서불침(寒暑不侵)의 몸인 그가 추위를 욕하고 더위를 걱정한다는 것은 그만큼 지금의 몸 상태가 좋지 않다는 뜻인데, 과연 그랬다.

이리저리 찢긴 의복을 걸친 온몸은 붉은 피가 비치는 상처투성이고, 머리카락은 까치집처럼 헝클어져서 엉망이었다.

그런 외관이야 말할 것도 없고 내상은 더욱 극심했다.

고작 돌부리에 발이 걸린 것으로 몇 번이나 앞으로 쓰러질 듯 비틀거리는 것만 봐도 능히 지금 그의 상태를 짐작할 수 있을 터였다.

서서 뛰어가고 있는 것이 신기해 보일 정도로 처참한 모습과 온통 고통과 비분이 엇갈린 얼굴로 입에서 거품을 뿜어내는 것이 지금의 그인 것이다.

사실을 말하자면 이만한 것도 다행이었다.

소뢰음사의 혈승들이 펼쳐 놓은 포위망은 실로 천라지망을 방불했다.

간밤의 그는 대소 여덟 차례나 공격을 받았고, 아홉 차례나 적의 매복을 피해서 길을 돌아가야 했다.

나름 충분히 효과적으로 혈승들의 매복을 피하며 추적을 뿌리쳤음에도 실로 만신창이가 되어 버린 것이다.

그러나 진짜 문제는 이제부터였다.

혈승들은 여전히 그의 뒤를 따라붙고 있는데, 지금의 그는 그야말로 탈진해서 방향감각마저 잃어버렸다.

무작정 해가 뜨는 방향으로 가고 있을 뿐, 지금 여기가 어디인지 전혀 모르고 있었다.

"대충 토로번은 지나지 않았을까?"

느낌상으로는 그랬다.

어디를 봐도 거기가 거기 같은 바위산이요, 황무지라 단정하긴 어렵지만, 밤새 쉬지 않고 동쪽으로만 달렸으니, 대충 그 정도가 아닐까 하는 판단이었다.

다만 토로번 지역을 지났다고 해도 아직 갈 길이 멀었다.

최소한 옥문관을 넘어서 감숙성으로 들어서야 최대한의 안전을 도모할 수 있는데, 토로번 지역에서 옥문관까지의 거리도 그리 만만하지 않은 것이다.

"일단은 운기조식을 할 만한 장소를 찾아야겠는데……!"

밤새 틈을 찾아서 한 번의 운기조식을 했다.

그게 그가 여기까지 올 수 있는 원동력이었는데, 이제 한계였다.

서둘러 운기조식을 하지 않는다면 달리기는커녕 제대로 걷지도 못할 지경이었다.

혈뇌사야는 그런 생각을 하며 주변을 살피다가 돌부리에 발이 걸려 쓰러졌다.

그는 황급히 일어났고, 재빨리 옆으로 굴렀다.

순간!

쒜액-!

날카로운 음향과 함께 하나의 채찍이 무서운 속도로 허공을 가르며 날아들었다.

쫙! 쫘악-!

무엇으로 만들어졌는지는 몰라도 요사스러운 푸른빛을 발하는 채찍이 그가 서 있던 바닥을 긁으며 깊은 고랑을 만들었다.

혈뇌사야는 연거푸 옆으로 굴러서 자리를 이동했다.

소위 등까지 바닥에 대고 구르는 수법인 뇌려타곤(□驢打棍)이었다.

본디 뇌려타곤은 당나귀가 정신없이 땅바닥을 마구 뒹군다는 뜻을 가진 수법으로, 상대방의 공격을 아무래도 피할 방법이 없을 때 땅바닥을 뒹굴어서 간신히 몸을 피하는 모습을 일컫는데, 그 모양이 너무나도 참담하고 부끄러워 어지간한 고수라면 차라리 죽을지언정 절대 시전하고 싶지 않은 수치스러운 신법이다.

그러나 혈뇌사야는 망설이지도 주저하지도 않고 바닥을 뒹굴었다.

부끄러운 수치도 살아야 있는 것이다.

죽은 다음의 부끄러움과 수치가 무슨 소용이란 말인가.

파파파팍-!

혈뇌사야가 굴러가는 바닥을 따라서 독 오른 독사의 머리처럼 꼿꼿하게 일어선 채찍의 끝이 줄지어 파고들었다.

채찍을 휘감은 막대한 경기가 사방을 튀었다.

"천하의 혈가주가 말똥구리처럼 잘도 구르는구나!"

신랄한 조롱이 들려왔다.

혈뇌사야는 이를 악물고 한순간 개구리처럼 멀찍이 뛰어서 거머리처럼 따라붙은 채찍의 범위를 벗어나며 일어나서 상대를 확인했다.

바위산 비탈길의 위쪽이었다.

족히 이 장에 달하도록 길게 늘어진 채찍을 한손에 움켜쥔 혈승 하나가 우뚝 서서 그를 내려다보고 있었다.

붉은 당건을 이마에 두르고, 목에는 작은 해골을 엮은 목걸이를 걸친 백미백염의 늙은 혈승인데, 그 뒤로 또 하나의 늙은 혈승이 거대한 대감도를 어깨에 걸친 모습으로 나타나고 있었다.

혈뇌사야는 첫눈에 그들의 정체를 알아보았다.

소뢰음사의 일천 혈승들 중에서도 상위 십대혈승에 꼽히는 마면귀승과 마영귀승이었다.

그중 붉은 채찍의 주인인 마면귀승이 재차 비아냥거렸다.

"질기기도 하지. 그 몸으로 여기까지 도망치다니, 이름값은 하는군그래."

대감도를 어깨에 걸친 마영귀승이 어깨가 들썩일 정도로 키득거리며 조롱을 더했다.

"쥐새끼처럼 이리저리 도망만 쳤으니까 그렇지. 한 번이라도 제대로 붙었으면 여기까지 어림도 없지."

혈뇌사야는 부르르 몸을 떨었다.

극도의 분노가 불러온 경련이었으나, 혈뇌사야는 애써 평정을 유지한 채 냉소를 날렸다.

"내가 멀쩡했어도 그따위 소리를 내 앞에서 할 수 있었을지 정말 궁금하군그래."

마면귀승이 누런 이를 드러내며 거듭 조롱했다.

"누가 뭐라나? 멀쩡하지 않으니까 이러는 거지. 세상이 다 그렇잖아. 강자가 약자로, 약자가 강자로 변할 때가 있잖아. 잘 알면서 뭘 그리 서운해하고 그래?"

말을 하는 와중에 그의 손에서부터 혈뇌사야의 지근거리까지 늘어져 있던 붉은 채찍의 끝에 달린 작은 마름모꼴의 쇠붙이가 독 오른 독사처럼 머리를 쳐들었다.

때를 같이해서 마영귀승이 어깨에 걸치고 있던 대감도를 들어서 지면으로 늘어트리며 재촉했다.

"괜한 장난 그만치고 빨리 끝내고 돌아가자. 이공자 성질머리 너도 잘 알잖아."

살기가 비등했다.

혈뇌사야의 전신이 핏물로 화하며 흔들렸다.

어느새 그의 손에는 사망혈사공에 기인한 피의 칼, 혈인이 들려 있었다.

문답무용(問答無用), 이제 더는 대화할 이유도 없고, 그럴 여유도 없었다.

그마저 아껴서 마면귀승과 마영귀승을 상대하는 힘으로 써야 하는 것이다.

그래도 한마디는 해야 했다.

"적어도 한 놈은 저승의 길동무로 삼도록 하마!"

마면귀승과 마영귀승의 안색이 무겁게 변했다.

호기롭게 넉살을 부리며 조롱을 해댔지만, 제아무리 극심한 내상을 입은 혈뇌사야라도 그들에겐 신중함을 요하는 상대인 것이다.

혈뇌사야의 경고가 아니더라도 상처 입은 짐승이 더 무서운 법이 아니겠는가.

그런데 그때였다.

쿵―!

서서히 푸름으로 물들어 가기 시작하는 새벽하늘에서 난데없이 유성이 떨어졌다.

혈뇌사야와 그들 사이의 공간으로였다.

"헉!"

마면귀승과 마영귀승은 크게 놀라서 절로 헛바람을 삼켰다. 돌발적으로 하늘에서 떨어진 유성의 정체는 바로 사람이었다.

그러나 그보다 더 그들을 놀라게 만든 것은 그 사람 곁에 그림자처럼 홀연히 자리한 또 다른 사람 하나였다.

유성처럼 떨어져 내린 사람이 거친 소리를 내며 지상에 내려앉았다면 그 사람은 흡사 미세한 바람처럼 혹은 깃털처럼 아무런 기척도 없이 그들 사이의 공간으로 내려섰던 것이다.

대체 어느 정도나 고도의 경신술이면 이럴 수 있을까?

"……!"

마면귀승과 마영귀승은 본능처럼 절로 바짝 긴장해서 상대를 살펴보았다.

그때 벅찬 환희에 차오른 혈뇌사야의 외마디 탄성이 그들의 폐부를 찔렀다.

"지존!"

혈뇌사야에게 지존으로 불리는 사람은 천하에 한 사람밖에 없었다.

크지도 작지도 않은 신장이 훤칠하게 느껴지는 미남자이며, 뒷목에서 질끈 묶어 놓은 흑단처럼 반짝이는 검은 머리카락과 심연하면서도 은근하게 빛나는 두 눈, 그리고 한쪽 눈가를 가로지른 희미한 칼자국 상처가 묘한 신비함을 주는 사내, 바로 설무백이었다.

그가 철면신과 함께 새벽하늘을 유성처럼 가르며 날아와서 혈뇌사야와 마면귀승 사이로 내려섰던 것이다.

"여기서 뭐 해?"

설무백의 천연덕스러운 질문이었다.

혈뇌사야가 그제야 자신의 실태를 떠올리며 얼굴을 붉혔다.

"아, 그게, 어쩌다 보니……!"

설무백은 픽 웃으며 물었다.

"어디 크게 다친 데는 없지?"

혈뇌사야는 어색하게 웃는 낯으로 두 팔을 펼쳐보였다.

"보시다시피 사지 멀쩡합니다."

"됐네, 그럼."

설무백은 무심하게 대꾸하고는 슬쩍 고개를 돌려서 마면귀
승과 마영귀승을 향해 시선을 던졌다.

혈뇌사야의 상태를 대수롭지 않게 평가한 것과 딴판으로 칼
끝처럼 예리하게 변한 눈빛이었다.

그때까지도 마면귀승과 마영귀승은 꼼짝도 하지 않고 그대
로 서 있었다.

흡사 고양이 앞의 쥐처럼 혹은 뱀 앞의 개구리처럼 의지와
무관하게 본능적으로 몸이 굳어진 것 같았다.

"소뢰음사의 혈승인가?"

마면귀승과 마영귀승은 대답하지 않았다.

아니, 대답할 수가 없었다.

육체는 말할 것도 없고 하다못해 입술까지 무언가 눈에 보
이지 않는 거대한 거미줄에 걸린 것처럼 옴짝달싹도 할 수가
없었다.

지금 그들이 설무백에게서 느끼는 위압감은 그처럼 무지막
지한 것이었다.

"마면귀승과 마영귀승이라는 애들입니다."

혈뇌사야가 대신 말해 주었다.

"소뢰음사가 자랑하는 일천 혈승 중에서도 십대혈승의 자리를 차지한 애들이지요."

설무백은 그러냐는 듯이 고개를 끄덕이며 끌끌 혀를 찼다.

"할 일 없으면 집이나 지키고 있을 것이지……!"

그리고 아무렇지도 않게 그들을 향해 다가갔다.

마면귀승과 마영귀승이 언감생심 물러나지도 못한 채 다급히 말을 더듬었다.

"누, 누구냐 너는?"

상황으로 봐서는 분명 풍잔의 주인이라는 설무백이었다.

작금의 혈뇌사야가 지존이라고 부를 사람은 설무백밖에 없음을 그들도 익히 알고 있기 때문이다.

하지만 그들이 들어서 알고 있는 설무백은 눈부신 백발의 사내이지 지금처럼 흑단처럼 검은 머리카락을 휘날리는 사내가 아닌지라 헷갈리는 것이다.

설무백은 그들의 의혹을 풀어 주지 않았다.

"가는 마당에 내가 누군지는 알아서 뭐 하게?"

말과 함께 그의 두 손이 들렸다.

마면귀승과 마영귀승은 절로 무언가 켕기는 기분과 스스로도 이해할 수 없는 두려움에 사로잡히며 뒤로 물러났다.

아니, 물러나려 했으나 그럴 수가 없어서 새파랗게 질린 얼굴이 되었다.

다가오는 설무백의 전신에서 보이지 않는 기가 거미줄처럼 줄줄이 뿜어져 나와 그들의 전신을 꼼짝도 못하게 옥죄고 있었다.

"……!"

다가오면서 천천히 들어 올린 설무백의 두 손이 그 순간에 그들을 향해 뻗어졌다.

여전히 눈에 보이지는 않지만 그의 손에서 보다 굵고 강력한 거미줄이 뿜어져 나와 그들을 끌어당겼다.

"헉!"

마면귀승과 마영귀승이 주룩 끌려가서 설무백의 손아귀에 얼굴을 들이밀었다.

그들이 그러고 싶어서 그런 것은 아니지만, 다른 사람이 보기에는 그들이 자신해서 그러는 것으로 보였다.

그리고 그것이 그들이 가지는 이승에서의 마지막 기억이었다.

설무백의 손바닥이 그들의 얼굴을 덮은 순간과 동시에 그들은 빠르게 세월을 앞질러 가는 나뭇가지처럼 급격히 시들며 바짝 말라서 죽어 버렸다.

"이리 와 봐."

설무백은 마른 나뭇가지로 변한 마면귀승과 마영귀승의 주검을 옆으로 내던지며 혈뇌사야를 불렀다.

그리고 혈뇌사야가 얼떨결에 다가오자 불쑥 손을 내밀어서 그의 손을 잡았다.

"어……?"

혈뇌사야가 크게 당황했다.

설무백이 잡은 손을 통해서 막대한 진기가 흘러 들어왔기 때문이다.

"쟤들 거야. 쓸데없는 건 태우고 혈노와 어울리는 것들만 추린 거니까, 기력을 회복하는 데 도움이 될 거야."

기력을 회복할 수 있는 정도가 아니었다.

혈뇌사야는 난생 처음으로 꼿꼿이 선 자세로 잃어버린 진기를 복구하고, 오히려 내공이 늘어나는 신기를 경험하고 있었다.

그때 바람이 불어오며 귀신처럼 모습을 드러내는 사람이 있었다.

"주변에는 없던데? 뒤쪽에 있던 둘이 전부라서 걔들만 처리했어."

요미였다.

그녀는 설무백과 함께 도착해서 주변을 살피고 돌아온 것이다.

동시에 그들의 곁으로 내려서는 사람들이 있었다.

공야무륵과 거대한 체구의 여인 고고매, 그리고 같이 나타났으나, 모습은 드러내지 않고 있는 백영과 흑영이 바로 그들이었다.

　누구 하나 알은척도 못한 채 바닥에 털썩 주저앉아서 헉헉 숨을 몰아쉬는 그들의 모습을 보니 설무백이 얼마나 속도를 내서 달려왔는지를 알 수 있었다.

　마친 설무백이 마주잡은 혈뇌사야의 손을 놓았다.

　진기 이전을 끝낸 것이다.

　혈뇌사야는 실로 감격해서 진저리를 치듯 부르르 몸을 떨며 물었다.

　"어떻게 알고 오신 겁니까?"

　설무백은 대수롭지 않게 어깨를 으쓱이며 대꾸했다.

　"혹시 몰라서 내 주변의 모두에게 천리추종향을 묻혀 두었지. 물론 여기서 이렇게 만난 것은 전적으로 우연이지만 말이야."

　혈뇌사야는 고개를 갸웃했다.

　전적으로 우연이라는 말을 믿는 것은 아니지만, 작금의 시기에 설무백이 이곳에 나타난 이유는 오직 하나뿐이기 때문이다.

　"그럼 마침내 공격하는 겁니까?"

　설무백은 아무렇지도 않게 대꾸했다.

　"공격이 아니라 벌써 싸움이 시작됐어."

　그는 픽 웃으며 덧붙였다.

　"그러니까 싸움에 참가하려면 어서 운기조식부터 해."

천하유일天下唯一 (2)

벌써 싸움이 시작되었다는 설무백의 말은 어김없는 사실이
었다.

그리고 그 시작은 서장의 서부 끝자락에 펼쳐진 야각산맥(夜
刻山脈)의 주봉인 아극산(阿極山)이었다.

거기가 바로 과거 대원대몽골국(大元大蒙古國)이라 불리던 원
(元) 제국 때에는 몽고족의 후원을 등에 업고 서장에서 라마교
그 자체라 해도 과언이 아닐 정도의 엄청난 세력을 떨치던 홍
교(紅敎)의 후예들이 구축한 소뢰음사였기 때문이다.

"어······?"

소뢰음사를 품은 아극산의 초입에 설치되어 있는 척후참(斥
候站)이었다.

원래 척후잠은 사방을 훤히 조망할 수 있으면서도 정작 그 속에 자리한 사람은 밖으로 드러나지 않게끔 은밀하게 만들기 마련인데, 지금 여기는 전혀 그렇지가 않았다.

　대충 가파른 경사를 이룬 비탈길의 정상에 지어 놓은 초막이라 사방을 조망하는 것은 아무런 문제가 없지만, 정작 초막도 척후참이라는 이름이 무색하게 주변 어디에서나 쉽게 볼 수 있었다.

　이는 그리 멀지 않은 후방에 소뢰음사의 본영이 자리한데다가, 지난 오랜 세월 동안 그 누구도 소뢰음사를 위협할 만한 사람이 찾아온 적이 없기 때문에 자연히 굳어진 형태의 척후참인 것이다.

　그래서 지금 척후참에 번을 서는 두 사람은 소뢰음사에서도 지극히 낮은 신분인 라마승에 불과함에도 한 사람은 벽을 따라 선반처럼 꾸며진 의자에 편히 누워서 자고 있고, 다른 한 사람 역시 창가에 기대고 서 있기는 했으나, 주변을 살피는 둥 마는 둥 하며 졸고 있었다. 그러다가 창가에 서서 졸고 있던 라마승이 우연찮게 그걸 발견했다.

　처음에 그는 자신의 눈에 들어온 것이 무엇인지 몰랐다.

　아니, 몰랐다기보다는 선뜻 사실인지 아닌지 인지하지 못했다.

　비몽사몽인데다가 라마승도 아니고 무복 차림의 사내들이 무리를 지어서 소뢰음사로 가는 비탈길을 올라오는 모습은 그에게 너무나도 비현실적으로 보였다.

여태 이런 적이 한 번도 없었고, 그 역시 한 번도 본 적이 없는 광경이라 자신이 보는 것을 믿을 수가 없었던 것이다.

그러나 엄연히 꿈이 아니라 현실이었다.

점차 잠에서 깨며 정신이 들자, 그는 빠르게 그것을 인지하며 다급히 옆에서 자는 동료를 흔들어 깨웠다.

"왜 그래?"

"저, 저기……!"

"저기 뭐……? 어……?"

잠에서 깨서 귀찮다는 듯이 일어나서 비탈길 아래를 확인한 동료가 고개를 갸웃했다.

"쟤들 뭐야?"

"저, 적이다!"

동료를 깨운 라마승이 다급히 외쳤으나, 이제 막 잠에서 깨어난 동료는 여전히 사태를 제대로 인지하지 못했다.

"우리에게 무슨 적이 올 거라고……!"

"중원의 복장이잖아! 중원인이라고! 어서 가서 알려야 해! 아니, 신호를……! 어서!"

"아, 알았어!"

동료도 이제야 정신이 든 듯 서둘러 척후참의 구석으로 몸을 날려서 벽에 걸려 있는 줄을 당겼다.

척후참의 후방으로 십여 장가량 떨어진 종탑의 종과 연결되어 있는 줄이었다.

하지만 종이 울리지 않았다.

대신 그가 잡아당긴 줄이 아무런 저항도 없이 주룩 딸려 왔고, 그 뒤로 예리한 바람이 그의 목을 스치고 지나갔다.

"헉!"

절로 헛바람을 삼킨 그는 줄을 놓고 목을 부여잡았다.

그런 그의 손가락 사이로 붉은 핏물이 꾸역꾸역 흘러넘쳤다.

"익!"

동료의 목이 베어지는 순간을 목도한 라마승이 기겁하며 척후참 밖으로 신형을 날렸다.

그런 그의 뒷덜미를 향해서 날카로운 칼날이 휘둘러졌다.

그는 피하지 못했다.

칵-!

섬뜩한 소음이 터지며 그의 머리가 앞으로 기울어져서 바닥으로 떨어졌다.

뒤늦게 핏물이 뿜어지고, 그 위로 머리를 잃은 몸통이 쓰러졌다.

"애들 수준이 영 아닌 걸?"

순식간에 척후참에서 번을 서던 두 명의 라마승 머리를 베어 버린 사내, 흑혈은 못내 찜찜하다는 표정을 지었다.

그 모습을 보고 비탈길 아래에서 올라오던 무리의 선두인 작은 체구의 노인, 야제 천공수가 히죽거리며 말했다.

"그럴 만도 하지. 대부분의 정예들은 마교의 총단에 투입되었을 테니까."

흑혈이 쩝쩝 입맛을 다시며 물었다.

"그럼 우리 빈집털이 하는 거였습니까?"

천공수가 눈을 멀뚱거렸다.

"몰랐냐?"

흑혈이 곱지 않게 일그러진 눈가로 천공수를 노려보았다.

"무슨 말이라도 해 주고 아는지 모르는지 따져 주세요. 무조건 애들 모으라고 해서 모았고, 가자고 해서 온 곳이 여긴데, 제가 그걸 어찌 알겠습니까?"

천공수가 눈을 부라렸다.

"잘하면 치겠다?"

"아, 아니, 무슨 그런 말씀을……!"

흑혈이 찔끔해서 자라목을 하는 참인데, 천공수의 곁을 벗어나서 주변을 둘러보던 거구의 흑의노인, 흑천신이 말했다.

"그나저나, 이 친구는 아직인가?"

천공수가 히죽 웃으며 말했다.

"왔네."

흑천신도 느낀 듯 슬쩍 고개를 돌려서 척후참의 뒤쪽으로 펼쳐진 숲을 바라보았다.

거기서 미세한 기척이 들리며 두 사람이 모습을 드러내고 있었다.

황색가사를 걸친 두 명의 라마승, 지난날 흑점을 찾아왔다가 유령노조와 함께 떠났던 포달랍궁의 아수라와 대뢰음사의 마후라가였다.

"오셨습니까."

두 사람의 인사를 받은 흑천신이 물었다.

"유령은?"

아수라가 대답했다.

"마하란께서는 조금 전에 먼저 소뢰음사의 영내로 들어가셨습니다."

"혼자서?"

"내부 사정을 먼저 살피시겠다고 하셨습니다."

천공수가 눈살을 찌푸렸다.

"내부 사정은 무슨, 혹시나 여기 남은 혈승들이 있나 살피려는 거겠지. 그 성질 어디 안 가네."

"그럴 만도 하지. 몸은 여기 있어도 마음은 벌써 마교총단에 가 있을 사람이 아닌가."

흑천신이 충분히 이해가 간다는 듯 한마디하고는 발길을 재촉했다.

"우리도 어서 서두르세."

마후라가가 급히 물었다.

"이 인원이 다인가요?"

"부족해 보이나?"

흑천신의 태연한 반문에, 마후라가가 걱정했다.

"거의 모든 정예들이 빠져나갔다고는 해도, 최소한 이삼백 명 가량의 혈귀들은 남아 있을 겁니다. 그 아래 라마들의 숫자도 상당할 테고요. 이 인원만으로는……!"

흑천신이 무뚝뚝하게 말을 잘랐다.

"걱정 말고 앞장서게. 누구 일이라고 우리가 허술하게 나섰겠나. 흑점의 사자들을 통째로 데려왔네. 여기 인원은 정면으로, 나머지 인원은 좌우측으로 배정했을 뿐이야."

"아……!"

마후라가가 이제야 안심하며 서둘러 앞장섰다.

"이쪽입니다!"

흑천신이 느긋하게, 하지만 조금도 뒤처지지 않는 속도로 그 뒤를 따라갔다.

천공수와 흑혈, 오대관사 중 좌우측으로 배정된 삼대관사를 제외한 서방관사가, 바로 전대의 흑도고수인 파천상인이 사십여 명에 달하는 흑점의 사자들과 함께 그 뒤에 붙었다.

그리고 대략 일각 후였다.

소뢰음사의 영내를 중심으로 한 아극산 일대가 붉은 화망에 휩싸이기 시작했다.

"그게 소뢰음사의 영내에 자리한 것이라면 기둥뿌리는 물론, 석가래 하나 남기지 말고 모조리 태워 버리도록!"

이것이 사전에 흑점의 삼태상에 내려진 설무백의 명령이었다.

그런데 사전에 설무백에게 그와 같은 지시를 받은 무리가 하나 더 있었다.

무림맹을 지원하긴 하나, 무림맹과는 차별적으로 움직이던 사천의 종주들, 사천당문과 아미파, 또한 일왕쌍성삼신사마로 대변되는 천하십대고수 중 삼신의 하나인 청성신기와 그의 의발전인 청운적비 기소무를 중심으로 하는 청성파의 제자들이 바로 그들이었다.

그들은 이 시각, 사전에 전달받은 설무백의 시시에 따라 천산(天山)에 도착해 있었다.

빡-!

메마른 타격음과 함께 사람의 머리에 구멍이 뚫렸다.

무슨 소리가 난 것 같다며 초소를 벗어나서 언덕 아래를 내려다보던 천산파 제자였다.

뒤통수로 피 화살을 뿜어낸 그는 그야말로 비명도 지르지 못한 채 죽어서 쓰러졌다.

"헉!"

초소에 서 있다가 동기의 뒤통수에서 피 화살이 뿜어지는 광경을 목격한 천산파의 제자는 짧은 비명을 내지르면서도 반사적으로 검을 뽑으며 뛰쳐나갔다.

하지만 동료의 목숨을 앗아 간 자의 행동은 실로 무섭게 빨랐다.

그가 초소를 벗어나는 순간과 동시에 쓰러지는 동기의 곁에 홀연히 모습을 드러낸 그자는 대번에 손을 내밀었다.

"......?"

아무것도 없는 빈손이었다.

순간, 그는 본능처럼 수중의 검을 휘둘러서 자신을 향해 뻗어진 그 손을 베어 갔다.

하지만 그의 검극은 상대의 손에 닿지 않았다.

상대가 손을 물리거나 해서 피한 것이 아니었다.

그가 중심을 잃으며 헛손질을 해 버린 것이었다.

"어......?"

그는 이해할 수 없었다.

분명 상대는 빈손이었고, 그 자신은 아무런 타격을 받지 않았는데, 왜 갑자기 현기증이 나며 중심을 잃는 것일까?

그때 의지와 무관하게 쓰러지는 그의 시선으로 동기의 주검이 들어왔다.

동기들 중 유난히 하얀 피부를 가져서 백면서생이라고 놀림을 받던 동기의 얼굴이 시커멓게 변해 있었다.

"독......?"

그의 생각은 더 이상 이어지지 않았다.

눈에 들어온 모든 것이 한순간에 하얗게 탈색되며 이내 그 느낌마저 사라져 버렸다.

죽음이었다.

휘릭—!

모종의 독공으로 그를 죽인 자, 짙은 녹의와 녹피장갑을 낀 사내는 쓰러지는 그의 손에서 재빨리 검을 낚아챘다.

사람의 육신과 달리 검은 단단한 쇠붙이라 아무리 살짝 떨어져도 제법 소리가 크기 때문이었다.

그때 그 사내의 곁으로 다른 사내 하나가 홀연히 모습을 드러냈다.

그와 마찬가지로 짙은 녹의와 녹피장갑을 낀 사내였다.

"세 번째인가?"

"여섯 번째인데요?"

"초소말이야."

"아……!"

초소의 보초들을 제거한 처음의 녹의사내, 바로 현 사천당문의 주력세대인 당문오형제의 막내 당문독룡 당가천은 멋쩍게 웃었다.

나중에 나타난 녹의사내, 당문오형제의 둘째 당문신기(唐門神奇) 당유신(唐儒神)이 피식 따라 웃고는 이내 수풀이 우거진 저편 산기슭을 가리켰다.

"더 있을까?"

"그렇지 않겠어요?"

당유신이 새삼 피식 웃으며 당가천의 어깨를 툭 쳤다.

"그럼 마저 수고해라."

당가천이 실소했다.

"만사 귀찮아하고, 싸움이라면 질색하는 형님이 어째 자원해서 나선다 했더니, 이런 꿍꿍이가 있었던 거네요."

당유신이 히죽 웃으며 대꾸했다.

"좀 봐주라. 아까 너도 나를 바라보는 아버님 눈빛을 봤잖아. 웃고 있지만 웃고 있지 않는 그 눈빛. 하여, 나서긴 나서야겠는데, 너도 알다시피 나는 피 보는 건 정말 끔찍하다. 그러니 별수 있냐. 내가 기댈 수 있는 사람이 너밖에 없잖아. 괜히 형님 따라 나섰다간 그 성질에 강제로 피를 보라고 할 테고 말이야."

당가천이 어련하겠냐는 듯 새삼 실소하다가 이내 단호한 기색으로 말했다.

"여기서는 그래도 상관없지만, 천산파의 영내로 들어서면 그럴 수 없는 거 아시죠?"

당유신이 세상 다 산 노인네처럼 길게 한숨을 내쉬었다.

"안다. 그때는 정말 다른 도리 없지. 싫지만 어쩔 수 없이 손을 쓸 수밖에…… 에휴!"

"……."

당가천은 정말 싫은 표정인 당유신의 얼굴을 잠시 물끄러미 쳐다보다가 이내 그처럼 긴 한숨을 내쉬었다.

"형님이야 말로 정말 나를 어쩔 수 없게 만드네요."

그는 그 자신의 말마따나 정말 어쩔 수 없다는 표정으로 돌아서며 다시 말했다.

"영내로 들어서서도 가급적 제 곁에서 떨어지지 마요. 어떻게든 형님이 손을 쓰지 않는 방향으로 해 볼 테니까."

당유신이 반색하며 그의 뒤를 따랐다.

"정말?"

당가천은 자못 매서운 눈빛으로 당유신을 돌아보며 대답했다.

"아버님에게는 비밀인 거 알죠?"

당유신이 신나서 대답했다.

"여부가 있나. 오히려 내가 부탁할 말이지. 하하하……!"

당가천이 더는 말할 기운도 없다는 듯한 태도로 손을 내저으며 발길을 재촉했다.

"서둘러요! 동편으로 간 아미파의 척후보다 늦게 신호를 보냈다가는 아버님의 역정이 이만저만 아닐 겁니다!"

다행스럽게도 그들의 아버지가, 바로 현 사천당문의 가주인 천수태세 당가휘가 역정을 내는 일은 벌어지지 않았다.

당가천과 당유신은 다른 누구보다도 먼저 천산파의 외각경계를 뚫고 들어가서 신호를 보냈고, 그 신호에 따라 사천당문이 가장 먼저 천산파를 공격해 들어갈 수 있었기 때문이다.

동편으로 진입한 아미파의 척후가 신호를 보낸 것은 사천당 문의 정예들이 천산파의 영내로 진입한 다음이었다.

누구도 예상하지 못한 기습이었다.

천산파의 영내는 그야말로 삽시간에 몰아닥친 피바람 속에 돌이킬 수 없는 지옥으로 변해 버렸다.

"예……? 이미 소뢰음사와 천산파를요?"

운기조식에서 깨어난 다음이었다.

처음으로 작금의 상황을 전해 들은 혈뇌사야는 실로 크게 놀라며 물었다.

"아니, 그건 시간적으로 맞질 않지 않습니까? 제 기억에 일 전에 지존께서 연기한 거사 시일은 불과 이틀 전인데, 어떻게 벌써 소뢰음사와 천산파를 공격할 수 있다는 거죠?"

"이상하네?"

설무백은 당최 이해할 수 없다는 표정으로 고개를 갸웃거리 며 말을 이었다.

"왜 다들 이리도 거사 시일에 연연하는 거지? 거사시일은 그 저 거사 시일일 뿐이야. 사람이 정해 놓은 시간, 그래서 언제든 지 변할 수 있는 시일 말이야."

"예……?"

혈뇌사야가 황당한 표정을 지었다.

설무백은 그에 아랑곳하지 않고 히죽 웃으며 말을 더했다.

"그깟 약속 시간에 연연할 필요가 뭐 있어. 어떤 이는 약속이라는 게 깨라고 있는 거라는 말까지 하는데 말이야. 안 그래?"

"아, 뭐, 그렇긴 합니다만……!"

"설마 혈노도 내가 그렇게나 꼼꼼하게 정의로운 사람이라고 생각했던 거야?"

"아, 뭐, 그런 것도 아니긴 합니다만……!"

혈뇌사야가 무언가에 홀린 표정으로 고개를 끄덕이며 수긍하다가 이내 특유의 음충맞은 기소를 흘렸다.

"흐흐, 다 속았네요. 적이나 아군이나. 흐흐흐……!"

설무백은 대수롭지 않게 어깨를 으쓱이며 인정했다.

"여러 번의 연기로 무뎌질 만큼 무뎌진 감정이라 별로 속았다는 기분도 안 들 거야."

"과연 그렇겠네요."

혈뇌사야가 웃는 낮으로 바로 동의하다가 문득 다른 생각이 든 것처럼 진중하게 안색을 바꾸며 말했다.

"하지만 그래도 지존께서 이렇게 혼자 선봉으로 나선 것은 옳지 않습니다. 이러니저러니 해도 상대는 마교입니다. 만에 하나라도 저들의 매복이나 함정을 고려하셔야지요."

설무백은 피식 웃으며 말을 받았다.

"사실 그것 때문에 앞으로 나선 거야."

혈뇌사야가 눈을 끔뻑였다.

"예? 대체 그게 무슨……?"

설무백은 대수롭지 않게 대답했다.

"무슨 말이긴, 내가 직접 그런 장애물을 처리하겠다는 거지."

"그건 절대 아니 될 말씀입니다!"

혈뇌사야가 대번에 손사래를 치며 말렸다.

"닭 잡는 칼이 따로 있고, 소 잡는 칼이 따로 있는 법입니다. 그리고 그건 단지 귀찮음을 대변하는 것이 아니라, 자칫 닭을 잡다가 벼린 날이 상해서 정작 소를 잡지 못할 수도 있다는 점을 우려하는 겁니다. 부디 사사롭게 생각하지 마시고, 보중하셔야 합니다, 지존!"

설무백은 그저 가만히 웃다가 불쑥 말했다.

"날 봐봐."

"……?"

혈뇌사야가 어리둥절해하면서도 시키는 대로 설무백의 시선을 마주했다.

설무백은 여전히 웃는 낯으로 물었다.

"아직도 내가 그리 쉽게 상할 사람으로 보여?"

혈뇌사야는 말문이 막혀 버렸다.

전혀 그렇게 보이지 않았다.

여태 그가 알고 있는 설무백이 진중하면서도 세심하고, 발랄하면서도 추상같은 무서움을 간직한 기도였다.

소위 일부러 거칠고, 사이하고, 난폭한 기운을 억누른 패도적인 기상이었다.

그러나 지금의 설무백은 달랐다. 아니, 변했다.

험산준령처럼 혹은 대해처럼 거대하면서도 고요해서 도무지 깊이나 변화를 구분할 수가 없었다.

그저 느껴지는 것은 가없는 위엄, 그리고 한없이 작아지는 자기 자신이었다.

"음!"

혈뇌사야는 묵직한 침음을 흘렸다.

그는 애써 자신을 구속하는 설무백의 존재감을 외면하며 사력을 다해서 딴청을 부렸다.

"염색하신 게 아니네요?"

은발이던 설무백의 머리가 까맣게 변한 것을 두고 하는 말이었다.

알게 모르게 자신의 전신을 옥죄는 설무백의 기상에서 벗어나려는 노력이기도 했다.

설무백이 그에 호응해 주었다.

"아무래도 은발보다는 이게 낫지?"

혈뇌사야는 애써 무심하게 고개를 끄덕이는 것으로 인정했다.

그때 설무백의 뒤쪽으로 바람이 불어왔고, 죽립을 쓴 흑의 사내 하나가 귀신처럼 홀연하게 모습을 드러냈다.

죽립으로 얼굴의 반을 가렸고, 바로 고개를 숙이는 바람에 드러난 하관마저 제대로 확인하기 어려웠으나, 혈뇌사야의 눈썰미는 능히 그 정도는 무시해도 좋을 만큼 좋았다.

흑의죽립인은 바로 그도 익히 잘 아는 귀매 사사무였다.

"외부에서 합류하는 친구가 있어서 조금 늦었습니다."

설무백은 대답 대신 빙그레 웃는 낯으로 혈뇌사야를 향해 말했다.

"나 역시 혹시나 해서 나름 제법 다양한 칼을 준비했지. 어때? 이 정도면 충분하지 않아?"

지금 모습을 드러낸 사람은 사사무 하나였으나, 그와 동시에 주변의 암중으로 스며든 인원은 십여 명이나 되었다.

바로 사사무의 예하인 이매당의 매자들이 전부 다 나타난 것이다.

혈뇌사야는 적잖이 무색해졌다.

설무백의 곁에는 공야무륵이 서 있고, 뒤에는 철면신과 거구의 여인 고고매가 시립한 상태였다. 그리고 지근거리의 암중에는 흑영과 백영이 은신해 있으며, 그조차 정확한 위치를 파악할 수 없는 요미가 숨죽이고 있었다.

거기에 귀매 사사무를 비롯한 이매당의 매자들과 완전히 기력을 회복한 그 자신이 있는 것이다.

이 정도라면 마교가 아니라 천신의 매복이라도 능히 감당할 수 있을 터였다.

"아, 뭐 이 정도면 아쉬운 대로 그럭저럭 괜찮을 것 같기도 하네요."

설무백은 피식 웃는 낯으로 돌아서며 발길을 재촉했다.

"그럼 그만 가지. 매복이 있든 없든 간에 마교총단까지는 아직 갈 길이 멀다고."

혈뇌사야가 나중에 알게 되는 사실이지만, 이때 그들의 위치는 토로번을 한참 지나서 세외의 관문인 옥문관에서 가장 가까운 도시인 합밀에 거의 근접해 있었다.

그 바람에 그들은 마교총단으로 갈 수 있는 행로가 실로 다양했는데, 설무백은 그중에서 토로번의 남쪽 외곽을 경유하는 길을 선택했다.

이유가 있었다.

가장 보편적으로 알려진 길이라 매복하기에 적당하다는 계산이었다.

그러나 설무백의 기대와 달리 매복은 없었다.

토로번 지역을 등지고 수백 리를 더 지나서 지도상으로 신강의 중심부에 해당하는 고이특(庫爾勒)에 도착했을 때까지도 매복은커녕 마교의 그 어떤 마두나 마졸들조차 눈에 띄지 않았다.

혈뇌사야가 소뢰음사의 혈승들과 추격전을 벌이던 지역을 거스르는 까닭에 다들 긴장의 끈을 놓지 않았으나, 그사이 변덕을 부리는 날씨 속에 쏟아진 폭우로 그 흔적마저 말끔히 사라지고 없었다.

설무백은 그다지 신경 쓰지 않았다.

따지고 보면 더 없이 바람직한 일이었다.

마교가 그들의 행보를 실로 전혀 눈치채지 못하고 있다는 방증인 것이다.

설무백이 놀랍다 못해 신기하게도 운명처럼 그들과 조우한 것이 그쯤, 고이특 지역을 벗어나서 신강의 서쪽 방향으로 한나절 가량을 이동했을 때였다.

잠시 속도를 줄이며 걷고 있는 참인데, 문득 철면신이 어눌한 목소리로 말했다.

"있다, 누군가. 오고 있다, 이쪽으로."

설무백은 그다음 순간에 감지할 수 있었다.

전에 없이 긴장감을 드러내는 철면신의 반응이 이채로워서 고개를 돌리던 그는 다시 고개를 바로하며 예리한 눈빛으로 전방을 주시했다.

저 멀리서 다가오는 다수의 기척이 느껴졌다.

'적어도 백여 명인 것 같은데……?'

설무백은 절로 미간을 찌푸렸다.

묘하게도 정확한 인원을 파악할 수가 없었다.

분명하게 감지되는 기척 속에 안개처럼 흐릿하게 느껴지는 기척들이 섞여 있었다.

　순간, 그는 깨달았다.

　강시였다.

　그때 혈뇌사야가 말했다.

　"제법 익숙한 냄새가 나는군요."

　설무백은 슬쩍 혈뇌사야를 바라보았다.

　혈뇌사야는 비릿하게 웃고 있었다.

　흡사 군침을 흘리는 야수처럼 보였다.

　이해할 수 있었다.

　혈뇌사야도 지금 다가오는 무리에 강시들이 섞여 있음을 간파한 것인데, 그를 포함한 모든 혈가의 후예들은 마교의 대법을 통해서 만들어진 강시의 천적인 것이다.

　-제가 가서 살펴볼까요?

　암중의 사사무가 묻고 있었다.

　"아니, 그럴 필요 없어. 그냥 이대로 가면 마주치겠는걸 뭐."

　설무백은 대수롭지 않게 손을 내젓고는 느긋하게 발걸음을 옮겼다. 그리고 그의 말마따나 그들은 이내 상대와 조우할 수 있었다.

　아마도 그들이 소수이기에, 적어도 눈에 보이는 숫자가 적었기 때문일지도 몰랐다.

사전에 기척을 느끼지는 못했을지라도 시야가 닿는 거리까지 접근해서 그들을 보았음에도 상대는 피하지 않고 그대로 다가왔다.

마치 정해진 운명처럼, 설무백은 그들과, 정확히는 백여 구의 강시를 거느린 흑표와 마주했다.

"이게 누구야?"

흑표는 대번에 설무백을 알아보며 실로 반색했다.

"어째 어젯밤 꿈자리가 좋더니만, 매복지에 도착하기도 전에 이렇게 횡재를 마주하는군그래."

흑표는 정말로 횡재를 한 것 같은 표정이었다.

자신의 무공에 대한 자부심은 둘째 치고, 지금 거느린 백여 구의 역천강시가 그에게 그런 기분을 안겨 주고 있을 터였다.

누가 봐도 지금 그의 입장에선 실로 기고만장해도 좋을 상황인 것이다.

설무백은 아무런 대꾸도 하지 않고 잠시 그대로 서서 그런 흑표를 바라보았다.

실로 감회가 새로웠다.

막연히 운명이라는 것이 존재한다면 언젠가는 싫어도 마주칠 것이라는 예상은 하고 있었다.

그래서 하고 싶은 말도 많았고, 해 주고 싶은 말도 적잖게 생각해 두었다.

하지만 막상 마주치고 보니 아무런 생각도 나지 않았다.

묘하게도 그저 반가웠다.

복수라는 감정 때문이 전혀 아니었다.

이제야 전생에서부터 이어진 업보 하나를 해결할 수 있다는 기분이 들어서였다.

흑표가 그런 그의 태도를 오해한 듯 비웃음을 날렸다.

"뭐지, 이 반응은? 설마 천하의 설 아무개가 겁에 질려서 입술조차 뗄 수가 없는 거야?"

설무백은 특유의 미온한 미소를 입가에 머금었다.

흥분이라면 흥분이고 격정이라면 격정이라 할 수 있는 감정이 차분하게 가라앉고 있었다.

그때 혈뇌사야가 슬쩍 그에게 고개를 기울이며 물었다.

"처리할까요?"

흑표가 같잖다는 듯이 피식 웃었다.

혈뇌사야의 정체도 모르는 눈치였다.

하긴, 혈뇌사야의 본모습을 본 사람은 마교에서도 극소수에 불과하니, 그가 안다면 그게 오히려 이상할 터이다.

설무백은 마음을 다잡으며 짧게 허락했다.

"저 친구만 빼고."

"흐흐……!"

혈뇌사야가 예의 음충맞은 기소를 흘렸다.

그와 동시에 그의 전신이 흐물거리는 붉은 핏덩어리로 변하며 앞으로 쏘아졌다.

"헉!"

흑표가 그제야 혈뇌사야의 정체를 알아봤는지 눈이 커져서 허둥지둥 물러나며 외쳤다.

"마, 막아라! 아니, 쳐라!"

아무런 감정의 기복도 느낄 수 없이 무감동한 눈빛으로 서 있던 백여 구의 역천강시들이 일제히 움직이기 시작했다.

혈뇌사야의 붉은 육체가 막 움직이기 시작하는 역천강시들 사이로 파고들고, 그 뒤를 따라서 사사무를 비롯한 암중의 매자들이, 바로 제연청과 사도, 금안혈승, 천살, 지살, 금혼살, 그리고 새롭게 이매당의 일원이 된 흑지주 등이 모습을 드러냈다.

공야무륵이 쌍도끼를 뽑아 들며 높이 날아올랐고, 방천화극을 높이 쳐든 고고매가 그 아래 공간으로 내달렸다.

이채롭게도 설무백의 명령을 받지 않은 철면신이 스스로 튀어나간 것도 그 순간이었다.

본능에 따라 움직인 것 같았다.

시위를 떠난 화살처럼 빠르게 튀어나가며 흘린 철면신의 중얼거림이 그것을 말해 주었다.

"주어야 한다, 안식을! 저들에게!"

설무백은 그제야 태연하게 저벅저벅 발걸음을 내딛어서 흑표를 향해 다가갔다.

다른 주변의 상황은 그의 눈에 들어오지 않았다.

혈뇌사야 등만으로도 얼마든지 해결할 수 있다는 믿음이 있는지라, 지금 그의 눈에는 흑표밖에 보이지 않았다.

"이런 개 같은……!"

흑표가 분노했다.

동시에 그의 두 눈이 당장이라도 핏물을 쏟을 것처럼 시뻘겋게 변하며 우직우직하는 소리와 함께 그의 체구가 크게 부풀어 올랐다.

인간의 육체를 마수로 혹은 그보다 더한 괴물로 변화시키는 지옥수라마수공이었다.

그러나 지금의 설무백은 그보다 더한 괴물이었다.

설무백은 아무렇지도 않게 다가가서 그런 그가 휘두르는 두 손을 차례대로 제압해서 한손에 움켜쥐고, 다른 손을 내밀어서 그의 뒷목을 찍어 눌렀다.

그것으로 끝이었다.

흑표가, 거대한 마수의 몸뚱이가 제대로 힘 한번 써 보지도 못하고 개구리처럼 납작하게 뻗어 버렸다.

아는 사람만 아는 사실이긴 하나, 지옥수라마수공을 펼칠 때의 기분은 정말 최고이다.

자기 스스로도 추체하기 버거울 만큼의 막대한 기력이 충만해지는 까닭에 눈에 보이는 세상 모든 것이 하찮게 여겨질 정도로 엄청난 자신감이 생겨난다.

기존의 내공이, 정확히는 본연의 내공이 수배로 불어나면서 자연히 느끼는 기분이다.

지옥수라마수공을 펼쳐서 거대한 마수로 변하는 순간부터 연신 '크르르' 하고 으르렁거리는 듯한 혹은 울부짖는 듯한 소리를 내는 것이 바로 그 때문이다.

그건 으르렁거리는 것도, 울부짖는 것도 아니고, 그저 기분 좋게 웃는 것이 그렇게 드러나는 것이다.

그러나 오늘의 흑표는 지옥수라마수공을 펼쳤음에도 그런 기분을 전혀 느끼지 못했다.

아니, 느끼지 못한 것이 아니라 느낄 사이가 없었다.

혈뇌사야 등의 공격에 속절없이 당해서 쓰러지는 역천강시들의 모습을 보고 사태의 심각성을 느끼는 와중에 자신에게 다가오는 설무백의 기세에 혹은 존재감에 놀라서 본능적으로 지옥수라마수공을 펼쳤는데, 실로 아무것도 하지 못하고 허무하게 제압당해 버렸기 때문이다.

"끄으으……!"

흑표는 바닥에 머리를 처박은 채로 꼼짝도 할 수가 없었다.

정말이지 이런 경우는 처음이었다.

마치 거대한 족쇄에 전신을 구속당한 것 같았다.

대성을 이루지는 못했어도 족히 구 성의 경지를 넘긴 지옥수라마수공의 능력이, 가벼운 완력만으로도 거대한 바위를 가루로 만들고, 강철마저 쉽게 우그러트릴 수 있게 만들었던 무지막지한 기력이 거짓말처럼 소멸되며 거동조차 할 수 없는 갓난아이처럼 무력하게 변해 버렸다.

그리고 그는 그 상태로 의지와 무관하게 지옥수라마수공이 풀어지며 본래의 모습으로 돌아왔다.

"이, 이게 대체 무슨……?"

흑표는 믿을 수 없었다.

지금 자신이 겪고 있는 현실이 그저 꿈만 같았다.

그는 그런 기분 속에서 강제로 머리가 들리며 일으켜졌다가 이내 주저앉혀졌다.

그는 그제야 볼 수 있었다.

꿈처럼 느껴지는 비현실적인 상황은 그의 변화만이 아니었다.

그의 눈에 들어온 모든 것이 그랬다.

무적이라고까지는 생각하지 않았으나, 적어도 어지간한 강호무림의 방파 하나 정도는 너끈히 무너트릴 수 있는 전력이라고 생각한 백여 구의 역천강시가 어느새 절반 이상이나 동작 불능의 상태로 쓰러져 있었고, 또한 계속해서 그렇게 쓰러지고 있었다.

"아, 아냐! 이럴 리가 없어! 이럴 리가 없다!"

흑표는 강하게 현실을 부정했다.

지금 자신이 겪고 있는 모든 상황이 꿈이 아니라 현실임을 깨달았기에 가능한 부정이었다.

그때 그의 얼굴로 그림자가 드리워졌다.

누군가 그의 전면으로 와서 자리한 것이다.

"……!"

흑표는 그제야 자신이 설무백에게 제압당해서 엎어졌었고, 다시 설무백의 손에 들려서 일으켜졌다는 사실을 깨달으며 부르르 진저리를 쳤다. 그리고 두려움에 가득한 눈빛으로 자신의 얼굴에 그림자를 드리운 상대를 확인했다.

과연 상대는 설무백이었다.

설무백이 어색한 미소를 흘리며 말을 건넸다.

"약간 손을 써 놔서 몸을 움직일 수는 없을 거야. 그러니 그냥 그 상태로 잘 들어."

무슨 말을 하겠다는 것일까?

흑표는 물어보려 했으나, 물어볼 수가 없었다.

선뜻 입이 떨어지지 않았다.

설무백이 그에 아랑곳하지 않고 다시 말했다.

"옛날 옛날에 같은 사부를 모시는 어떤 의형제가 있었는데 말이야. 어느 날 사부가 그 동생을 불러서 형을 죽이라고 했어. 이유는 그 형이라는 작자가 혼자만 강해지려고 남몰래 모종의 무공을 빼돌렸다는 거야. 자, 여기서 질문."

그는 재우쳐 물었다.

"네가 그 동생이라면 어떻게 하겠냐? 아, 물론 사부의 명령대로 의형을 죽이면 네 앞날이 활짝 피는 거야. 막강한 무공도 얻고, 또 잘하면 사부의 후계자가 되어서 평생을 권좌에 앉아서 호령하며 살 수 있는 거지. 어때? 어떻게 할래?"

흑표는 어이없고 황당해서 묻지 않을 수 없었다.

피비린내는 전장에서 이 무슨 얼토당토 않은 얘기요, 질문이란 말인가.

"대체 이게 무슨……?"

설무백이 무심하게 말을 끊었다.

"너에게 살 수 있는 기회를 주려는 거야. 그러니까 솔직하게 대답해 봐. 잘하면 살 수 있어."

"……!"

흑표는 절로 마른침을 삼켰다.

그는 마주한 설무백의 눈빛에서 지금 하는 말이 거짓이 아님을 느낄 수 있었다.

하물며 지금 그가 보고 느끼는 설무백은 그럴 수 있는 능력이 충분한 사람이었다.

"나, 나라면……."

그는 질끈 입술을 깨물며 자신의 생각을 밝혔다.

"……죽일 거다."

"왜?"

설무백이 잘라 물었다.

"사부의 명령이라서?"

흑표가 대답하려고 입을 열자, 설무백이 재빨리 먼저 말했다.

천외천의
주인

"솔직하게. 그래야 살 수 있으니까."

흑표는 지그시 입술을 깨물었다. 그리고 애초에 말하려던 대답을 삼키고 있는 그대로 솔직하게 대답했다.

"사부의 명령을 거부하는 것도 어렵지만, 다른 한편으로 혼자만 강해지려는 의형도 용납하기 어려우니까."

"어째서 용납하기 어렵지?"

"남몰래 혼자만 강해지려고 했다는 것은 내가 안중에도 없다는 거잖아. 그러니 사부의 명령을 거부할 이유가 없지. 언제고 나보다 앞서나갈 사람을 제거하는 일이니까. 그것도 정당한 명분을 가지고."

흑표는 대답을 하면서 자신도 모르게 그 얘기 속에 빠져들어서 냉소를 날리며 말을 더했다.

"그게 나나 당신이 사는 강호무림의 철칙이잖아. 약자는 도태되고 강자만이 살아남는 거. 안 그래?"

설무백이 어깨를 으쓱하며 대답했다.

"그렇긴 하지만, 네 의형이 남몰래 혼자만 강해지려고 했다는 것은 전적으로 사부의 주장에 불과하잖아. 사부가 거짓말하는 거면 그 의형이 너무 억울하잖아?"

흑표는 단호하게 대답했다.

"나라면 그래도 죽여. 의형보다는 사부가 더 높은 자리에 있는 사람이고, 약자보다는 강자를 따르는 것 또한 우리네 강호인들의 철칙이니까."

"그렇군."

설무백이 충분이 이해할 만한 대답이라는 듯 고개를 끄덕이며 수긍하고는 재우쳐 말했다.

"그럼 이제 다른 질문. 네가 동생이 아니라 그 형이라고 생각하고 대답해 봐. 의동생이 사부의 명령이라며 죽이려고 해. 사부의 거짓말이라면서 사정사정해도, 동생은 봐줄 생각이 없는 거야. 그래서 사력을 다해서 도망쳤고, 구사일생으로 살아났어. 그리고 힘을 길렀지. 자, 이제 어떻게 할래? 동생을 찾아가서 복수할래, 아니면 과거는 과거로 잊고 그냥 살아갈래?"

흑표는 머리가 빠르게 굴렀다.

이건 아무리 생각해도 처음부터 정해진 답이 있는 질문이었다. 그리고 그 답은 이야기의 내용 중에 누가 설무백의 생각을 대신하고 있느냐 하는 것이었다.

'형이다!'

틀림없었다.

이야기를 하는 와중에 은근히 의형의 억울함을 내비친 것이 결정적인 증거였다.

살 수 있는 길이 보였다.

"과거를 잊고 살 수는 없어. 현재를 있게 한 과거를 어떻게 잊고 살 수 있겠어. 다만 나라면 동생이 아니라 사부에게 복수할 거야. 동생은 그저 도구에 불과했으니까."

설무백이 끌끌 혀를 찼다.

"아깝다. 거기서 똥을 밟아 버리네."

흑표는 무언가 잘못되었다는 것을 직감하며 다급히 말했다. 아니, 말을 하려고 했다.

그때 무언가 선뜻한 느낌이 그의 목을 훑고 지나갔다.

"어……?"

흑표는 본능처럼 두 손으로 자신의 목을 감쌌다.

그런 그의 손가락 틈으로 핏물이 새 나왔다.

설무백의 손에 들린 얼음처럼 투명한 한 자루 검이 그의 눈에 들어온 것도 그 순간이었다.

그가 보지도, 느끼지도 못하는 사이에 그 검이 그의 목을 베었던 것이다.

"……?"

흑표는 사력을 다해서 입을 열었으나, 말 대신 핏물이 꾸역꾸역 흘러나왔다.

설무백이 그런 그를 물끄러미 바라보며 말했다.

"사부에게 복수하겠다는 네 말을 믿지 못해서가 아니야. 그건 그거고, 동생에게도 복수한다고 했어야지. 그게 너잖아. 사부를 배신하고, 의형제들을 팔아넘긴 네가 자신을 죽이려 했던 동생을 용서해 준다는 건 말이 안 되잖아."

흑표는 흔들리는 눈빛으로 설무백을 노려보았다.

왜냐고, 내가 너에게 무슨 잘못을 했기에 이러는 거냐고 따지는 눈빛이었다.

설무백은 어렵지 않게 그것을 읽으며 다시 말했다.

"누가 그러는데, 세상은 우리가 생각할 수 있는 것 이상으로 단순하고, 우리가 이해할 수 있는 것 이상으로 복잡하다네. 그 말이 맞아. 그래서 그래. 세상에는 때때로 지금의 너처럼 이해할 수 없는 일이 벌어지기도 해. 그러니 그냥 재수 없이 똥 밟았다고 생각해."

말을 끝맺기 무섭게 그의 손이 휘둘러져서 수평의 섬광을 그렸다.

그 섬광의 중동에 부여잡은 두 손아귀 사이로 피를 뿜어내고 있는 흑표의 목이 걸렸다.

흑표의 머리가 허공으로 떠올랐다.

막혀 있던 핏물이 그제야 사방으로 튀는 가운데, 머리를 잃은 몸뚱이가 바닥으로 쓰러졌다.

그때 어느 사이엔가 곁으로 다가온 요미가 물었다.

"정말 나쁜 놈인가 보지?"

"왜?"

"오빠답지 않게 두 번 손을 썼잖아."

"그냥…… 그러고 싶어서."

이제 보니 요미는 처음부터 그와 흑표의 대화를 모두 다 지켜보고 있었던 것 같았다.

설무백의 심드렁한 대답이 끝나기 무섭게 의미심장한 미소를 지으며 말꼬리를 잡았다.

"그럼 두 번째 질문. 쟤가 솔직하게 대답했으면 정말 살려 주려고 했어?"

설무백은 스스로도 이해할 수 없는 막연한 기분에 사로잡히며 희미하게 웃었다. 그리고 애써 무심하게 흑표의 주검을 외면하고 돌아서며 짧게 대답했다.

"아니."

"그럼 왜 그런 걸 물었어?"

"그냥…… 궁금해서."

요미가 정말 묘하다는 듯 눈빛으로 설무백을 바라보았다.

잔뜩 호기심에 물든 눈빛이었다.

설무백은 미온하게 웃는 낯으로 손가락을 입술에 대고 그녀를 보았다.

더 이상의 질문은 안 된다는 시늉이었다.

요미가 쌜쭉해진 표정일망정 알겠다는 듯 어깨를 으쓱하며 물러났다.

설무백은 그제야 마음을 다잡으며 주변을 둘러보았다.

싸움은 이미 끝난 상태였다.

백여 구의 역천강시는 이리저리 잘리고 끊어진 백여 개의 허수아비로 변해서 사방에 널브러져 있었고, 그들을 그렇게 만든 혈뇌사야와 철면신 등은 처음 여기 도착했을 때처럼 누구는 암중으로 스며들고, 누구는 옷에 묻은 역천강시의 퍼런 피를 털며 의연한 모습으로 설무백을 향해 모여들고 있었다.

그중의 한 사람, 혈뇌사야가 말했다.

"아까 매복지에 도착하기 전이라는 저 녀석의 말 기억하시죠?"

흑표가 한 말이었다.

물론 설무백은 기억하고 있었다.

그는 앞서 흑표가 나타났던 전방을 외면하고 좌우를 둘러보며 물었다.

"중원에서 마교총단으로 가는 길목이 몇 개나 되지?"

혈뇌사야가 기다렸다는 듯 바로 대답했다.

"우리가 지나온 합밀을 제외하면 여기서 남쪽 방향에 두 지역이 있습니다. 감숙성과 청해성의 성 경계를 타고 넘어오는 나포박호(羅布泊湖) 지역과 청해성에서 곧장 넘어오는 약강 지역입니다."

설무백은 대수롭지 않게 고개를 끄덕이며 발걸음을 재촉했다.

"그럼 그냥 가요. 시간상으로 그들이 매복을 하기 전에 아군이 도착할 테니, 알아서들 처리하겠죠."

천하유일天下唯一 (3)

엄밀히 따지면 감숙성과 청해성의 성 경계를 타고 신강으로 넘어오는 길목이라는 나포박호 지역과 청해성의 서부에서 곧장 신강으로 넘어오는 길목이라는 약강 지역은 설무백 등이 싸운 전장에서 남쪽 방향이 아니라 남동쪽 방향이었다.

　즉, 같은 길은 아니지만, 비스듬히 뒤쪽으로 이동해야 하는 위치인 것이다.

　설무백이 그냥 무시하고 가는 이유가 그 때문이었다.

　지리적으로 볼 때, 중원에서 신강으로 들어오는 길목이라는 합밀과 나포박호, 약강 지역은 위에서 아래로 비스듬한 사선을 그리는 형태였다.

　매복이든 경계든 척후든 차례를 정해서 순차적으로 보내는 경우는 없다는 것이 병법의 기본인 이상, 흑표 등과 조우한 위치를 두고 계산해 볼 때, 나포박호와 약강 지역으로 보내진 무리는 벌써 적잖게 후방으로 빠졌을 테니, 그가 발길을 돌리는 것보다는 뒤를 따라오는 아군에게 맡기는 것이 낫다는 생각이었다.

누구의 머리에서 나온 생각인지는 모르겠으나, 저들의 판단은 정확했다.

그들, 중원의 고수들은 저들의 생각하는 합밀과 나포박호, 약강 지역을 통해서 신강으로 들어서고 있는 것이다.

하지만 판단은 정확해도 시기가 늦었다.

시간상으로 중원의 고수들은 저들이 매복하기 전에 그 지역에 통과할 테고, 그러면 설무백 등이 그랬던 것처럼 중도에 마주치게 된다.

그것으로 되었다.

중원무림의 초고수들로 구성된 그들이라면 흑표 등보다 더 막강한 전력과 마주친다고 해도 어렵지 않게 처리할 수 있을 터였다.

이쪽으로 흑표를 내보낸 것을 보니, 저쪽은 아무래도 사도진악과 흑룡 등, 쾌활림의 잔당들을 내보냈을 가능성이 농후해서 못내, 아니, 무척이나 아쉽긴 하지만, 사사로운 감정으로 인해 대사를 그르칠 수는 없는 것이다.

'애초에 이번 생에서는 그럴 수밖에 없는 운명인 거겠지.'

설무백은 내심 그렇게 아쉬운 마음을 달래며 발길을 서둘렀다. 그런데 그의 생각과 달리 그럴 수밖에 없는 운명이 아닌 것 같았다.

흑표 등과 조우했던 지역을 등지고 대략 삼백여 리가량 이동했을 때였다. 예기치 않게도 그리고 우습지 않게도 그는 그들과 마주쳤다.

정확히는 그가 나포박호와 약강 지역으로 보내졌을 거라고 생각한 무리 중 하나인 흑룡의 무리가 바로 그들이었다.

"뭐지?"

약간의 구릉지대를 벗어나서 드넓은 초원으로 들어서던 설무백은 절로 고개를 갸웃했다.

분명 처음 방문한 지역이요, 지형인데, 어딘지 모르게 낯설지 않은 것 같은 기분이 들었다.

초원의 저편에서 다가오는 일단의 무리가 있었기 때문이다.

앞서 마주친 흑표 등처럼 분명 그들을 보았음에도 피하거나 숨지 않고 그대로 다가오고 있어서 더욱 그런 기시감이 들고 있었다.

"어째 쟤들 역시 익숙한 냄새를 풍기는 걸요?"

혈뇌사야의 말이었다.

설무백은 무슨 뜻이고, 어떤 의미인지 알기에 절로 고개를 끄덕였다.

"그러게."

앞선 흑표의 무리와 비교해서 사람만 서너 명이 늘었을 뿐이었다.

거의 다가 역천강시들인 것이다.

그러다가 그는 시야로 역천강시들을 이끄는 사람들의 면면을 확인하고는 본의 아니게 실소를 흘렸다.

흑사자들의 대형인 흑룡을 위해서 그 아래 상위서열을 차지한 흑곤과 흑염사 등의 얼굴을 확인했기 때문이다.

"역시 비켜갈 수 없는 운명인가 보네."

설무백의 지난 회한을 모르는 혈뇌사야가 이채로운 눈길로 그를 쳐다보았다.

"애송이들을 두고 무슨 운명씩이나 따지십니까. 후딱 처리하지요."

혈뇌사야가 앞으로 나서다가 이내 슬쩍 돌아보며 물었다.

"흑룡이라는 아이, 남겨 둘까요?"

설무백은 잠시 망설이다가 대답했다.

"아니, 그냥 같이하지요."

혈뇌사야가 어깨를 으쓱하며 물러났다.

"뭐, 그러시든가요."

적은 한때 중원무림의 흑도를 장악한 쾌활림의 정예라는 흑사들의 상위 서열들과 무려 백여 명이 넘는 역천강시들임에 불구하고 혈뇌사야의 태도에는 일말의 거리낌도 없었다. 그리고 그건 공야무륵을 비롯한 다른 사람들도 다르지 않았다.

공야무륵 등의 경우 앞서 흑표 등과 조우했을 때는 그래도 적잖게 경계하고 긴장하는 기색이 역력했으나, 지금은 전혀 달랐다.

앞서 싸워 본 결과, 자기 자신들의 무위에 대한 확신이 자리했고, 그에 더해 혈뇌사야의 사망혈사공이 역천강시들에게 얼마나 파괴적인 위력을 발휘하는지 익히 경험했기 때문이리라.

요컨대 마교의 대법으로 탄생한 강시들의 천적이 혈가의 무공이라는 혈뇌사야의 말은 한 치도 어김없는 사실이었다.

실례로 혈뇌사야가 펼치는 사망혈사공에는 오직 정해진 주인의 명령에만 복종하는 역천강시들의 자아를 파괴하는 기운이 담겨 있는 것 같았다.

혈뇌사야의 사망혈사공이 발휘되는 순간부터 그 영역에 들어간 역천강시들은 그야말로 적아를 구분하지 못한 채 허수아비처럼 속절없는 허우적거림만을 반복할 뿐이라 그들은 그저 그런 역천강시들의 목을 베고 머리를 떼어 내서 파괴하기만 하면 되었다.

혈가는 마교의 강시대법에 가장 정통한 집단인 천사교의 천적이며, 바로 그것이 지난날 천사교주가 우선적으로 혈가를 제거하려 했던 이유인 것이다.

그런 면에서 볼 때, 철면신은 실로 특별한 존재였다.

철면신은 혈뇌사야의 사망혈사공에 전혀 구속받지 않았고, 더 나아가서 흡사 사람처럼 점진적으로나마 하루가 다르게 진보하고 있었다.

설무백의 명령이 아니면 절대 움직이지 않는 그가 앞서 역천강시와 마주치자 자발적으로 나선 것도 그와 같은 변화의 하나였는데, 지금도 그랬다.

흑룡 등이 지근거리로 다가서자 기다렸다는 듯이 뚜벅뚜벅 앞으로 나서고 있었다.

설무백은 굳이 말리지 않았다.

이번 그의 행보에 살인은 금제되어 있지 않았고, 어떤 식으로든 자아가 없는 살인병기에 불과한 역천강시는 작금의 시대에 존재할 가치가 없는 악에 불과했다.

그때 지근거리도 다가선 흑룡의 안색이 변했다.

설무백이 은발에서 흑발로 변한 까닭에 뒤늦게 알아본 것이다.

"설무백……?"

설무백을 알아본 흑룡의 반응은 앞선 흑표와 달랐다.

흑표가 마냥 전과를 올릴 기회라고 반색한 것에 반해 흑룡은 안색이 굳으며 눈빛이 바뀌었다.

치밀하게 전후사정을 살피고 따지는 눈치였다. 그리고 이내 결론을 내리듯 물었다.

"중원의 공격이 시작된 건가?"

설무백은 긍정도 부정도 하지 않은 채 말했다.

"하나만 묻자. 사도진악을 배신한 이유가 뭐냐?"

흑룡이 왜 그런 질문을 던지는지 모르겠다는 표정으로 잠시 물끄러미 바라보다가 싸늘하게 대답했다.

"나는 사도진악을 배신한 적 없다. 애초에 나는 그를 사부는 커녕 같은 동료로도 생각한 적이 없으니까."

설무백은 이제야 그동안 무언가 종잡을 수 없는 흑룡의 행보에 대한 내막을 조금은 알 것도 같은 기분이 되었다.

그는 그것을 확인했다.

"그날 낙양대협 여상 어른의 금지옥엽인 여진을 죽인 사람이 네가 아니라는 소리구나. 그러냐?"

"……!"

흑룡이 매우 당황했다. 그리고 이내 그 감정이 분노로 바뀌었다.

입을 굳게 다문 그의 얼굴에 푸린 빛이 감돌았다.

애써 꽁꽁 싸매고 드러내지 않던 심중의 극도의 분노가 터져서 용암처럼 비등하는 것 같았다.

애써 숨을 다독이고 있었으나, 살벌하게 들끓는 분노의 감정이 그의 두 눈에서 부글거리고 있었다.

물론 그건 설무백을 향한 분노가 아니었다.

왜 그런지는 몰라도 뚜렷하게 대상을 지목할 수 없이 막연하게 느껴지는 분노였다.

분명한 것은 설무백의 질문이 불러온 분노라는 사실이었다.

바로 과거의 회한이 일으킨 분노인 것이다.

"설마……?"

설무백은 문득 뇌리를 스치는 생각이 있어서 물었다.

"그날 나서지 않은 이유가 사도진악에게 복수를 하기 위해서였던 거냐?"

사도진악이 점찍어 둔 기재를 어떻게 자신의 수중에 넣는지를 누구보다도 잘 아는 설무백이기에 가능한 의심이요, 질문이었다.

당시 흑룡이 어떤 식으로든 사도진악의 계략에 빠진 상태라면, 즉 자신의 뜻과 다르게 여 씨 세가의 멸문지화가 이루어진 것이라면 어떨까?

흑룡이 그날의 사건을 오로지 자신의 책임으로 돌리고 아무것도 할 수 없는 자신의 무능과 실망, 혐오를 억누르며 오직 원한을 갚기 위해서 스스로 사도진악에게 투신했을 수도 있지 않을까?

어쩌면 과한 비약일 수도 있는 설무백의 그런 생각이 사실인 모양이었다.

마치 폐부를 찔린 사람처럼 잠시 놀란 표정으로 설무백을 직시하던 흑룡이 이내 어금니를 악물며 씹어뱉듯 그와 같은 감정을 드러냈다.

"여진은……! 여진은! 내 모든 것이었다!"

설무백은 절로 미간을 찌푸리며 거듭 확인했다.

"그럼 애들을 데리고 마교로 투신한 것도 그 때문이었던 거냐? 사도진악을 따라서, 아니, 사도진악을 죽이려고?"

흑룡이 대답하지 않고 그저 멍하니 바라만 보았다.

그 눈빛이 말해 주고 있었다.

그렇다고, 사도진악을 죽이기 위해서라면 지옥 끝까지 따라 갔을 것이라고.

설무백은 깊은 한숨을 내쉬었다.

"맥 빠지네 정말."

그리고 재우쳐 말했다.

"야, 여몽, 그럼 이제 이렇게 하자. 너만이 아니라 나도 사도 진악에게 기필코 갚아 줄 빚이 있는 사람이다. 하지만 기꺼이 너에게 양보하마. 그러니 너는 여기서 그만 물러나라."

흑룡의 눈이 커졌다.

"네가 내 본명을 어떻게 아는 거지?"

설무백은 짐짓 눈총을 주었다.

"지금 그게 중요하냐?"

생각해 보니 중요할 수도 있겠다 싶어서 그는 바로 지난 내 막을 말해 주었다.

"낙양대협 여상 어른은 내게 숙부가 되시는 분이다. 네가 그 분의 양자가 되었을 때 나는 그분의 의형제와 다름없는 친우분 의 양자가 되었지. 굳이 부연하자면 너와 나는 일찍이 한날한시 에 부모를 잃었고, 한 배를 타고 여기 대륙으로 왔다. 동쪽, 해 동에서."

"……!"

흑룡이 이걸 어떻게 받아들여야 할지 모르겠다는 듯 혼란스러운 눈빛을 드러내는 참인데, 곁에 서 있던 흑사자들의 셋째 흑곤이 돌아가는 사태가 불안했는지 불쑥 끼어들었다.

"대형……!"

흑곤의 말이 미처 이어지기도 전에 설무백이 슬쩍 손을 들었다.

쉬잇, 팟-!

예리한 소음과 함께 흑곤이 그대로 돌처럼 굳어졌다.

그의 창백한 얼굴에 한 줄기 붉은 선이 그어지고, 그 선에서 이내 가는 핏방울이 흘러내렸다.

무언가 예리한 물체가 그의 얼굴을 긁어 놓은 것인데, 그게 무엇인지는 다음 순간에 드러났다.

"헉!"

흑곤이 기겁했다.

그만이 아니라 주변의 모두가 화들짝 놀라며 눈이 커졌다.

거짓말처럼 모습을 드러낸 한 자루 양날 창이 허공에 두둥실 뜬 상태로 그의 미간을 겨누고 있었다.

순간적으로 펼쳐진 설무백의 이기어술이었다.

"너희들은 나서지 말고 그냥 조용히 있어. 누구 덕에 한 목숨 건지는 거니까."

설무백의 나직한 경고와 함께 흑곤의 미간을 겨누고 있던 양날 창 흑린이 흡사 살아 있는 생명체처럼 두둥실 높이 떠올라서 설무백에게 돌아왔다.

돌아온 흑린은 한 자가량의 거리를 두고 설무백의 머리 위에서 떠서 서서히 회전했다.

그건 마치 경계를 서는 초병처럼 흑룡 이하 모든 흑사자들의 주시하며 경계하는 것 같은 모습이었다.

흑사자들 모두가 경악과 불신에 찬 눈빛으로 마른침을 삼키며 그대로 얼어붙었다.

이기어술의 위력도 위력이지만 설무백이 노골적으로 드러낸 기세에 완전히 압도당해 버린 듯했다. 도무지 항거할 수 없는 태산준령이 그들의 눈앞에 우뚝 서 있는 것이다.

설무백은 그들의 반응을 태연하게 무시하며 흑룡을 향해 물었다.

"여 숙부님께서 생존해 계시다는 것은 알고 있나?"

흑룡의 두 눈이 더 할 수 없이 크게 부릅떠졌다.

"뭐, 뭐라고?"

"살아계시다."

"저, 정말이냐?"

설무백은 단호하게 고개를 끄덕이는 것으로 흑룡에게 확신을 주며 불쑥 다른 질문을 던졌다.

"나포박호 지역으로 가는 중이었지?"

흑룡이 바로 대답했다.

"그, 그렇다."

설무백은 과연 그럴 줄 알았다는 듯 피식 웃으며 말했다.

"앞서 지나온 고이특 지역에서 흑표를 만났다. 그리고 여기서 너희들을 만난 거다. 결국 이건 아무리 봐도 마교가 너희들을 화살받이로 내보냈다는 건데, 그럼 사도진악도 다르지 않을 거다."

흑룡이 바로 눈치챘다.

"약강 지역!"

설무백은 피식 웃으며 수긍했다.

"그래. 배후에 있을 감시자들은 내가 가면서 다 처리해 주마. 가서 은원을 해결하고, 낙양으로 가라. 여 숙부님은 거기 계시다. 사도진악의 머리를 들고 가면 기꺼이 네 얘기를 들어주실 거다."

설무백이 보기에 흑룡은 복수심을 양분으로 삼아 무너지기 직전의 자아를 바로세운 용자였다.

그래서인지 흑룡의 판단과 행동은 호방하고 호쾌한 것과는 거리가 멀게 지극히 섬세하고, 소심하게 느껴질 정도로 치밀한 것 같았다.

흑룡이 자신을 추종하는 흑사자들과 백여 구의 역천강시를 데리고 약강 지역으로 떠나며 설무백에게 남긴 말도 그래서 다분히 절실하게 다가왔다.

"실패할 수도 있소. 그때는 뒤를 부탁하오."

설무백은 두말없이 승낙했다.

실제로 그렇게 된다면 그 또한 그의 운명이라는 생각이었다.

어쩌면 자신의 판단이 틀렸을 수도 있다는 생각도 들어서 더욱 그럴 수밖에 없었다.

이번 일에 사도진악이 나선 것은 분명해 보이고, 거리상으로 약강 지역보다는 나포박호 지역이 가까운 까닭에 흑룡보다는 사도진악이 먼저 매복지로 출발했을 거라는 판단이었지만, 세상사는 정말 몰랐다.

운명의 장난처럼 사도진악이 흑룡보다 늦게 출발해서 흑룡은 허탕을 치고 오히려 그가 가는 길에서 사도진악과 조우할 수도 있고, 더 나아가서 어쩌면 그의 생각과 달리 이번 일에 사도진악은 배제되어 있을 수도 있는 것이다.

그뿐 아니라, 다른 변수도 존재했다.

"저기……."

흑룡이 떠난 다음이었다.

혈뇌사야가 설무백이 익히 생각은 하면서도 애써 외면한 그 얘기를 조심스럽게 꺼냈다.

"흑룡이라는 그 아이, 마경칠서 상의 백마사혼공(白魔死魂功)일 익혔습니다."

설무백은 머쓱하게 말을 받았다.

"무언가 범상치 않은 마공을 익혔구나 했는데, 그게 백마사혼공이었군."

"마경칠서에 등재된 마공들 중에서도 상위 서열에 놓인 마입니다. 그만큼 습득도 어렵지만 일단 습득하고 나면 마성의 정도가 매우 심하지요."

혈뇌사야가 조심스럽게 재우쳐 물었다.

"믿어도 될까요?"

설무백은 피식 웃었다.

"무엇을 믿느냐가 문제겠지. 사람의 성정을 변화시키는 마공이냐, 그런 마공에도 절대 휘둘리지 않는 사람의 성정이냐."

혈뇌사야가 의미심장하게 말했다.

"그런 성정을 가진 사람 흔치 않습니다."

설무백은 태연하게 대꾸했다.

"그 흔치 않은 사람이 내 곁에는 아주 많잖아."

그는 새삼 피식 웃는 낯으로 혈뇌사야에게 턱짓을 하며 덧붙였다.

"거기도 있고."

혈뇌사야가 멋쩍게 입맛을 다셨다.

"저야 뭐…… 다른 무엇보다도 사람의 생각과 마음가짐이 먼저다 이 말이시네요."

"뭐 대충 그런 셈이지."

설무백은 대수롭지 않게 인정하고는 넌지시 말문을 돌렸다.

"해서, 내친김에 묻는 건데, 마교총단의 전대 단주라는 독수 신옹이라는 사람, 어느 정도나 믿을 수 있어?"

천외천의
주인

혈뇌사야가 안색을 굳히며 반문했다.

"그분이 뭐라고 하시던가요?"

전날 자신이 설무백에게 건넨 서신의 내용을 묻는 것이었다.

고지식한 그는 마천거사가 전해 준 서신의 내용을 확인하지 않은 상태로 설무백에게 건네주었던 것이다.

설무백은 피식 웃었다.

"그분이라고 하는 걸 보니, 상당한 믿음을 가지고 있는 모양인데 그래?"

혈뇌사야가 계면쩍은 표정으로 대답했다.

"딱 꼬집어서 어느 정도 믿는다고 말씀드릴 수는 없습니다. 다만 확실한 것은 그분이 저보다도 더 대공자와 돈독한 사이였다는 것 겁니다. 그분은 대공자 이외에 다른 사람을 마교의 후계자로 생각한 적이 없는 분이셨습니다."

설무백은 심드렁하게 반론을 폈다.

"하지만 지금은 악초군의 곁에 서 있잖아."

혈뇌사야는 자못 곤혹스러운 표정을 지으며 대답했다.

"제가 이런 말씀을 드리면 지존께서 어떻게 생각하실지 모르겠지만, 저는 그분이 무슨 이유로 악초군의 곁에 서게 되었는지는 몰라도, 필시 그만한 이유가 있을 거라고 생각합니다."

설무백은 바로 말꼬리를 잡았다.

"이를테면?"

혈뇌사야가 잠시 뜸을 들이다가 이내 마음을 다잡은 듯 눈을 빛내며 대답했다.

"그분은 대공자를 받드는 것만큼이나 마교를 아끼십니다. 해서, 감히 추론하건대, 지금으로서는 다른 무엇보다도 마교를 지키려고 하는 게 아닌가 싶습니다. 이를테면 대공자께서 돌아오셨을 때, 마교가 건재해야 한다고 생각한다는 겁니다."

"음!"

설무백은 묵직한 침음을 흘렸다.

사실을 말하자면 그는 혈뇌사야에게 건네받은 서신의 내용을 보고나서부터 내내 혼란스러운 마음을 가지고 있었다.

서신의 내용이 너무나도 뜻밖이었기 때문이다.

그런데 지금 혈뇌사야의 말을 듣고 보니, 어딘지 모르게 조금은 눈앞이 밝아지는 것 같은 느낌이 들었다.

"이건 다른 질문인데……."

설무백은 재우쳐 물었다.

"그런 사람인 독수신옹이 나에 대해서는 얼마나 알고 있을까?"

혈뇌사야가 이번 질문은 앞서와 달리 자신만만하게 대답했다.

"적어도 악초군이나 현 마교총단의 단주인 혁련보만큼은 잘 알고 있을 것이라고 생각합니다. 마교총단 내부에는 아직도 여전히 대공자를 추종하는 세력이 적지 않고, 그들 모두는 그분이 대공자를 얼마나 아끼셨는지 분명하게 기억하고 있으니까요."

"사방이 정보통이라 이건가?"

"뭐 대충 그런 셈이지요."

설무백은 불쑥 궁금해져서 물었다.

"개인적으로 나를 보고 싶다던 사화신녀교의 연자하도 그와 같은 부류인가?"

"아, 그게, 그러니까……!"

혈뇌사야가 문득 진땀을 흘리며 횡설수설했다.

그럴 수밖에 없는 것이, 그는 설무백의 씨를 받고 싶다는 연자하의 노골적인 바람을 개인적으로 만나 보고 싶다는 말로 순화해서 전달해 주었던 것이다.

"그녀에 대한 평가는 조금 애매합니다. 그게 왜 그러냐면 그녀는 조금 남다른 성격의 소유자거든요. 뭐랄까, 늙은 할망구주제에 천방지축 제멋대로랄까요? 간단하게 말해서 마교보다도 자기 자신이 우선인 여자라서 말입니다."

설무백은 못내 혈뇌사야의 대답이 애매하게 들렸으나, 굳이 말꼬리를 잡지 않았다. 지금 그의 생각은 온통 독수신옹이 건네준 서신의 내용에 쏠려 있었기 때문이다.

"하늘이 있으면 땅이 있고, 밝음이 있으면 어둠이 마땅히 그 곁에 있는 것처럼, 세상은 선(善)만으로도, 악(惡)만으로도 존재할 수 없다. 인(因)이 있으니 과(果)가 있는 것과 같이 선이 있으매 악이 있는 것이고 악이 있으매 선이 있는 것이라, 선악(善惡)의 공존만이 세상을 지탱할 수 있는 진정한 힘이다. 하여, 그대가 실로 천마공자의 후예라고 생각한다면 마교를 멸할 생각보다는 마교의 권자에 앉을 생각을 진지하게 고려하길 바란다.”

설무백은 기억하고 있는 서신의 내용을 나직이 읊조리고는 품에서 꺼낸 서신을 혈뇌사야에게 건넸다.

“그 사람이 내게 주라는 서신의 내용이야. 그 사람은 대체 왜 이런 말을 내게 하는 것일까?”

혈뇌사야는 설무백이 건네준 서신의 내용을 확인했다.

그리고 잠시 뜸을 들이다가 대답했다.

“전에 그분에게 이런 얘기를 들은 적이 있습니다. 상대를 이기는 것보다 상대를 내 편으로 만드는 자가 진정한 강자다. 그분답지 않게 구구절절 말을 늘여 놓았으나, 저는 같은 의미로 보입니다.”

앞서 걷고 있던 설무백은 슬쩍 고개를 돌려서 혈뇌사야를 돌아보며 웃었다.

“혈노도 같은 생각인 거지?”

혈뇌사야는 애써 부정하지 않았다.

“주체가 바뀌면 객체는 따르기 마련 아닙니까. 선장의 생각이 바뀌면 선원이 선택해야 하는 뱃길도 마땅히 변해야 하는 것처럼 말입니다.”

“음!”

설무백은 새삼 묵직한 침음을 흘리며 생각에 잠겼다.

혈뇌사야가 힐끗 그의 눈치를 보더니, 조심스럽게 말을 더했다.

"욕먹을 각오를 하고 말씀드립니다만, 선한 곳에도 악이 있고, 악한 곳에도 선이 있다고 저는 감히 생각하고 있습니다. 과거 저희 혈가가 인간의 피를 빨지 않으면 살 수 없었을 때, 죽지 않기 위해서 싫어도 인간의 피를 마셔야 했을 때, 실로 불합리하지만 그것 역시 어쩔 수 없는 세상의 순리 중 하나라고 용인해 주신 분이 바로 천마대제이셨고, 대공자이셨습니다."

설무백은 묵직한 무언가가 느껴져서 어쩔 수 없이 만감이 교차하는 눈빛으로 혈뇌사야를 바라보았다.

고개 숙인 혈뇌사야은 실로 만족한 기색이었다.

옳고 그름을 떠나서, 그리고 가당하든 가당치 않든 간에 그간 가슴에 담고 있던 하고 싶은 말을 다한 모습이었다.

설무백은 머쓱하게 하늘을 올려다보았다.

검푸른 융단으로 각양각색의 보석을 뿌려 놓은 듯한 밤하늘에는 구름 한 점 보이지 않았다.

별자리의 이동만으로도 마교총단이 자리한 아극산의 방향을 바로 느낄 수 있었다.

"아무래도 사도진악은 내가 아니라 흑룡과 마주칠 운명이었네."

어느새 적지 않은 거리를 이동했는데, 아직까지도 아무런 기척이 없다는 것은 사도진악이 애초에 그가 예상대로 흑룡보다 먼저 출발해서 약강 지역으로 갔다는 뜻인 것이다.

설무백은 마음을 다잡으며 발길을 재촉했다.

"일단 가자. 가서 부딪쳐 보자."

설무백이 혼란스러운 마음을 다잡으며 마교총단을 향해 발
길을 재촉하는 그 시각, 혈뇌사야를 빼돌리느라 소뢰음사의
혈승들과 치열한 격전을 벌인 사화신녀교의 종주 연자하는 마
교총단에 있는 자신의 거처로 들어서고 있었다.

거처로 들어선 연자하는 우선 욕실로 들어가서 피 묻은 의
복을 벗어던지고, 간단하게 세면을 한 연후에 늘 그렇듯 욕실
의 벽에 걸어 두는 연분홍 나삼만을 걸친 채 거실로 나왔다.

특이하게도 세면을 하면서도 하관을 가린 검은 면사를 벗지
않은 그녀는 밖으로 나와서도 그 면사만큼은 그대로 유지하고
있었다.

침실과 따로 떨어져 있는 거실의 한쪽 벽에는 평소 그녀가
즐기는 각종 주호(酒壺)가 줄지어 진열되어 있었다.

그녀는 잠시 그 앞에서 서서 느긋하게 원하는 술이 담긴 주
호를 골라 들고 그 자리에서 벌컥벌컥 대여섯 모금을 마셨다.

검은 면사를 벗지 않고 술을 마시는 그녀의 모습이 특이했
다.

"카아……!"

주호를 입에서 떼며 거한 탄성을 발한 그녀는 그제야 주호를 들고 돌아서며 말했다.

"무슨 일이에요, 이 시간에?"

거실의 창가에 놓인 다탁의 의자에 흡사 사물의 하나인 것처럼 아무런 기척도 없이 앉아 있던 독수신옹이 싱긋 웃으며 대답했다.

"문이 열려 있더군."

연자하가 퉁명스럽게 따졌다.

"문은 닫혀 있었을 텐데요?"

"아⋯⋯!"

독수신옹이 어색한 미소를 흘리며 대답했다.

"그게 잠겨 있지 않았다는 소릴세."

연자하가 눈으로 웃으며 꼬집어 말했다.

"그래요? 여기 총단에서는 문이 잠겨 있지 않으면 주인 허락도 없이 남의 거처에 그냥 들어가도 되나 보군요. 내가 몰랐네요. 근데, 밖을 지키고 있던 애들이 있었을 텐데, 걔들이 말리지 않던가요?"

독수신옹이 천연덕스럽게 웃으며 대꾸했다.

"아, 걔들은 내가 잠시 쉬게 했네. 주인도 없는 집을 마치 주인이 있는 것처럼 눈에 불을 키고 지키느라 너무 피곤해 보여서 말이야."

"그랬군요."

연자하가 대수롭지 않게 수긍하며 독수신옹의 맞은편 의자를 빼서 앉으며 재우쳐 물었다.

"어째 기력이 예전보다 느신 것 같네요. 걔들 둘 다 꽤나 대가 센 애들이라 어지간해서는 소란 없이 조용히 쉬게 할 수는 없었을 텐데 말이에요."

독수신옹이 자기 어깨를 두드리며 엄살을 부렸다.

"안 그래도 애들이 어찌나 그냥 쉴 수 없다며 바락바락 우기는지 내가 아주 죽는 줄 알았네. 아직도 삭신이 다 쑤신다니까 글쎄."

연자하의 눈빛이 곱지 않게 변했다.

"걔들 내가 많이 아끼는 애들인 거 잘 알죠? 혹시라도 걔들 얼굴에 흠집이라도 났으면 나 아주 크게 삐집니다."

독수신옹이 급히 손사래를 쳤다.

"그럴 리가 있나. 여차저차 나름 애를 써서 그런 일은 없었으니, 걱정 말게나."

연자하가 그제야 다시금 생글생글 웃는 눈빛을 드러내며 물었다.

"그래서 용건이 뭔데요?"

독수신옹이 대수롭지 않게 대답했다.

"아, 별건 아니고, 그저 부탁할 게 하나 있어서 말이야."

연자하가 물었다.

"어떤 부탁이요?"

독수신옹이 아무렇지도 않게, 그야말로 물이나 한 잔 얻어 마시러 왔다는 식으로 말했다.

"자네가 여기 마교총단에 있는 제오열의 수괴 노릇을 좀 해 주었으면 하네."

그는 넉살 좋게 웃으며 재우쳐 물었다.

"해 줄 수 있지?"

"뭐라고요?"

연자하는 한껏 일그러진 눈가로 독수신옹을 바라보았다.

혹시나 지금 자신이 무언가 잘못 들은 것은 아닌가 하는 표정이었다.

"다시 한번 말씀해 주실래요?"

독수신옹은 천연덕스럽게 턱을 주억거리며 같은 얘기를 반복했다.

"자네가 마교총단에 있는 제오열의 수괴 노릇을 좀 해 주었으면 한다고 말했네."

연자하는 실소했다.

"농담이시죠?"

독수신옹이 슬며시 팔짱을 끼고는 태연하게 의자의 등받이에 등을 기대며 되물었다.

"내가 언제 한 번이라도 농담을 하는 걸 본 적이 있는가?"

연자하의 안색이 변했다.

눈가에 드리워졌던 웃음기가 사라지며 진지하게 바뀌었다.

"없죠. 그래서 다시 물어본 거예요."

그녀는 한결 진지해진 표정으로 재우쳐 물었다.

"대체 뭘 생각하시는 거죠?"

독수신옹이 잠시 뜸을 들이며 그녀의 시선을 마주 보고 있다가 문득 어깨를 으쓱하며 대답했다.

"우리 마교의 변혁을 위해서라고 해 두지."

연자하 역시 그의 시선을 피하지 않고 마주한 채로 다탁에 올려놓은 손가락을 톡톡 두드리며 뜸을 들이다가 이내 조용히 말문을 열었다.

"노야께서 진심으로 이공자를 돕고 있다고는 생각하지 않았어요. 무언가 다른 생각을 품고 있다고 생각했죠. 저만이 아니라 모두가 그렇게 생각하고 있을 거예요. 하다못해 이공자까지도요. 그런데 그게 마교의 변혁이라……?"

의미심장하게 말꼬리를 늘인 그녀는 피식 웃으며 자신의 속내를 드러냈다.

"추상적인 말은 멋이 있을지는 몰라도 너무 현실과 동떨어져서 실속이 없고 믿음도 안 가는 법이에요. 아무래도 보다 더 현실적인 대안을 제시해야 저를 설득할 수 있을 것 같은데요?"

지금으로서는 명백히 거절이라는 소리였다.

독수신옹이 그럴 줄 알았다는 듯 아무렇지도 않게 웃으며 불쑥 다른 걸 물었다.

"지금의 마교에 만족하나?"

연자하는 헤실헤실 웃는 눈으로 고개를 저었다.

"그거로는 부족해요. 아시잖아요? 저는 어차피 마교에 구속되어 사는 사람이 아니라는 거. 마교가 어찌되든 저와는 상관없어요. 그게 저와 무슨 상관이에요?"

독수신옹이 조금은 아쉽지만 이번에도 그럴 줄 알았다는 듯 턱을 주억거리며 웃었다.

그러다가 역시나 불시에 다른 질문을 던졌다.

"그럼 자네가 품은 대공자에 대한 애정은? 아니, 연정(戀情)이나 연심(戀心)이라고 해야 하나? 아무튼, 그 마음에 기대서 부탁해도 안 될까?"

연자하의 눈빛이 사뭇 딱딱하게 굳어졌다.

"지금 너무 나가시는 거 아니에요?"

독수신옹이 정색하며 대답했다.

"그만큼 절박하다는 뜻이지."

연자하는 새삼 눈으로 웃으며 말을 받았다.

"절박하다는 것은 매우 다급하여 여유가 없는 말이고, 그건 노야의 바람이 실패할 가능성이 높다는 뜻이죠. 제가 굳이 가라앉는 배에 타야 할 이유가 있을까요?"

독수신옹이 태연하게 고개를 끄덕였다.

"있지. 지난날 가란봉(伽蘭峰)에서 나와 나눈 얘기를 기억하고 있다면 말이야."

가란봉은 마교총단이 자리한 아극산의 북쪽 끝자락에 자리한 봉우리였다.

또한 인근에서 최고로 험악한 지형을 자랑하는 그곳은 마교의 북망산(北邙山)이라 불릴 정도로 대대로 마교를 이끌던 전대 고수들의 묘소가 자리하고 있어서 아무나 들어설 수 없는 마교의 금지 중 하나인 장소이기도 했다.

연자하의 눈빛이 딱딱하게 굳어졌다.

실로 적잖게 당황하는 것으로 보였다.

이윽고, 그녀는 더 없이 싸늘해져서 말했다.

"지난 일은 지난 일에 지나지 않아요! 지난 일에 연연하거나 묶여서 현재의 부당함을 인정하는 사람이 아니에요, 저는!"

독수신옹이 자못 실망스러운 표정으로 다시 물었다.

"설마 정말로 잊었다는 건 아니겠지?"

연자하는 냉정하게 쏘아붙였다.

"잊었어요!"

독수신옹은 여전히 그녀의 말을 믿는 표정이 아니면서도 정말 그렇다면 어쩔 수 없다는 듯 긴 한숨을 내쉬며 말했다.

"자네의 말마따나 지금의 나는 절박하네. 그리고 절박한 사람은 무슨 짓이든 하고 말지."

연자하가 냉소를 날렸다.

"지금 저를 협박하는 건가요?"

독수신옹이 어색하게 웃으며 그렇다고 대답했다.

"회유가 먹히지 않으니 남은 게 그것밖에 없지 않은가."

연자하가 더 없이 싸늘해졌다.

"그간의 정을 생각해서 들어는 드리리다."

거절을 전제로 하는 대꾸했다.

얼음장같이 변한 그의 눈빛에는 서서히 살기마저 감돌고 있었다.

독수신옹은 그런 그녀의 반응을 아무렇지도 않게 무시하며 말했다.

"다시 말하지만 나는 자네가 마교의 내부에 있는 제오열의 수괴 노릇을 좀 해 주었으면 하네. 대신 그 대가로 자네가 어머니의 뒤를 이어서 지금의 자리를 차지하고 있다는 사실을 끝까지 비밀로 해 주도록 하지."

"……!"

검은 면사 위로 드러난 연자하의 눈빛이 새파랗게 질려 버렸다.

그야말로 폐부를 찔린 눈빛이었다.

독수신옹이 그런 그녀를 응시한 채로 부드러운 미소를 지으며 결정타를 날렸다.

"아, 물론 자네가 대공자의 핏줄이라는 것도 함께 말일세."

연자하가 경악과 불신에 찬 눈빛으로 부르르 진저리를 쳤다.

그건 지금 독수신옹의 말을 인정하는 것과 다름없는 반응이었는데, 이내 그녀의 눈빛이 서서히 차분해졌다.

극과 극은 하나라는 것처럼 극도의 경악이 오히려 그녀의 마음을 차분하게 가라앉힌 것 같았다.

그 상태로, 그녀는 새삼 눈으로 곱게 웃으며 물었다.

"어떻게 아셨죠?"

인정이었다. 누가 들어도 황당무계한 독수신옹의 말이 사실이었던 것이다.

독수신옹은 가볍게 웃는 낯으로 대답했다.

"그동안 여러 가지로 의심만 하고 있었지. 자네의 성정이 너무 유해져서 말이야. 이공자와 칠공자 사이에서 줄다리기를 하는 것도 자네답지 않았고. 내가 아는 자네는 다른 누구보다도 맺고 끊는 것이 정확한 사람이었거든."

"그 의심이 확신으로 변한 계기는요?"

"조금 전에."

"조금 전이요?"

연자하는 절로 오만상을 찡그렸다.

도무지 모르겠다는 표정인데, 이내 무언가 깨달은 바가 있는지 헛웃음을 흘렸다.

"제가 실수를 했군요."

독수신옹이 웃는 낯으로 대답했다.

"그래. 나는 자네와 가란봉에 간 적이 한 번도 없다네."

연자하가 못내 허탈해했다.

"완전히 속았어요. 어찌나 진실하게 보이는지 어머니가 깜빡 제가 그 얘기를 잊으신 건가 해서 딱 잡아떼질 못하겠더군요."

독수신옹이 웃으며 고개를 저었다.

"딱 잡아뗐어도 믿지 않았을 게야."

"어째서요?"

"자네가 씨 운운하며 혈뇌사야를 구해 준 것이 아무래도 미덥지 않았으니까."

"어쩐지……!"

연자하가 어이없어하며 말했다.

"제가 묻히고 온 피를 보고도 어째 아무런 내색이 없다 했더니만, 결국 그래서였군요. 대체 내 뒤에 누굴 붙여 둔 거예요? 마천거사? 아니면 백변귀천?"

"백변귀천. 하지만 붙여 둔 것이 아니야. 우연찮게 본 거지. 그 친구가 혈뇌사야의 뒤를 봐주고 있었거든."

"이래저래 꼼짝없이 걸려들었네요."

독수신옹이 피식 웃으며 물었다.

"그 말인 즉, 내 협박에 넘어가 주겠다는 거겠지?"

연자하가 한결 차분해진 눈빛으로 돌아가서 대답했다.

"다른 도리가 없지요."

말과 함께 그녀는 자신의 얼굴을 가리고 있던 검은 면사를 벗어던졌다.

못내 샐쭉해진 감정을 담고 맑게 빛나는 두 눈 아래, 오뚝한 콧날과 작약처럼 붉은 입술, 가름한 턱의 선으로 조화를 이룬 절세미녀의 얼굴이 드러났다.

독수신옹이 절로 감탄했다.

"과연 닮았군!"

연자하가 물었다.

"누구를요?"

독수신옹이 대답하려 하자, 그녀가 마음이 변한 듯 재빨리 손을 들어서 그의 말문을 막고는 다시 말했다.

"나중에 듣도록 하지요. 대신 노야의 청을 들어주기 전에 하나 확인할 것이 있어요."

"확인……?"

"마교의 내부에 제오열이 있다는 얘기는 저도 들어서 익히 잘 알고 있어요. 물론 그들의 수괴가 누군지 모른다는 사실도요. 내가 그자의 역할을 하는 이유가 그자를 잡기 위한 포석인가요?"

"아니."

연자하가 의외라는 표정으로 물었다.

"하면, 목적이 뭐죠?"

독수신옹이 대답했다.

"그 반대야. 그자를 지키기 위해서지."

"예에?"

연자하가 황당하다 못해 어처구니가 없다는 표정을 지었다.

독수신옹이 그에 아랑곳없이 태연하게 웃는 낯으로 다시 말했다.

"내가 그자를 잡겠다고 선언했는데, 나를 믿지 않고 뒤에서 그자의 뒤를 파헤치는 애들이 있어. 그것도 셋이 손을 잡고서 말이야."

연자하가 바로 눈치챘다.

"후계자 후보들이 말이죠."

독수신옹이 가만히 고개를 끄덕이는 것으로 수긍하며 말했다.

"해서, 자네가 그자의 이름으로 누구 하나만 처리해 주었으면 해. 물론 자네 정도의 고수가 나서야 처리할 수 있는 인물이라는 뜻이지. 그것만으로 그들이 그자를 찾기 어려워질 게야. 꽤나 혼선을 빚을 테니까 말이야."

연자하가 더는 참지 못하고 크게 작심한 표정으로 말했다.

"좋아요. 하죠. 대신 이유는 들어야겠어요. 왜 제오열의 수괴를 지키려는 거죠?"

독수신옹이 피식 웃으며 대답했다.

"이미 짐작하면서 뭘 그래? 그야 당연히 제오열의 수괴가 바로 나니까 그렇지."

연자하가 절로 꿀꺽 소리가 나도록 마른침을 삼켰다.

독수신옹의 말을 들으며 혹시나 하는 생각은 했으나, 그게 사실로 들어나자 충격이 아닐 수 없었던 것이다.

그때, 독수신옹이 부드럽게 웃는 낯으로 무언가 한마디 더하려는 순간, 다급한 기척이 들려오며 누군가 말했다.

"단주, 어서 마황궁으로 가 보셔야 할 것 같습니다!"

마천거사의 목소리였다.

독수신옹이 모두에게 극비에 붙인 시간이 방해를 받자 못내 불편한 기색을 드러냈다.

마천거사가 급히 다시 말을 덧붙였다.

"천산파가 공격당하고 있답니다!"

독수신옹의 안색이 급변했다.

"누가?"

"사천당문과 아미파 등 구대문파의 고수들이랍니다!"

"중원의 고수들이……! 그럼 혈뇌사야를 보낸 것 역시 우리를 안심시키기 위한 고도의 기만술이었다는 건가?"

독수신옹은 벌떡 일어나서 돌아섰다.

연자하가 서둘러 뒤를 따르다가 이내 자신이 고작 나삼 차림인 것을 인지하고 멈추며 물었다.

"말씀하신 그때는 아직인 건가요?"

독수신옹은 허겁지겁 밖으로 나서며 대답했다.

"사태가 너무 급박하게 돌아가는군. 어쩌면 애초에 필요가 없는 일이었는지도 모르겠네. 어서 준비하고 오게. 어떤 상황인지 확인부터 해야겠네!"

말미에 잠시 멈칫하고 연자하를 돌아보며 무언가 한마디 더 하려던 그는 이내 다시 돌아서서 서둘러 마황궁으로 달려갔다.

마황궁의 대청에는 어느새 악초군을 비롯한 세 명의 후계자 후보들은 물론, 영내에 있는 삼전오문구종의 종사들이 일부가 집결해서 한 사람을 에워싸고 있었다.

선혈이 낭자한 그 사람은 천산파의 제복을 입은 중년의 사내였다.

"누구냐, 너는?"

독수신옹은 좌중의 시선을 무시한 채 다급히 대청으로 들어서며 천산파의 사내를 다그쳤다.

천산파의 사내가 그를 알아보며 말을 더듬었다.

"마, 마교총단과의 연락을 맡은…… 처, 천산파의 기린대(麒麟隊) 대주 유, 유숙(柳熟)……입니다……!"

"상황은, 대체 언제 중원의 고수들이 공격을 했다는 거냐?"

"어, 어제…… 새…… 새벽…… 쿨럭!"

대답을 하던 유숙이 피를 토하며 고꾸라졌다.

부지불식간에 뒤로 물러난 독수신옹은 흠칫했다.

유숙이 토해 낸 핏물이 대청의 바닥을 적시며 푸른 연기를 피어 내고 있었다.

"독!"

유숙이 토해 낸 피에는 극독이 섞여 있었던 것이다.

독수신옹이 절로 경직된 눈으로 주변을 둘러보자, 악초군이 나서며 말했다.

"사천당문의 독입니다. 이 정도 독공은 우리 마교 이외에 그 자들의 수법밖에 없습니다."

"사태는?"

독수신옹은 급히 물었다.

"대략적인 보고라도 받았소?"

악초군이 말했다.

"사천당문과 아미파 등 구대문파의 고수들이 공격했답니다. 대략 수백으로 추산되는 인원이라는데, 워낙 삽시간에 밀고 들어와서 누가 속해 있는지는 확인하지 못했다고 하고요."

"음."

독수신옹이 묵직한 침음을 흘리는 참인데, 혁련보가 끼어들며 채근했다.

"영내에 있던 악지산, 악 노야는 벌써 출발했소! 우리도 어서 지원군을 보내야 하오!"

독수신옹의 눈이 빠르게 굴렀다.

그리고 이내 냉정하게 변해서 그보다 더 냉정해진 목소리로 말했다.

"그것을 바라는 걸 게야. 우리의 전력을 분산하려고."

그는 어이가 없다는 표정으로 덧붙여 뇌까렸다.

"허풍일 가능성이 높다고 생각했는데, 정말로 여기 우리 총단을 공격하려는 건가?"

천하유일天下唯一 (4)

독수신옹의 질문에 대답을 하다가 피를 토하며 쓰러진 천산파의 유숙은 그대로 죽었다.

삼공자 아소부가 눈치껏 나서서 치료를 해 보려했으나, 아무런 소득이 없었다.

사천당문의 독공과 쌍벽을 이룬다고 알려진 독왕전의 진전을 고스란히 물려받은 그조차도 유숙이 당한 독공의 독을 치료할 수는 없었던 것이다.

그 바람에 마황궁의 분위기는 더욱 심각해졌다.

독왕전의 절대독공인 마라독령기를 대성해서 이미 독종독인의 경지를 돌파한 아소부가 손을 쓸 수 없다는 것은 실로 사천당문의 초고수들이 참가했다는 의미이고, 그건 다시 말해서 유숙의 보고가 한 치도 어김없는 사실이라는 뜻이기 때문이다.

그러나 그럼에도 불구하고 마황궁에 모인 마교의 수뇌들은 저마다 의견이 갈렸다.

실로 의견이 분분했다.

중원무림의 공격이 시작되었다는 것에는 이견이 없었으나, 마교총단을 노리기에 앞서 전선을 분산시키려는 의도라는 독수신옹의 예상을 확신하지 못하는 사람들이 적지 않았다.

게다가 와중에 중원무림의 공격이 총단을 노리기 전에 마교의 지지 세력을 각개격파를 하려는 계획인 것 같다는 의견이 지배적이라 회의를 시작한 지 두 시진이 지나도록 지원군조차 구성하지 못하고 있었다.

이채로운 것은 독수신옹의 태도였다.

평소 독수신옹은 매사를 강경하게 주도적으로 이끌어 나갔지만, 이번의 경우는 전혀 달랐다.

회의가 그저 설왕설래, 아무런 진척도 없이 난항을 겪고 있음에도 시종일관 중립을 고수했다.

다만 그의 태도에 불만을 드러내는 사람은 없었다. 여차하면 마교의 기반마저 무너져서 파국으로 치달을 수 있는 결정이기에 최대한 신중하게 모두의 의견을 수렴하겠다는 것이 회의에 앞서 공식적으로 발표한 그의 선언이었기 때문이다.

마황궁에서 벌어진 회의가 그렇듯 좌초한 난파선처럼 아무런 방향도, 결정을 내리지 못한 채 지지부진하게 이어지며 피로감만 쌓여 갈 즈음이었다.

그들의 회의에 변화를 강요하는 사태가 발발했다.

정확히는 그런 소식이 전해졌다.

"소뢰음사에서 보내온 대지급입니다."

마황궁의 밖에서 대기하던 악초군의 친위대장 낭리사가 들어와서 악초군에게 피 묻은 전통 하나를 내밀며 전한 말이었다.

대번에 좌중의 모든 이목이 악초군에게 쏠렸다.

낭리사의 성정대로 나직한 목소리의 보고였으나, 지금 좌중에 모인 인물들 중에는 이처럼 지근거리에서 들리는 소리를 듣지 못할 정도의 하수가 없는 것이다.

"소뢰음사에서……?"

악초군이 수상한 낌새를 느낀 듯 미간을 찌푸리며 전통을 건네받는 순간에, 그의 좌측으로 조금 떨어진 자리에 앉아 있던 소뢰음사의 주지, 삼안혈불이 자리를 박차고 벌떡 일어났다.

좌중의 분위기가 찬물을 끼얹은 것처럼 삽시간에 조용해졌다.

악초군이 은연중에 그런 좌중을 의식한 듯 슬쩍 독수신옹에게 시선을 주었다.

독수신옹이 말했다.

"어서 확인해 보시오."

악초군이 전통을 열어서 안에 든 전서를 확인했다. 그리고 새삼 오만상을 찡그리며 침음을 흘렸다.

"음."

삼안혈불이 참지 못하고 급히 악초군에게 다가가며 넘겨짚었다.

"적의 기습인 거요?"

악초군이 전서를 건네며 인정했다.

"그렇소."

삼안혈불이 무겁게 경직된 얼굴로 악초군이 건네는 전서를 낚아채서 확인했다. 그리고 이내 부르르 진저리를 친 그는 수중의 전서를 와락 구겨서 내던지며 허겁지겁 밖으로 나섰다.

"가 봐야겠소!"

악초군이 급히 손을 내밀어서 말리려는 시늉을 하다가 그만두었다. 삼안혈불이 워낙 빠르게 튀어 나가기도 했지만, 그에 앞서 독수신옹이 고개를 서었기 때문이다.

"여태 우리의 회의는 답보를 거듭하고 있으니, 그를 말릴 명분이 없소."

독수신옹의 말을 들은 악초군이 알았다는 듯 어깨를 으쓱하며 물러났다.

그사이, 혁련보가 슬쩍 손을 내밀었다. 삼안혈불이 내던진 전서가 두둥실 떠서 그의 손으로 들어갔다.

혁련보가 그 와중에 그들에게 쏠린 좌중의 시선을 대변하듯 물었다.

"대체 사태가 어찌 돌아가는······?"

악초군이 슬쩍 손을 들어서 혁련보의 질문을 그치게 하고는 좌중을 둘러보며 말했다.

"소뢰음사를 공격한 것은 중원 무림인들이 아니오. 전서에는 황교의 잔당들이 기습했다고 적혀 있었소."

좌중의 분위기가 어수선해졌다.

독수신옹이 그런 좌중의 분위기와 별개로 의미심장하게 말했다.

"전에 놓쳤다는 십이천승의 수좌인 아수라와 백팔호법승의 수좌인 마후라가가 나섰다는 뜻이겠구려."

악초군이 묵묵히 고개를 끄덕이는 것으로 인정하고는 쓰게 입맛을 다시며 중얼거렸다.

"그들에게는 남은 전력이 없었을 텐데, 이상하네요."

독수신옹은 당연한 것 아니냐는 듯 말했다.

"중원무림과 손을 잡았다는 듯이 아니겠소."

악초군이 새삼 고개를 끄덕이는 것으로 수긍했다.

"역시 그것밖에는 없겠네요."

혁련보가 조급한 표정으로 나서며 말했다.

"이럴 때가 아니오. 어서 지원해야 하오. 천산파에 이어 소뢰음사까지 무너지면……!"

"쯔쯔……!"

독수신옹이 혀를 차는 것으로 혁련보의 말을 끊으며 자못 매서운 눈총을 주었다.

"호들갑 떨지 마라! 누가 보면 우리가 약자고, 저들이 강자인 줄 알겠다!"

혁련보가 발끈해서 눈을 치켜뜨며 따지려는데, 악초군이 먼저 나서며 말했다.

"보셨다시피 결론이 나지 않는 실랑이는 충분히 했습니다. 그러니 이제 노야의 고견을 듣고 싶습니다. 우리를 여기 총단으로 물러서게 하신 분이 노야시니, 마땅히 이런 경우에 대한 해법도 마련해 두었으리라 봅니다만?"

더 없이 정중한 태도요, 말투였다.

그래서 더욱 강경한 협박으로 들렸다.

한마디로 책임을 지라는 것이다.

독수신옹은 피식 웃으며 말했다.

질문에 대한 답변이 아니라 오히려 질문이었다.

"이공자도 저들보다 우리가 약자라고 생각하는 거요?"

악초군이 천연덕스럽게 웃으며 대꾸했다.

"그런 생각은 하지 않습니다만, 공격을 당하고 있으니, 마땅히 막아야 하고, 어설프게 막았다가는 우리 역시 적잖게 손해를 볼 수도 있다는 생각은 하고 있습니다. 그런데 어떻게 대처하는 것이 보다 더 손해를 덜 보는 것인지를 모르겠네요."

독수신옹이 내심 놀랐다.

'이 상황에서 이렇듯 침착하게 대응할 수 있는 아이였나?'

여태 그가 보고 느낀 악초군은 그야말로 천방지축, 삐뚤어진 아이처럼 하고 싶으면 하고, 말고 싶으면 마는 성미의 사내였다. 그래서 그를 풀어 준 것도 싫지만 어쩔 수 없이 어디 한번 자기가 믿고 의지하는 혁련보의 의견을 따라 주겠다는 변덕으로 밖에는 생각하고 있지 않았다.

그간 악초군이 그를 대하는 태도가 그랬으니까.

악초군이 제아무리 내색을 삼가고 있어도 그 정도는 능히 간파할 수 있는 사람이 그인 것이다.

그런데 이건 실로 의외였다.

이런 식이라면 그간 그가 가지고 있던 악초군에 대한 평가를 달리해야 하는 것이다.

'이러니저러니 해도 간웅(奸雄)정도는 되는 재목이라 이건가?'

독수신옹의 생각이 여기에 이를 때였다.

내내 그들의 대화를 외면한 채 홀로 무언가 골똘히 생각하고 있던 야율적봉이 불쑥 그들의 대화에 끼어들며 물었다.

"한데, 전통에 왜 피가 묻어 있는 거죠?"

"……?"

모두가 어리둥절한 표정으로 야율적봉을 바라보았다.

좌중의 이목이 쏠리자, 야율적봉이 앞서 악초군이 탁자에 내려놓은 전통을 가리키며 다시 말했다.

"저기 말입니다."

혁련보가 중요한 대화의 시점에 끼어든 야율적봉이 마뜩찮은지 퉁명스럽게 말했다.

"별걸 다 이상하게 보는구려. 소뢰음사에서 전서를 날린 자의 손에 피가 묻어 있었겠지요."

야율적봉이 바로 말꼬리를 잡았다.

"그 먼 거리를 날아왔는데도 굳은 피가 아니라서 말입니다. 물론 오다가 비를 맞았으면 지워졌어야 옳고요."

혁련보가 그제야 자신의 생각이 틀렸음을 인지하며 얼굴을 붉히는 참인데, 낭리사가 끼어들며 말했다.

"전서가 아닙니다. 혈승 하나가 들고 온 전통입니다. 영내로 도착하기 무섭게 피를 토하며 죽는 바람에 수하가 얼른 그것만 챙겨 왔다고 했습니다."

야율적봉이 의아해하며 말했다.

"천산파도 그러더니, 소뢰음사도 왜 전서를 이용하지 않고 전령이 온 거죠? 그들과의 연락망은 꽤나 긴밀한 것으로 아는데 말입니다."

"그러고 보니……?"

장내가 웅성거렸다.

모두가 야율적봉의 말에 수긍하며 의아해하고 있었다.

그때였다.

꽈쾅-!

어디선가 엄청난 폭음이 들려왔다.

천기가 개벽하는 듯 땅이 진동하며 마황궁을 흔들면서 주변의 공기를 우렁우렁 울게 만드는 거대한 폭음이었다.

"이 무슨……!"

좌중의 모두가 우르르 창가로 몰려가서 밖을 살폈다. 그리고 누가 먼저랄 것도 없이 동시에 다들 입을 딱 벌렸다.

폭음의 진원지는 마교총단의 후방이었다.

천 길 낭떠러지인 거대한 절벽이 흡사 폭포수처럼 와르르 무너져 내리고 있었다.

대체 어떤 조화를 부려야 저 거대한 절벽을 저리도 모래성처럼 무너트릴 수 있을까?

모두가 넋을 놓고 있는 그때 새로운 변화가 일어났다.

아니, 절벽이 무너지는 것이 시작이었다.

마치 무너지는 절벽이 신호인 것처럼 사방에서 단말마의 비명이 터졌다. 그 사이사이에 끼어든 예리한 금속성은 치열하게 맞부딪치는 병장기 소리였다.

비상사태를 알리는 경종이 울린 것은 그다음 순간이었다.

뎅뎅뎅뎅뎅-!

마교총단이 아극산 기슭에 터를 닦은 이래 처음으로 울리는 경종, 적의 기습이었다.

"아차차!"

독수신옹은 이제야 깨달으며 부르짖었다.

"일부러 살려서 보낸 거였구나! 여기로 오는 통로를 파악하기 위해서 의도적으로 전령을 죽이지 않고 살려 보낸 거였어!"

그때 악인대의 수좌인 일악이 다급히 대청으로 뛰어 들어오며 외쳤다.

"적입니다! 중원의 무리가 쳐들어왔습니다!"

순간, 장내에 있던 몇몇 마왕들이 전광석화처럼 신형을 날려서 밖으로 사라졌다.

다른 무엇보다도 자신들의 전력을 살피려는 행동이었다.

독수신옹이 탄식을 흘렸다.

"이런 상황에서도 자기 밥그릇부터 챙기려 들다니, 실로 한심하기 짝이 없군."

사실을 말하자면 밖으로 나서려는 사람은 그들만이 아니었다. 나머지 마왕들도 부리나케 나가려던 참이었는데, 독수신옹의 탄식이 그들을 발걸음을 막았다.

그리고 그건 악초군과 야율적봉, 아소부도 다르지 않았다.

그들도 그제야 정신을 차린 듯 밖으로 나서려다가 독수신옹의 말을 듣고는 멈추었다.

와중에 그들과 마찬가지로 움직이려다가 움찔 하며 멈춘 혁련보가 독수신옹을 노려보며 따졌다.

"지금 상황에선 전력을 챙기고 정비하는 것이 가장 중요한 일이오!"

독수신옹은 항변하는 혁련보를 거들떠보지도 않고 악초군 등을 향해 말했다.

"지금 저들은 전쟁을 하듯 대군을 동원한 것이 아니외다. 소수 정예들로 기습한 거요. 그에 반해 지금 영내에 있는 우리 병력은 외부의 경계로 빠져 있는 인원을 제외하고도 무려 칠 만에 달하오. 이런 비대칭 상황에서 전력을 돌본답시고 병력을 집결시킨다면 싸우고 있는 애들까지 우왕좌왕하느라 허점이 생기며 더욱 피해가 클 것이오. 지금 우리 병력은 자체적으로도 아군을 구분하는 데 어려움을 겪을 정도로 그간 소통이 원활하지 않았기 때문이오."

다급한 그의 말이 침과 함께 튀어나오고 있었다.

애써 내색을 삼가고 있을 뿐, 다급한 마음은 그도 다르지 않다는 방증이었다.

악초군이 급히 물었다.

"하면, 어떻게 대응하는 것이 좋겠습니까?"

야율적봉과 아소부가 은연중에 움찔하며 물러났다.

그들도 무언가 하고 싶은 말이 있는 듯 입을 열었으나, 그보다 먼저 악초군이 질문한 것이었다.

독수신옹은 그런 그들의 태도를 예사롭지 않게 인지하면서도 급히 대답했다.

"지금 상황에서 졸개들까지 돌볼 수는 없소. 하물며 심성암(深成岩 : 화강감)이 대부분인 후방의 천마벽(天魔壁)을 저리도 쉽게 무너트릴 수 있는 방법은 산서벽력당의 화기밖에 없으니, 저들 무리에 그들이 속해 있다고 봐야 하오. 뭉치면 오히려 독이 될 수도 있다는 뜻이오. 그러니……!"

숨이 차는 듯 독수신옹의 말이 끊어졌다가 다시 이어졌다.

"소수라도 좋으니 쓸 만한 애들만 불러 모아서 마천장(魔天場)을 기점으로 동서남북 중 남쪽을 비우고 나머지 세 방면에 집결시키도록 하시오! 영내의 대부분은 삼전오문구종의 제자들이 흩어져 있으니, 걱정할 필요가 없고, 마천장에서 정면만 방비하면 별반 문제가 없을 것이오! 후방이나 측면에서 마천장까지 뚫고 들어오는 적이 있다면 그때 가서 대처해도 늦지 않소!"

그가 말을 끝맺자마자 악초군이 예리하게 물었다.

"놈들의 정예들이 정면으로 치고 들어올 것이라고 보는 겁니까?"

독수신옹은 씩 웃으며 대답했다.

"나라면 그럴 것이오. 너무도 뻔한 성동격서의 술책이지만, 그나마 그게 가장 유효한 공격이니까."

악초군이 피식 따라 웃으며 두말없이 돌아서서 마황궁의 대청을 빠져나갔다.

야율적봉과 아소부가 그 뒤를 따라가고, 남아 있던 마왕들도 그제야 움직였다.

독수신옹은 묵묵히 서서 그들이 자리를 떠나는 모습을 지켜보고 있다가 문득 의미심장한 미소를 지으며 혼잣말을 중얼거렸다.

"아직까지도 예측을 벗어나는 자라 정말 그럴지는 모르겠지만, 일단은 기대를 해 보도록 하지."

독수신옹의 예상대로 마교총단의 후방을 가로막은 절벽인 천마벽을 무너트린 것은 산서벽력당의 화기인 다수의 굉천뢰였다.

그리고 중원에서부터 여기 마교총단까지 그 굉천뢰를, 그것도 하나의 무게가 이백 근(二百斤)이 되는 굉천뢰를 무려 열 두 개씩이나 가져온 사람은 바로 산서벽력당의 종손인 염마수 도염무였다.

물론 작금의 시기에 그가 혼자서 할 수 있는 일은 절대 아니었다.

설무백은 청면왜수 공손축과 독안묘수 장철, 자미독수 마태서 등, 잔결방의 고수들을 도염무에게 보냈고, 힘을 합친 그들은 어떤 지형이든 간에 마교총단의 후방을 박살 내 달라는 설무백의 막연한 지시를 더 없이 훌륭하게 수행했던 것이다.

그게 신호였다.

또한 독수신옹의 예상은 옳았다.

중원의 고수들은 사전에 정해진 계획에 따라 마교총단의 외각인 모처에 도착해 있었다.

그리고 독수신옹의 예상대로 마교총단으로 가는 천산파와 소뢰음사의 전령의 뒤를 따라서 마교총단의 지근거리로 접근해서 대기하다가 일제히 공격을 개시한 것이다.

마교총단과 연결되어 있는 천산파와 소뢰음사의 전서를 사전에 봉쇄해서 그들이 전령을 보내도록 강제한 것 역시 사전에 짜져 있는 설무백의 계획이었고 말이다.

마교총단으로 가는 모든 길목에는 다양한 진법과 기관진식이 동원된 함정이 설치되어 있었고, 그걸 온전하게 무사히 파괴하기란 귀신도 곡할 기관진식을 자랑하는 남궁세가의 지자들조차 쉽지 않은 일이라 선택한 계책이었는데, 제대로 적중한 것이다.

게다가 그뿐 아니었다.

중원무림의 고수들이, 정확히는 설무백이 불을 보듯 너무나도 자명하게 성동격서에 입각해서 마교총단의 정면을 노릴 것이라는 독수신옹의 예상도 정확했다.

천마벽이 폭발해서 무너지고, 좌우를 열두 지역으로 나누어서 포진하고 있던 강호무림의 고수들이, 바로 구대문파와 무림세가들을 축으로 하는 무림맹과 녹림맹, 장강십팔타, 황하수로연맹, 그리고 흑선궁을 축으로 새롭게 뭉친 흑도천상회의 고수들이 공격을 개시한 시점에 예정대로 풍잔의 정예들과 합류한 설무백은 마교총단의 정문과 고작 이백여 장밖에 떨어지지 않은 지역에서 대기하고 있었던 것이다.

"이렇게 느긋하게 나서도 되는 겁니까?"

제갈명의 질문이었다.

신호가 떨어지고 좌우측에 대기하던 중원무림의 고수들이

즉각 나섰음에도 설무백이 실로 느긋하게, 그야말로 천천히 걸어가고 있었기 때문이다.

설무백은 답변 대신 눈총을 주며 물었다.

"너는 안 온다더니 왜 따라와서 조잘거려?"

제갈명이 그걸 말이라고 하냐는 듯이 삐딱하게 설무백을 쳐다보며 대꾸했다.

"어린 동생이 간다는데, 제가 무슨 후안무치도 아니고 어떻게 안 옵니까?"

설무백은 짧게 말했다.

"너 후안무치 맞잖아?"

제갈명이 울컥한 듯 눈을 크게 뜨다가 이내 잦아들어서 자못 비굴하게 웃었다.

"그렇긴 하지만, 그것도 때와 장소가 있는 겁니다. 아무 때나 후안무치한 사람이 아니에요, 저는."

설무백은 말로는 어떻게 해도 제갈명을 이길 수 없다는 사실을 상기하고는 손을 내저으며 외면했다.

제갈명이 후딱 곁으로 붙으며 다시 말을 건넸다.

"아직 대답 안 해 주셨는데요?"

"그게 왜 궁금한데?"

"제가 이래 봬도 명색이 풍잔의 군사니까 그렇죠."

제갈명이 사뭇 당당하게 가슴을 치며 대답하고는 자신의 생각하는 바를 밝혔다.

"자고로 기습은 상황을 반전시키려고 감행하는 겁니다. 그런데 이게 뭡니까? 기껏 극비리에 여기까지 침습해 놓고, 정면 돌파라니요. 이러면 공성전이나 뭐가 다릅니까. 아시다시피 공성전은 아군이 족히 다섯 배 이상은 되어야 승산이 있는 법인데, 역으로 지금은 우리가 다섯 배는커녕 열배에도 못 미치는 병력이 아닙니까. 이건……!"

"자멸하는 길이다?"

설무백이 말을 가로채자, 제갈명이 어색하게 웃으며 고개를 저었다.

"아, 뭐, 자멸까지는 아니라고 생각합니다. 주군이 계시니까요. 하지만!"

"필패다?"

"아, 뭐 필까지도 아닐 것 같긴 합니다만……."

제갈명이 새삼 무색해진 얼굴에 힘을 주며 말을 이었다.

"어쨌든, 제가 보기에 이건 아니라는 겁니다. 예상치 못한 기습으로 적을 충분히 놀라게 해 놓고, 이렇게 아무런 소득도 얻을 수 없는 불리함을 자처하는 이유를 저는 정말 도저히 모르겠습니다."

설무백은 픽 웃으며 물었다.

"그런데도 적극적으로 나를 막지 않는 이유는?"

제갈명이 당연한 것 아니냐는 듯이 대답했다.

"그야 당연히 주군을 믿기 때문이죠. 이런 거대한 싸움에서는 저보다 주군의 머리가 더 잘 돌아간다는 것은 이미 오래전부터 익히 인정하는 바입니다."

설무백은 아니라고 생각하면서도 막을 수 없는 모순에 빠져서 열변을 토한 제갈명의 성의가 가상해서라도 그냥 넘어갈 수는 없었다.

"내가 지금 느긋하게 구는 건 저들에게 약간의 혼란을 주려는 거야. 어라? 당연히 올 텐데, 안 오네? 뭐 이 정도?"

제갈명이 예리하게 알아들었다.

"결국 우리가, 아니, 주군께서 정면으로 치고 들어갈 것이라는 사실을 쟤들이 익히 예상하고 있을 거라는 것을 주군도 알고 있다는 뜻이네요?"

"그 정도 인물이 없진 않겠지."

"그렇겠죠. 그러니까 마교가 득세했을 테죠."

바로 인정한 제갈명이 재우쳐 다시 말했다.

"아무려나, 굳이 정면 돌파를 고집하시는 이유는요? 적이 기다리고 있다는 걸 알면서도 굳이 이 길로 가는 이유는 대체 무슨 뭐라는 겁니까? 손자병법에서도 이르길 제아무리 소수라도 적이 알고 기다리는 곳으로는 들어가는 것은 바보 식충이도 하지 않는 짓이라고 했는데 말입니다."

"손자병법에 그런 말이 있었나?"

"뭐 대충 그와 비슷한 말이 있어요. 없으면 있다고 치고, 대체 왜 이러는 거냐고요?"

설무백은 어이가 없어서 실소를 하면서도 대답은 해 주었다.

"손자병법 같은 일반적인 병법이 통할 자들이 아니야, 저들은. 그만큼 강하다는 소리야."

그는 말미에 불쑥 물었다.

"강한 자 혹은 적어도 막상막하인 상대와의 싸움에서 크게 다치지 않고 이기는 방법을 알고 있나?"

"제가 바봅니까?"

제갈명이 어이없다는 표정을 지으며 잘라 말했다.

"당연히 훨씬 더 강하면 되지요."

설무백은 웃었다.

"과연 너다운 대답이다. 정말 영악하게도 정확한 답은 아니지만, 답이 아니라고 부정할 수 없는 답을 내놓는구나."

제갈명이 자랑스럽게 말했다.

"제가 원래 그런 사람 아닙니까. 그 어떤 답이라도 찾아내는 사람이요."

그는 다시 우거지상을 하며 말을 이었다.

"그런 제가 이것만큼은 전혀 모르겠단 말이지요. 괜히 속 시끄럽게 하지 마시고, 좀 알려 주시죠?"

설무백은 진지해져서 말했다.

"아주 간단한 방법이 있지. 죽이는 게 아니라 내 편으로 만들면 되는 거야."

"예에?"

제갈명이 어처구니없다는 표정으로 설무백을 바라보았다.

"그러니까, 지금 이게, 적이 다 알고 기다린다는 것을 알면서도 굳이 이 길로 가는 이유가 쟤들 마교를 우리 편으로 만들기 위한 계책이다 이겁니까?"

"대충 그래?"

"어떻게 대충이요?"

설무백은 의미심장하게 웃었다.

"그건 나도 지금은 몰라. 부딪쳐 봐야 알 수 있어."

제갈명이 절로 헛웃음을 흘렸다.

"무슨 그런 황당무계하다 못해 허무맹랑한 계책이 다 있습니까그래?"

말을 하는 제갈명만이 아니라 지금 그의 뒤를 따르는 풍잔의 고수들 모두가 같은 생각이 드는 것 같았다.

다들 감히 나서지는 못하고 눈을 끔뻑이며 눈동자를 이리저리 굴리고 있었다.

그러나 설무백은 더 이상 자신의 속내를 드러낼 수 없었다. 적어도 아직은 일렀다. 지금 이 자리에서 그의 결단을 밝혔다가는 분위기만 어수선해질 터였다.

아는 게 힘이라는 말이 있지만, 모르는 게 약이라는 말도 있었고, 지금은 후자라는 것이 그의 판단이었다.

"직접 보면 알아."

설무백은 모두에게 들으라는 듯이 힘주어 말했다.

그리고 더는 제갈명을 상대하지 않고 전방을 주시했다.

대화를 나누는 동안 그들은 이미 마교총단의 대문을 목전에
두고 있었다.

원래 그런 것인지 아니면 의도적으로 지형을 바꾸어 놓은 것
인지는 모른다.

아극산의 초입에서부터 사두마차가 지날 수 있는 비스듬한
언덕길이 반원을 그리며 이어지다가 느닷없이 나타난 아름드
리나무의 군락을 굽이돌기 무섭게 성곽처럼 높은 담장 사이로
자리한 마교총단의 거대한 대문이 모습을 드러냈다.

주변의 험악한 산세와 조화를 이루며, 얼핏 눈에 들어오는
것만 해도 수십 채를 넘어서는 전각군을 에워싸고 우람하게 자
리한 담장과 대문이었다.

거기 문마루에 일단의 무리를 거느리고 서 있던 흑의중년인
하나가 그들, 설무백을 비롯한 풍잔의 고수들을 바라보더니,
그 어떤 경호성도 없이 씩 웃었다.

안 그래도 기다리고 있었다는 반응이었다.

"역시……!"

제갈명이 이것 보라는 듯 설무백을 바라보다가 흠칫하며 조
개처럼 입을 다물었다.

설무백은 변해 있었다.

지금의 설무백은 조금 전에 그가 보던 설무백이 아니었고,
하물며 여태까지 그가 알고 있던 설무백과도 달랐다.

달라도 크게, 엄청나게 달랐다.

마치 느닷없이 곁에 거대한 산악이 나타난 것 같았다.

제갈명은 한없이 작아지는 자신을 느끼며 절로 꿀꺽 소리가
나도록 마른침을 삼켰다.

설무백이 그때 말했다.

"안쪽에 오백 정도, 그리고 그 뒤쪽 주변으로 다시 오백 정도
가 대기하고 있군."

검노가 말을 받았다.

"대응이 참 이채롭소이다. 분명 주력이 정문을 뚫고 들어오
리라는 것을 예측했을 텐데, 고작 저 정도라니. 자만이 너무 심
한 게 아닌가 싶소이다."

환사가 한마디 거들었다.

"그러게? 무시하고 후방으로 병력을 뺀 건가?"

풍사가 삼엄해진 기색으로 설무백의 양날 창 흑린처럼 양쪽
에 날을 가진 협인장창, 흑비를 어깨에 걸치며 물었다.

"뚫을까요?"

"잠시만······."

설무백은 슬쩍 고개를 돌려서 태양신마를 향해 말했다.

"부탁해요."

태양신마가 히죽 웃고는 흡사 상대를 위협하는 뒷골목 건달
처럼 고개를 좌우로 흔들어서 우둑 소리를 내며 앞으로 나섰다.

고작 한 걸음을 내딛는 사이에 그의 전신이 붉게 물들었다

가 다시 시퍼렇게 변하는 불덩어리가 되었다.

그리고 두 번째 걸음에서 그가 두 손을 들어 가슴 앞에 모으
더니 오른쪽 옆구리 어림으로 당겼다.

마치 무언가를 힘껏 밀기 위해서 일단 뒤로 물리는 것처럼
보이는 모습처럼 보였는데, 과연 그랬다.

세 번째 걸음에서 둥근 공을 쥐듯 하나로 모여서 오른쪽 옆
구리에 붙였던 그의 두 손이 앞으로 뻗어졌다.

순간, 무지막지하게 발광하는 그의 두 손으로 인해 사방이
휘황하게 밝아지며 뇌성이 터졌다.

콰아아아앙-!

장내의 모두가 갑작스러운 눈부심에 반응해서 질끈 눈을 감
거나 절로 미간을 찌푸리는 사이, 공기가 찢어발겨지는 굉음
이 이어졌고, 앞으로 길게 뻗어 내진 태양신마의 손에서 쏘아
진 눈부신 광체가 마교총단의 대문을 강타했다.

대성을 이룬 태양신공의 진기로 뭉친 극강의 강기 덩어리,
일명 태양구(太陽毬)였다.

꽈광-!

다시금 폭음이 터지며 성문과도 같은 마교총단의 대문이 산
산조각으로 박살 났다.

불이 붙어서 사방으로 비산하는 파편 속에서 대문을 지탱하
고 있던 성곽의 일부가 와르르 무너져 내리고, 거대한 화약고
가 터진 것처럼 하늘로 솟구치는 뭉게구름이 일어나고 있었다.

그 속에 섞여서 울긋불긋한 것은 아마도 분명히 갈기갈기 찢겨져 나간 사람의 살 조각들일 것이다.

와중에 설무백이 말했다.

"지금!"

풍사가 기다렸다는 듯 지상을 박차고 비상했다.

그 뒤를 따라서 천타를 비롯한 이십여 명의 광풍대원들이 날아올랐다.

비로소 시작되는 싸움, 격전의 시작이었다.

하늘 높이 비상한 풍사는 무너진 마교총단의 대문을 넘어서 지상으로 내려섰고, 낮은 자세로 전진했다.

연이어 내려선 광풍대의 대원들이 비스듬히 좌우로 늘어서며 그 뒤를 따라갔다.

거대한 화살이 앞으로 쏟아지는 듯한 모습이었다.

그 화살의 서슬에 걸린 혹은 스친 적들이 피를 뿌리며 넘어갔다. 저마다 일 장에 달하는 협인장창을 수족처럼 자유롭고 능숙하게 부리는 광풍대의 진형이 위력을 발휘하고 있었다.

적들이 태양구의 폭발이 가져다준 충격에 빠져서 미처 진형을 갖추기도 전이라 더욱 그랬다.

광풍대가 적진을 직선으로 뚫고 들어가는 그 길로 설무백과 풍잔의 고수들이 따라갔다.

정해진 수순처럼 좌우에서 그들을 덮치는 자들이 있었다.

광풍대의 돌격으로 인해 좌우로 밀려났던 자들이 광풍대를 뒤로하고 그들을 노리는 것이었다.

"애송이들이……!"

검노와 쌍노, 예충 등이 시기적절하게 그들 사이로 파고들며 검을 휘둘렀다.

검기가 비산하며 허공에 흩뿌려지는 피가 붉은 안개를 만드는 가운데, 태양신마의 태양구가 불을 뿜었다.

눈부신 광체가 일시지간 주변인들의 시야를 가렸다.

꽈아앙-!

강렬한 폭음이 터졌다.

땅거죽이 뒤집어지며 먹구름 같은 먼지가 일었다.

미처 지근거리도 다가서지 못하고 후방에서 눈치를 보던 적진의 중동이었다.

시뻘건 불길이 명멸하며 시커먼 먼지구름이 기둥처럼 하늘로 솟구치고 있었다.

검게 타거나 찢겨진 사람의 살 조각들이 먼지구름에 담겨서 하늘로 올라가다가 때 아닌 우박처럼 우수수 떨어져 내렸다.

그 속에서 서너 개의 칼날이 삐져나와서 설무백을 노렸다.

"놈!"

설무백은 상대하지 않고 외면했다.

대신 허공에서 홀연히 나타난 칼날이 그들의 칼날을 막았다.

사사무를 비롯한 이매당의 고수들이었다.

채챙-!

거친 금속성이 터지고 불꽃이 튀겼다.

조각난 검기가 사방으로 비산했다.

설무백은 아무렇지도 않게, 그야말로 느긋한 발걸음으로 그 아래를 거슬렀다.

누구도 그에게 다가서지 못했다.

그에게 다가서려는 자들은 죄다 그의 뒤를 따르던 풍잔의 고수들에게 막혔다.

피와 살점이 난무하며 연이어 단말마의 비명이 터지는 아수라장 속에서 그만은 홀로 유유자적(悠悠自適) 마교총단의 중심부로 진입해 들어가고 있었다.

·※·

세상만사가 다 그렇지만, 사람은 그게 무엇이든 동시에 시작했다고 해서 동시에 끝나지는 않는다.

아주 없지는 않겠지만 거의 드물다.

저마다의 능력에 따라서 혹은 마음가짐이나 사정에 따라서 빠르기도 하고 늦기도 하는 것이 세상의 이치이다.

뜻은 사람이 세워도 결과는 하늘이 결정한다는 의미인 진인사대천명(盡人事待天命)이라는 말이 그래서 존재하는 것이다.

그런 면에서 볼 때, 이번 기습 작전에 참가한 일천결사의 무리 중 마교총단의 후방에 가까운 북동쪽의 일각을 책임지는 일대가 가장 먼저 마교총단의 영내로 진입한 것은 그들이 바로 현각대사가 이끄는 소림사 정예들이었기 때문이다.

무림의 태산북두라고 불리는 무인 집단이긴 하지만, 기본적으로 인의를 중시하고 살계(殺戒)를 앞세우는 불가의 제자들인 그들이 공을 다투려고 달려들 리는 만무했다.

다만 내가 아니면 누가 지옥에 가겠느냐는 불가의 고견이, 그리고 융통성 하나 없이 그 고견을 무조건 지켜야 한다는 고지식함이 그들을 선두로 이끈 것이었다.

그래서 그들은 처음에는 다른 방면의 결사들보다 뒤에 있었지만, 마교총단의 후방에 자리한 천마벽이 거대한 굉음과 함께 무너지는 공격 신호를 보았을 때, 다른 어느 방면의 결사들보다도 먼저 마교총단의 영내로 진입했고, 이내 선두가 되어 버렸던 것이다.

물론 그것은 하고자 해서 할 수 있는 일이 절대 아니었다.

그들이 그만한 능력을 갖추었기에 가능한 일이었다.

소림사의 장문방장인 현각대사를 위시해서 사대금강과 십팔나한을 축으로 구성된 그들의 능력은 실로 대단했다.

특히 선두로 나선 사대금강과 십팔나한은 그들이 왜 소림사를 대표하는 무력인지를 여실히 증명하고 있었다.

제아무리 상대적으로 마공에 강한 것이 정종무공이요, 그중에서도 불가의 무공이고, 그들이 진입한 지역이 마교총단의 영내라고는 해도 외각에 속하는 지역이라 이렇다 할 고수가 없었다고 해도 그랬다.

그들의 앞을 막아서는 마졸들은 정말이지 속수무책으로 나가떨어지고 있었다.

그러나 그 시간은 그리 오래가지 않았다.

다들 좌우에서 쇄도하던 마졸들을 전부 다 해치우고 약간의 여유가 생겨서 한숨 돌릴 때였다.

"어……?"

현각대사를 곁에서 보좌하며 앞으로 나아가던 십팔나한의 수좌, 정각은 한순간 불길한 예감이 엄습하는 것을 느꼈다.

그는 본능적으로 현각대사의 앞으로 나섰다.

확신할 수는 없었으나, 무언가 그조차도 감지하기 어려운 살기가 현각대사를 노리는 것 같았기 때문이다.

소림에서도 아는 사람만 아는 사실이지만, 지금의 정각의 소림사 내에서 능히 열 손가락에 꼽히는 고수인 현각대사보다도 윗길에 올라서 있는 고수인 것이다.

그러나 늦었다.

팍-!

정각이 느낀 살기가 그 순간에 벌써 현각대사의 가슴에 꽂혔다.

붉은 기운이 감도는 칼이었다.

"……!"

뒤늦게 현각대사의 앞으로 나선 정각은 절로 돌처럼 굳어졌다.

붉은 기운이 감도는 칼은 현각대사의 이마를 관통해서 그 뾰족한 끝이 뒷머리로 내밀어진 상태였다.

비명은커녕 신음조차 입 밖으로 내지 못한 현각대사가 스르르 옆으로 기울어져서 바닥에 쓰러졌다.

실로 눈 깜짝할 사이에 현 소림사의 장문방장인 현각대사가 누군가의 암격에 당해서 죽어 버린 것이다.

"익!"

뒤늦게 사태를 파악한 사대금강이 쓰러진 현각대사를 에워싸며 진형을 갖추었다.

정각도 바로 반응해서 앞으로 나서며 칼을 던진 적을 찾으려 했다. 그들이 진입한 마교총단의 영내는 이미 여기저기 불이 밝혀진 상태였다.

그래서인지 모른다.

어둠 속에서 여기저기 불빛이 만들어 놓은 그림자가 어지럽게 어우러져 있는데다가, 아직은 거리가 멀어서 인지 대소림의 손꼽히는 고수인 그의 눈으로도 쉽게 적을 확인할 수가 없었다.

그렇다면 적은 어떻게 그 먼 거리에서 현각대사를 확인하고 칼을 던져서 명중시킨 것일까?

우연히 맞은 것치고는 지나치게 절묘하지 않은가?

'고수다!'

정각은 절로 진장하며 외쳤다.

"십팔나한은 어서 나한진을 구성해라!"

다행히도 그의 명령을 들은 십팔나한들은 크게 당황한 와중에도 더 없이 신속하게 움직여서 나한진을 구성하고 있었다.

그때 한 줄기 바람이 불어왔고, 이내 그들의 면전에 귀신처럼 혹은 유령처럼 홀연히 모습을 드러내는 사람이 있었다.

대나무처럼 바싹 마른 체구와 해골 같은 얼굴에 어울리도록 퀭하게 자리한 두 눈에서 무시무시한 마기를 흘리는 마의노인이었다.

"크크, 누군가 했더니만 소림의 땡중들이었구나. 그럼 저 중대가리가 현 소림의 대가리인 현각이었던 건가?"

말을 하면서 마의노인은 바닥에 쓰러진 현각대사를 향해 슬쩍 손을 내밀었다.

그러자 현각대사의 이마를 관통하고 있던 칼이 꿈틀대며 뽑혀져 나와서 그의 수중으로 들어갔다.

"익!"

사대금강의 하나인 광목이 분을 이기지 못한 듯 수중의 삭도를 쳐들며 나섰다.

정각이 재빨리 나서며 그의 소매를 잡았다.

"자중하시지요."

나직한 어조, 더 할 수 없이 침착하게 가라앉은 그의 한마디가 광목의 정신을 일깨운 것 같았다.

광목이 지그시 입술을 깨물며 멈추었다.

그사이, 밤하늘을 가르며 날아온 십여 명의 사내들이 그들을 향해 웃고 있는 마의사내의 곁에 내려섰다.

하나같이 그저 바라보는 것만으로도 눈이 아린 마기가 느껴지는 사내들이었다.

사대금강의 다른 하나인 다문이 그제야 그들의 정체를 알아보았다.

"오행마가!"

정각은 이제야 확신이 들어서 마의노인을 직시하며 말했다.

"당신이 바로 오행마가의 가주인 음양유마 광척이겠군."

마의노인이, 바로 정각의 말마따나 오행마가의 가주인 음양유마 광척이 기괴한 웃음을 흘리며 음습한 마기가 흘러나는 눈으로 정각을 바라보았다.

"크크, 본좌를 알아본 상으로 너는 가장 나중에 죽여 주마. 크크크……!"

광목과 다문에 이어서 지국과 증장이 슬쩍 고개를 돌려서 정각과 시선을 맞추었다.

이건 실로 묘한 일이었다.

본디 소림사의 서열 체계에 기본이 되는 항렬과 별개로 각기 불가의 동서남북 사방에서 부처의 법을 지키는 네 명의 수호신인 다문, 지국, 광목, 증장이라는 사대천왕의 이름을 그대로 가지는 사대금강은 예로부터 십팔나한을 지휘하는 것으로 알려져 있었다.

그런데 이채롭게도 지금 그들, 사대금강이 십팔나한의 수좌인 정각의 눈치를 보고 있는 것이다.

사실 그럴 수밖에 없었다.

소림에서도 아는 사람만 아는 사실이나, 정각은 이번 거사가 벌어지기 전에 달마동에 들었으며, 이후 달마유전(達磨遺傳)인 달마삼검(達磨三劍)과 달마십팔수(達磨十八手)를 얻었다.

비록 아직 미완성이긴 해도, 지금의 정각은 명실공히 달마대사에서 혜능선사로, 다시 각원상인으로 이어진 소림 최고의 계보를 잇는 무승의 길로 접어든 당대 소림제일인 것이다.

조금 전 현각대사는 물론 사대금강조차도 전혀 느끼지 못한 암중의 살기를 그가 먼저 감지하고 반응한 이유가 바로 거기에 있었던 것인데, 사대금강의 시선을 마주한 그는 즉시 외쳤다.

"선인공수(仙人拱手)! 패왕거정(覇王擧鼎)!"

소림제일진법이자 천하제일진법이라는 십팔나한진을, 바로 십팔나한공(十八羅漢功)을 구성하는 요결이었다.

그와 동시에 정각은 그 자신도 정해진 요결에 따라 십팔나한공의 일원으로 스며들며 수중의 삭도를 휘두르고 찔렀다.

그게 시작이었다.

벌써부터 십팔나한진을 구성하고 있던 나머지 나한들이 일제히 반응해서 수중의 삭도를 휘두르며 음양유마 광척을 공격했다.

취리리리릭-!

과연 명불허전(名不虛傳)이었다.

광척이 그대로 서 있거나 방어하지 않는다면 순식간에 벌집처럼 뚫려 버릴 것 같은 가공할 공세가 퍼부어졌다.

열여덟 개의 삭도에서 뿜어진 기세가 수백의 칼날을 엮어서 만든 거대한 그물로 변해서 광척을 에워싸며 급격히 조여지는 것 같은 장관이 연출되고 있었다.

그러나 광척은 정각의 예상과 달리 피하지도 막지도 않았다.

가만히 서서 히죽 웃은 그는 오히려 앞으로 나서며 수중의 칼을 휘둘렀다.

흡사 같이 죽겠다는, 이른 바 동귀어진(同歸於盡)하겠다는 모습으로밖에는 보이지 않는 막무가내식의 반격이었다.

그런데 어처구니없게도 그런 그의 반격이 십팔나한진을 발동해서 펼친 십팔나한공을 여지없이 뒤흔들었다.

몰랐는데, 광척의 칼질 속에는 이미 방어가 동시에 이루어지도록 되어 있는 것 같았다.

십팔나한이 펼친 삭도가 수백의 칼로 엮은 그물로 변해서 그의 몸을 휘감았으나, 그는 외눈 하나 깜짝하지 않았다.

그 상태로, 그는 한 걸음으로 무수하게 늘어난 삭도의 그림자를 뚫고 십팔나한진의 중동까지 파고들었고, 다시 한 걸음을 내딛는 사이에 수중의 칼을 휘둘러서 십팔나한진의 일각을 베어 갔다.

"패왕거정(覇王擧鼎)! 좌우삽화(左右揷花)!"

정각은 위기를 느끼며 재빨리 십팔나한진을 변화시켰다.

하지만 소용없었다.

쐐애애액—!

붉은 기운이 서린 광척의 칼이 하늘에서 떨어지는 뇌전처럼 검붉은 불꽃을 일으켰다.

그 불꽃을 따라 광척의 신형이 날고 있었다.

정각이 변형시킨 십팔나한공의 무수한 칼날들이 무의미하게 그의 곁을 스쳐 지나서 뒤로 사라졌다. 그리고 이내 광척의 붉은 칼날이 십팔나한진의 일각을 베어 버렸다.

"크으으······!"

십팔나한진을 구성하고 있던 두 명의 나한이 피를 뿌리며 날아갔다.

그것으로 십팔나한진의 한 축을 무너트린 광척이 그야말로 전광석화처럼 돌아섰다.

그의 몸을 따라서 돌아간 칼끝이 무너진 십팔나한진의 일각을 메우려고 접근하는 다른 나한의 목을 노리고 있었다.

"물러나라!"

정각은 발작적으로 소리쳤다.

다른 나한의 목을 노리던 광척의 칼끝이 그대로 다시 돌아서 정각을 가리켰다.

"역시 네가 축이구나."

정각은 자신의 미간을 가리키는 광척의 칼끝 앞에서 절로 몸서리를 쳤다.

아직 달마유전을 완성하지 못한 자신의 무능력이 실로 저리고 아프도록 그의 가슴을 후벼 파고 있었다.

'같이 죽는다!'

정각은 독심을 품으며 두 손으로 움켜잡은 삭도를 가슴 앞에서 세웠다.

주변에서는 사대금강을 비롯한 다른 사제들이 광척과 함께 나타난 자들과 혈전을 벌이고 있었으나, 그의 시선에는 오직 광척만이 들어가 있었다.

그때!

"우우우······!"

묵직한 장소성이 들려오며 백색의 그림자 하나가 밤하늘을 가르며 날아와서 그들의 곁에 떨어져 내렸다.

백색의 도포를 포대처럼 헐렁하게 걸친 청년 도사, 바로 화산제일검의 길을 걷고 있는 무허였다.

광척이 미간을 찌푸리는 사이, 장내를 둘러본 무허가 정각을 향해 말했다.

"같이합시다."

빙그레 웃는 무허의 뒤로 화산의 검객들이 하나둘씩 떨어져 내리고 있었다.

천하유일 天下唯一 (5)

천마벽이 무너지고 적의 기습이 확인되었을 때, 마황궁을 뛰쳐나간 인물은 다 해서 일곱이었다.

　그리고 그들이 독수신옹이나 현 마교의 후계자 후보들인 악초군 등의 면전에서 그럴 수 있었던 이유는 그들 모두가 하나같이 삼전오문구종의 주인이거나 그에 준하는 위상을 가진 마왕들이며, 저마다 나름의 사정이 있었기 때문이다.

　그 이유를 살펴보면 이랬다.

　작금의 마교총단에는 삼전오문구종의 세력이 모두 다 집결해 있는 것이 아니었다.

　독수신옹의 대지급에 따라서 일부의 마왕들은 상당수의 수하들을 대동하고 모였으나, 대부분의 마왕들은 고작 소수 측근들만을 이끌고 와서 눈치를 보는 중이었고, 여전히 서너 명의 마왕들은 애초에 마교총단의 명령을 외면한 채 묵묵부답으로 일관하고 있었다.

게다가 작금의 마교에는 그간의 반목과 몽고 등지 또는 중원에서의 싸움 실패로 수장을 잃은 세력도 존재했다.

실례로 대기하라는 마교총단의 지시를 어기고 중원의 길목을 지키고 있던 풍잔을 공격하려다가 오히려 기습에 당해서 사망한 일월교주 구대종과 생사교주 아천기, 그리고 귀선교주 부이문이 있었다.

수장을 잃은 일월교와 생사교, 귀선교의 세력은 마교총단의 지시를 대놓고 외면하며 자신들의 본거지에서 꼼짝도 하지 않았다.

그들에게는 다른 무엇보다도 새로운 수장을 선출하는 것이 우선인데, 당시 상당수의 수뇌진과 정예들이 사망하는 바람에 고만고만한 자들이 공석인 권좌를 차지하려고 벌이는 암투가 실로 치열한 상황이었다.

요컨대 작금의 마교는 여전히 하나로 뭉치지 못했다.

그동안의 실책과 패배로 인한 피해를 복구하기는커녕, 아직도 각기 다른 생각과 야망을 품은 마왕들의 반목으로 인해 마치 저마다 다른 방향을 바라보는 서너 명의 선장이 함께 조정하는 배처럼 겉은 멀쩡하나 속은 삭아 있는 것이다.

그 때문이었다.

중원무림의 정예 고수들의 공격이 시작되었을 때, 독수신옹의 지시를 수용해서 상당수의 수하들을 대동하고 마교총단으로 모인 마왕들은 그대로 가만히 있을 수가 없었다.

　독수신옹의 지시에 따라 그들이 이끌고 온 세력은 대부분 마교총단 밖인 외각에 주둔하고 있었고, 직접 그들이 대동하고 영내로 입성한 소수 정예들도 각기 영내의 외곽에 해당하는 지역에 거처가 있었다.

　이는 만에 하나라도 그들 세력의 직접적인 반목이나 충돌을 저어한 독수신옹 등 마교총단의 수뇌진이 합의한 책략이었는데, 설마하던 중원의 고수들이 진짜로 기습하는 바람에 그들의 안위가 가장 위협을 받는 상황에 처한 것이다.

　천마벽이 무너지고 적의 기습이 드러나자 앞뒤 안 가리고 마황궁을 뛰쳐나간 인물들은 바로 그 점에 몸이 달았던 것인데, 오행마가의 가주 광척과 마찬가지로 마교총단에 거하고 있는 열두 명의 마왕 중 하나인 백선마가의 가주 백안마신 반태서(班太瑞)도 그중의 하나였다.

　다만 반태서는 광척과는 반대가 되는 방향인 서남쪽으로 날아갔다.

　그가 이끌고 온 수하들의 진영이 바로 그쪽이었다.

　그런데 장방형으로 길쭉하게 늘어진 형태인 마교총단의 지형적인 특성상 백선마가의 진영은 오행마가의 진영보다도 배는 더 멀었고, 그에 더해서 서남쪽으로 치고 들어온 중원무림의 고수들은 상대적으로 북동쪽으로 진입한 소림사의 고수들보다 막강한 일대였다.

분명 반태서는 광척과 동시에 나섰음에도 불구하고 그 차이가 반태서에게 광척과는 전혀 다른 상황을 초래했다.

광척이 오행마가의 진영에 도착했을 때 오행마가의 고수들은 비록 밀리고 있기는 해도 소림사를 축으로 하는 일대와 싸움을 벌이고 있었던 것에 반해, 반태서가 백선마가의 진영에 도착했을 때 백선마가의 고수들은 이미 전멸 상태에 놓여 있었던 것이다.

"이놈들……!"

백선마가의 진영에 도착하자마자, 정확히는 허공을 가르며 날아가던 상태로 불길이 치솟는 전각과 그 주변에 널브러진 수하들을 목도한 반태서는 즉시 일장을 날렸다.

몇 남지 않은 수하들을 몰아붙이고 있는 자들을 향해서였다.

꽝―!

요란한 폭음이 터졌다.

땅거죽이 뒤집어지고 자욱한 흙먼지가 먹구름처럼 일어났다.

"헉!"

반태서는 헛바람을 삼켰다.

장력을 날린 그의 손으로 막강한 반탄력이 전해졌기 때문이

천외천의
주인

다.

누군가 적이 그의 장력을 맞받아쳤던 것이다.

"감히……!"

반태서는 놀라기에 앞서 자존심이 상해서 크게 분노하며 급히 흙먼지를 뚫고 지상으로 내려서서 상대를 확인했다.

일단의 무리를 거느린 흑의노인 하나가 무심하게 서서 그를 주시하고 있었다.

흑의노인은 검은 안대로 한쪽 눈을 가린 애꾸인데다가, 굵은 철봉이 한쪽 다리를 대신하고 있었다.

사전에 이렇다할 중원의 고수에 대해서는 죄다 파악한 반태서가 도무지 정체를 짐작할 수 없는 낯선 늙은이였다.

그러나 반태서는 생전 처음 보는 낯선 늙은이가 자신의 일격을 감당했다는 사실보다 그자의 뒤에 무리지어 있는 자들이 고작 이십여 명밖에 되지 않는다는 사실에 더욱 주목했다.

'고작 이 인원으로……?'

반태서는 새삼스러운 눈빛으로 주변을 둘러보았다.

잘못 본 것이 아니었다.

불타고 있는 전각 사이로 즐비하게 늘어진 것은 시체들은 하나같이 그의 수하들이었다.

마황궁의 회의에 참석하느라 서너 명의 측근들만 데리고 나선 까닭에 백여 명의 수하들이 남아 있었고, 그들 모두가 백선마가의 상위 서열을 차지하는 고수들인데, 다들 주검으로 변해서 사방에 널브러져 있는 것이다.

빠드득 이를 갈아붙인 반태서는 분노가 이글거리는 눈빛으로 상대, 애꾸노인을 노려보며 물었다.

"네놈은 누구냐?"

애꾸노인이 답변 대신 물었다.

"네가 마도오문의 하나인 백선마가의 가주 백안마신 반태서인가?"

반태서는 다시금 빠드득 이를 갈며 쏘아붙였다.

"그래, 네가 누군지는 알 필요도 없지! 대신 이제라도 알아두거라! 감히 내 수족들을 이 지경으로 만든 죄는 네놈의 몸뚱이를 천 갈래 만 갈래로 찢어발겨도 씻을 수 없을 게다! 지금 이 자리에서 내가 네놈을 그렇게 만들어 주마!"

말을 하는 동안에 그의 두 눈이 검은 눈동자가 사라진 회백색으로 변하고, 뭉클 피어난 마기가 그의 전신을 휘감았다. 그가 전신의 내공을 끌어 올린 결과였다.

애꾸에 철각인 흑의노인이 그의 변화에 아랑곳하지 않고 피식 웃으며 말했다.

"인과응보라는 거다. 그렇게 따지면 오십 년 전, 단지 지형이 마음에 든다는 이유로 서장 남목분지(南木盆地)일대의 마을 다섯 개를 불태우고, 천여 명의 생명을 하나도 남김없이 멸살한 너의 죄는 어떤 식으로 죽어도 다 갚지 못하리라."

"……!"

반태서의 눈이 커졌다.

마교의 몇몇을 제외하면 그와 같은 사실을 아는 사람은 그리 많지 않았다.

그가 아는 자들은 말 그대로 씨를 말렸기 때문이다.

"누구냐, 너는?"

애꾸에 철각인 흑의노인, 바로 철각사라는 이름으로 살고 있는 작금의 무림맹주 무왕 고정산은 천천히 검을 뽑아 들며 무심하게 대꾸했다.

"네가 이미 말하지 않았느냐. 내가 누군지는 알 필요도 없다고. 괜한 시간 끌지 말고 어서 와라."

"가소로운 것이 어디서 감히……!"

반태서가 냉소를 날렸다.

그의 전신을 감싼 마기가 한층 더 짙게 변하고 있었다.

그사이, 그의 뒤쪽으로 다섯 명의 노인이 내려섰다.

그의 최측근이기 이전에 백선마가의 오대고수인 백선오마성(白仙五魔聖)이었다.

"너희들은 나머지 잡졸들을 처리해라!"

반태서는 싸늘하게 일갈하며 철각사를 향해 나아갔다.

순간, 철각사의 뒤에 서 있던 무리에서 장대한 체구는 같지만 흑발과 백발로 구분되는 장한과 노인이 철각사의 곁으로 나서고, 이어서 흑의무복을 걸친 싸늘한 눈매의 여인 하나도 그 뒤를 따라나섰다.

"죄송하지만, 혼자 나서게 할 수는 없습니다!"

"저 역시 죄송하지만, 크게 실례를 범하도록 하겠습니다!"

"저 역시……!"

철각사는 자신의 곁으로 나선 이남일녀, 세 사람을 돌아보며 대수롭지 않게 대꾸했다.

"짐승을 때려잡는 데 한 사람이면 어떻고, 두 사람이면 또 어떤가. 개의치 말고 도움을 주시게나들."

졸지에 짐승이 되어 버린 반태서는 치솟는 분노를 억눌렀다.

철각사의 정체는 모르지만, 지금 나선 세 사람의 정체는 알아보았기 때문이다.

산동대협으로 불리는 무당속가제일인, 천기곤 용수담과 호남제일검으로 인정받는 당대의 검호인 비검 서문하, 그리고 얼음덩어리로 조각해 놓은 듯 싸늘한 기운을 풀풀 풍기는 여인은 바로 빙녀 희여산이었다.

'이것들이 저리 깍듯이 공대를 해……?'

반태서는 내심 철각사의 정체에 대한 의구심이 치솟았다.

무림맹의 실세들로 알려진 자들이 이처럼 깍듯이 공대를 한다는 것은 철각사의 지위가 적어도 구대문파의 장문인급이라는 뜻이었다.

설령 사실이 그렇다고 해도 그가 두려워할 이유는 전혀 없으나, 누군지 모른다는 사실 자체가 못내 께름칙한 것이다.

철각사가 그 순간에 움직였다.

아무런 사전 동작도 없이 불시에 미끄러지듯 다가들며 검을 뽑어 내는 선공이었다.

지극히 단순한 대신에 더 없이 빠른 검초였다.

그에 더해서 검극에 서린 서기가 길게 늘어나고 있었다.

검강(劍罡)이었다.

그것도 단순히 검강만이 아니었다.

검극에서 줄기줄기 피어나는 검강이 절로 그물을 형성하는 가운데, 상대의 모습이 그의 시야에서 사라졌다.

검강을 일으킨 서슬 뒤로 몸을 숨긴 것이다.

검신일체(劍身一體) 아니, 신검합일(神劍合一)의 경지였다.

'이자는……?'

반태서는 그제야 철각사의 정체를 짐작할 수 있었다.

작금의 강호무림에서 이 정도의 신위를 발휘할 수 있는 검도고수는 그가 기억하는 고작 한 두 사람밖에 없었다.

작금의 마교가 중원 정복을 앞두고 사전에 살명부에 올린 십천세보다도 위라고 판단한 자들!

다만 이미 오래전부터 세상에 모습을 드러내지 않아서 생사를 확인할 길이 없었던 두 명의 고수!

무당파의 전설인 무당마검과 과거 천하제일고수로 평가받던 무왕 석정이 바로 그들이었다.

'……무당검이 아니다!'

그렇다면 무왕 석정이었다.

츠르르르륵—!

반태서는 우선 뒤로 물러나며 반격을 준비했다.

설령 상대가 천하제일고수라는 무왕 석정이라고 할지라도 그가 꿀릴 것은 전혀 없었다.

그건 중원무림이 정한 서열일 뿐이었다.

마교의 서열은 따로 있고, 그는 그 마교의 서열에서 능히 열 손가락 안에 드는 고수임을 자부하기 때문이다.

그런 생각으로 마음을 다잡은 그가 전신의 공력을 끌어 올렸다. 순간, 그의 전신을 휘감은 검은 마기가 이글이글 타오르는 가운데, 오직 그의 두 눈만은 눈부신 백광을 뿜어내기 시작했다.

마경칠서에 기록된 절대마공들 중에서도 상위 십위 권에 들어간다고 알려진 백안마공(白眼魔功)의 발현이었다.

그때!

꽈광—!

어디선가 거대한 폭음이 터졌다.

앞서 천마벽이 무너질 때와 비견되는 엄청난 폭음이었다.

지진이 일어나는 것처럼 지축이 울리며 주변의 산하가 요동쳤다.

그야말로 경천동지(驚天動地)!

그 바람에 철각사와 반태서의 파괴적인 격돌이 무의미하게 느껴지고 있었다.

⚜

장강십팔타의 총타주 하백은 늘 그렇듯 싸움에 나서면 그 누구에게도 선두를 양보하지 않는 성미였다.

공을 다투려는 것이 아니라 타고난 투쟁심으로 인해 싸움 자체를 즐기기 때문이다.

그러나 돌아가는 전황을 안다면 그의 입장에선 분통이 터지게도 그의 일대가 가장 더뎠다.

공격 신호인 천마벽의 폭음이 터지기 무섭게 마교총단의 담을 넘을 때까지만 해도 그의 일대가 가장 빨랐으나, 하필이면 거기서 막강한 적과 마주쳐 버린 까닭이었다.

애초에 마황궁의 회의에 참석하지 않고 동남방 외각에 자리한 자신의 거처를 지키고 있던 마교삼전 중 하나인 독왕전의 주인 광혼독신 감곡(嵌谷)이 바로 그였다.

광혼독신 감곡은 염소수염에 왜소한 체구의 외팔이인데다가, 퀭하게 파여서 그늘진 두 눈가와 검버섯이 가득한 얼굴의 소유자였고, 기본적으로 마기가 약했다.

하백은 그 바람에 대수롭지 않게 여기고, 그야말로 만만하게 보고 나섰다가 도리어 크게 당하고 말았다.

모종의 독공을 기반으로 시커먼 독검(毒劍)을 사용하는데, 아무래도 그 조예가 그보다 훨씬 뛰어나다고 인정할 수밖에 없었다.

얼마나 지독한 독공인지, 그로서는 지근거리로 접근하기조차 어려웠다.

실로 최악의 상황이었다.

모르긴 해도, 지난날 그가 설무백이 건네준 피를 먹지 않았다면 죽어도 진즉에 죽어서 한줌의 핏물로 화했을 터였다.

뒤늦게 상대가 독왕전의 감곡임을 간파하고 경각심을 북돋았으나, 그렇다고 달라질 것은 없었다.

그야말로 젖 먹던 힘까지 쥐어짜서 사력을 다함에도 간신히 버티는 것이 다일 뿐, 살아남기에도 급급한 형편이라 지금 그의 모습은 실로 처참했다.

머리는 산발, 옷은 걸레처럼 찢어지고, 전신은 온통 째지고 갈라진 피투성이였다.

악전고투도 이런 악전고투가 없는데, 더욱 절박하게도 그런 그를 도와줄 사람이 없었다.

감곡과 함께 나선 독왕전의 마두, 마졸들 역시 지독한 독공의 고수들인지라 무풍마간 백천승과 음풍노사 황무, 사수교룡 임정 등 장강칠웅을 비롯한 기라성 같은 그의 수하들 역시 제대로 대응을 못한 채 속절없이 쓰러지거나 목숨을 부지하기에 급급한 상황이었다.

'이래서야……!'

하백은 어금니를 악물었다.

제대로 싸워 보지도 못하고 목숨을 내놓아야 할 바에야 죽든 살든 제대로 싸워 보고 죽자는 독기를 품은 것이다.

그때였다.

어디선가 한줄기 섬광이 날아와서 잠시 대치하고 있던 그와 감곡의 사이를 파고들었다.

쐐애액-!

하백은 본능적으로 물러났다.

누군가 적의 암습이라고 느낀 판단이었다.

그런데 감곡도 물러나고 있었다.

그 역시 그처럼 적의 암습이라고 느낀 것 같았다.

상당한 압력이 그들 두 모두를 위협했던 것이다.

그 순간에 그들 사이를 갈라 놓은 섬광이 바닥에 꽂혔다.

팍-!

한 자루 검이었다.

뒤를 이어 그 곁으로 표홀하게 내려서는 인영이 하나 있었다. 백의여인이었다.

하백은 첫눈에 그녀를 알아보았다.

"검……!"

"검영이에요!"

검영, 바로 검후의 자리를 스스로 버린 그녀가 재빨리 하백의 입에서 나오려는 그 이름을 끊었다.

그사이 미세한 파공음과 함께 백의사내 하나가 그녀의 곁에 떨어져 내렸다.

죽간으로 만들어진 듯한 검자루를 지팡이처럼 지면에 대고 있는 그 백의사내는 바로 검군 적용사문이었다.

그가 누가 봐도 초점이 없는 시선을 하백에게 던지며 물었다.

"주군의 명으로 진영을 돌며 살피는 참인데, 도와드려도 되겠소?"

하백이 피묻은 입가를 소매로 닦으며 오만상을 찡그렸다.

몹시도 자존심이 상한 모습이었다.

그 상태로, 그는 울컥 화를 내듯 말했다.

"그야 당연히 도와줘야지!"

검영은 와중에도 자신의 정체를 밝히려는 하백의 입을 막았고, 검군은 자신을 소개하지도 않았으나, 그게 다 소용없었다.

감곡이 그들을 알아보았다.

정확히는 방금 그녀가 검을 날린 비검술을 알아본 것이고, 장님인 적용사문의 손에 들린 검이 북산현하각의 보검임을 알아본 것이었다.

"남해청조각과 북산현하각인가?"

검영이 무희처럼 우아한 동작으로 바닥에 꽂힌 검을 거두어서 호신의 자세를 취하며 매섭게 대꾸했다.

"검영이에요!"

적용사문은 지팡이처럼 지면에 대고 있던 죽검을 슬쩍 들어서 역검의 자세를 취하며 빙그레 웃었다.

"그저 가문을 잃은 무명소졸일 뿐이오."

"그래그래……!"

감곡이 아무래도 상관없다는 듯이 히죽거리며 말했다.

"그래 봤자 달라질 것은 없으니까."

살기가 비등했다.

설무백이 일으킨 거대한 폭음, 천지개벽의 소리가 그들에게 들려온 것은 바로 그 순간이었다.

꽈광-!

새로운 대치로 긴장감을 드높이던 그들은 말할 것도 없고, 적아를 구분할 것도 없이 주변에 있던 모두가 한순간 흠칫 동작을 멈추며 폭음이 들려온 방향으로 고개를 돌렸다.

그리고 이미 저마다 자신의 실태를 파악한 듯 재빨리 고개를 바로하며 아무 일도 없었다는 것처럼 다시금 대치 국면으로 돌아갔다.

그러나 그들 모두는 이미 폭음의 진원지가 마교총단의 중심부와 가깝다는 것을 파악했고, 그것이 그들의 가슴에 새긴 느낌은 실로 천양지차였다.

한쪽에는 엄청난 투지로 작용했으나, 다른 쪽에는 치명타와도 같은 불길함이었다.

거대한 폭음이 일어난 장소는 마교총단의 대문에서부터 삼백여 장 가량 영내로 들어선 공터였다.

손질한 나무도 있고, 꾸며진 수석에 연못, 교각도 있는데다가, 대여섯 채의 전각이 주변을 에워싸고 있어서 정원처럼도, 작은 광장처럼도 보이는 공간이었는데, 폭음과 동시에 일대의 땅거죽이 뒤집어지고, 주변의 전각들이 거칠게 흔들리다가 일부는 폭삭 주저앉고 일부는 일각이 무너지며 폐허로 변하는 아수라장을 연출했다.

그리고 그 폭음의 진원지인 공터의 초입에는 한무릎을 꿇은 채 지면에 주먹을 대고 있는 설무백이었다.

설무백이 진기를 담은 주먹으로 지면을 때린 결과가 바로 그것인 것이다.

뒤집어진 땅거죽이 휘날리고, 먹구름처럼 자욱한 흙먼지가 주변의 어둠을 더욱 어둡게 만들었다.

장내에서 격전을 벌이던 모두가 일시지간 모든 행동을 멈추고 굳어져서 흡사 시간이 정지해 버린 것 같았다.

이윽고!

후두두두두-!

휘날리던 파편들이 우박처럼 쏟아져 내리는 가운데, 주변을 휘감은 흙먼지가 서서히 흩어지며 장내의 모습이 드러났다.

폐허로 변한 주변 바닥에는 제철을 만나 수확을 끝낸 무밭처럼 수백 아니, 수천 개의 구멍이 숭숭 뚫려 있었다.

설무백의 주먹을 통해 뿜어진 가공할 진기가 지면을 통해서 사방으로 퍼지다가 지상으로 솟구쳐 오른 흔적이었다.

하늘에서 봤을 때 그 모양은 설무백을 기점으로 흡사 거대한 부채를 펼쳐 놓은 것과도 같은 모습이었다.

붉은 핏물과 누런 살점이 엉켜 있는 부채였다.

설무백이 자신의 전방으로 쇄도하는 적들을 일거에 몰살시켜 버린 것이다.

"······!"

죽음과도 같은 정적이 흘렀다.

폭발의 범위를 벗어난 전방에는 아직도 수백의 적들이 포진하고 있었으나, 누구도 움직이지 않고 돌처럼 굳어져 있었다.

다들 경악과 불신에 가득한 눈빛이었다.

얼마의 생명이 사라졌을까?

수백 명?

아니, 수천 명?

앞서 빼곡하게 몰려든 인원을 감안하면 최소한 천이 넘는 목숨이리라.

설무백은 묵묵히 일어나서 자세를 바로했다.

지금 설무백의 곁에는 고작 공야무륵과 예충 등을 비롯한 이십여 명이 다였다.

다들 마교총단의 대문을 넘는 순간부터 마주한 적들을 상대하느라 뿔뿔이 흩어진 것이다.

그러나 그럼에도 불구하고 설무백은 다시금 천천히, 그야말로 뚜벅뚜벅 앞으로 나아가기 시작했다.

전방, 초토화된 영역의 밖에서 경직되어 있던 자들이 주춤주춤 뒤로 물러났다.

설무백의 가공할 신위에 완전히 압도당해 버린 모습이었다.

그때였다.

"길을 열어라!"

어디선가 카랑카랑한 목소리가 들려왔다.

그리 크게 위친 것도 아닌데 장내에 있는 모두의 귀속으로 또렷하게 들리는 목소리였다.

순간, 전방에서 우물쭈물하던 마두와 마졸들이 흡사 썰물처럼 좌우로 물러났다.

인의 장막으로 연결된 길이 뚫리고 있었다.

설무백은 그렇게 뚫린 전방을 바라보았다.

길을 열어 준 목소리의 주인공은 보이지 않았다.

대신 전방 저편으로 거대한 두 개의 전각이 보였고, 그 사이로 하늘 높이 우뚝 솟은 철탑이 눈에 들어왔다.

애초에 대문을 넘어설 때부터 설무백이 마교총단의 중앙으로 생각한 바로 그 철탑이었다.

그때 예의 카랑카랑한 목소리가 다시 들려왔다.

천외천의
주인

"네가 개떼처럼 우르르 덤벼들지 않고 이처럼 소수 정예만을 이끌고 왔다는 것은 무익한 피를 흘리기 싫다는 뜻이겠지! 그러니 자신 있다면 이리로 오라! 마교의 진정한 힘을 보여 주마!"

들려오던 목소리가 끝나기 무섭게 어디선가 요란한 종소리가 들려왔다.

다급한 느낌의 경종이 아니라 무언가 지시를 내리는 것처럼 느껴지는 타종이었다.

그 지시가 무엇인지는 바로 드러났다.

장내를 벗어난 주변에서 들려오던 격전의 소음이 차츰차츰 잦아들고 있었다.

때를 같이해서 설무백의 곁을 벗어났던 풍잔의 고수들이 하나둘씩 복귀하기 시작했다.

"애들이 싸움을 피하며 물러나던 걸?"

가장 먼저 복귀한 태양신마의 말이었다.

그 뒤를 이어서 검노와 환사, 천월, 풍사 등이 속속들이 도착했다.

다들 얼마나 치열한 격전을 벌였는지 산발한 머리에 전신을 피로 도배하고 있었으나, 하나같이 눈빛만은 여전히 혁혁하게 빛나고 있었다.

제대로 싸울 수 있는 초고수들만으로 일천결사를 구성한 설무백의 복안이 실로 탁월했음이 여실히 증명되는 순간이었다.

와중에 흑영과 백영의 비호를 받으며 허겁지겁 도착한 제갈 명이 다급히 말했다.

"안 됩니다! 함정입니다! 적진을 뚫고 들어가는 것과 적들이 열어 준 길로 들어가는 것은 천양지차입니다! 저들에게 완전히 포위될 겁니다!"

설무백은 슬쩍 주변을 둘러보며 웃었다.

"지금이라고 뭐가 다른데?"

사실이었다.

지금 그들의 주변은 전후좌우 할 것 없이 이미 수많은 마교의 무리가 몰려든 상태였다.

말 그대로 그들은 적진을 뚫고 들어왔을 뿐, 애초에 퇴로를 확보하지는 않았던 것이다.

"하지만……!"

"됐어."

설무백은 일언지하에 제갈명의 말문을 막고는 특유의 미온한 미소를 지으며 의미심장한 한마디를 덧붙였다.

"이게 내가 바라는 바니까."

"예에……?"

제갈명이 도무지 모르겠다는 표정으로 오만상을 찡그렸다.

설무백은 그게 아랑곳하지 않고 발걸음을 내딛어서 앞으로 나아갔다.

공야무륵이 그림자처럼 그 뒤에 붙었고, 검노와 환사와 천

월, 예충 등 풍잔의 고수들이 아무렇지도 않게 그 뒤를 따라갔
다.

"어······?"

제갈명도 그 속에 섞였다.

그의 의도가 아니라 설무백의 뒤를 따르던 태양신마가 어깨
를 잡고 끌었던 것이다.

"무슨 말이 그리 많아. 까라면 까는 거지."

제갈명은 본의 아니게 따라가며 힐끔 설무백의 기색을 살폈
다.

아무래도 자신이 모르는 무언가가 더 있다는 기분을 지울
수 없었기 때문이다.

그렇지만 설무백의 태도는 실로 담담하기만 해서 도무지 속
을 알 수가 없었다.

게다가 한순간에 달려들며 칼을 들이밀지도 모르는 수천의
적들 사이를 걸어가면서도 눈곱만큼도 위축된 기색이 느껴지
지 않았다.

'주군이 눈치가 없는 건가, 내가 눈치가 없는 건가?'

제갈명은 내심 이젠 정말 자신의 도량으로는 설무백의 능력
을 가늠하기 어렵다는 사실을 인정하며 더 이상의 생각을 포
기해 버렸다.

'아, 몰라! 될 때로 되라지······!'

제갈명은 일순 그렇게 생각해 버리다가 이내 지금 자신의 태

도가 이전에는 절대 있을 수 없었다는 괴리감에 사로잡혔다. 그리고 다시 이내 그 근원이 설무백에 있음을 깨닫고는 못내 피식 웃었다.

돌다리도 두드려 보고 건너던 그의 성정이 여차하면 죽을 수밖에 없는 작금의 시점에도 이렇듯 방만한 것은 순전히 설무백의 존재가 곁에 있기 때문이었다.

몰랐는데, 언제부터인지 모르게 그 어떤 상황에서도 설무백이 있으면 괜찮을 거라는 무한한 믿음과 신뢰가 그의 가슴에 자리 잡고 있었던 것이다.

그는 새삼스러운 마음이 되어서 슬쩍 주변을 둘러보았다.

아니나 다를까, 평소 돌부처처럼 감정을 읽을 수 없는 공야무륵이야 그렇다 쳐도, 설무백의 뒤를 묵묵히 따르는 검노나 쌍노, 예충 등의 표정에도 무언가를 걱정하거나 두려워하는 기색이 눈곱만큼도 보이지 않았다.

모두가 그와 같은 한마음인 것이다.

'다들 미쳤어!'

제갈명은 그리고 자신도 모르게 웃었다.

미쳐도 상관없다는 생각이 드는 그였다.

그 순간에 설무백을 선두로 하는 그들은 마주보는 거대한 전각 사이를 지나서 그곳으로 진입하고 있었다.

하늘을 찌를 듯이 높이 치솟은 철탑이 중앙을 차지한 드넓은 광장이었다.

"역시……!"

함정이었다.

설령 함정이 아니라도 절대 들어서서는 안 되는 곳이라는 느낌이 강하게 들었다.

광장의 전면과 좌우측면 수천, 아니, 어쩌면 수만에 달하는 무리가 줄지어 도열해 있었던 것이다.

⚜

"노야의 귀계가 실로 놀랍습니다. 저자가 정말 제 발로 여기까지 기어들어오다니, 눈으로 보면서도 믿기지가 않는걸요?"

악초군의 감탄이었다.

지금 그가 서 있는 광장의 중앙, 하늘 높이 치솟은 철탑 앞에는 독수신옹을 위시해서 악초군을 포함한 후계자 후보들과 삼전오문구중의 마왕들 중 적미사황 등, 마교총단의 부름에 응한 마왕들이 모여 있었다.

저마다 한두 명의 측근들만 거느린 채 일정한 거리를 두고 떨어져 있는 형태였다.

그중 독수신공의 곁에 서 있는 사화신녀교의 종사 연자하가 가벼운 웃음을 흘리며 악초군의 말을 받았다.

"그러게요. 이거 모르는 사람이 보면 사전에 짜고 치는 쌍륙(雙六 : 주사위 놀음)처럼 보겠는걸요?"

독수신옹이 슬쩍 연자하를 쳐다보는 사이, 그녀와 반대되는 오른쪽에 방향에 서 있던 마왕들 중 하나가 흉흉한 안광을 희번덕거리며 흥분해서 나섰다.

"다 필요 없고, 왔으니 됐소! 내 이 자리에서 놈의 간을 꺼내 씹어 먹고 말 거요!"

짐승가죽옷을 걸쳤으며, 부리부리한 호목와 어울리지 않게 작은 코와 작은 입술, 훤칠한 키와 종처럼 넓은 어깨 아래로 통나무처럼 밋밋한 허리에 매달고 있는 한 자루 거대한 패도가 이채로운 외팔이 노인이었다.

바로 마도오문의 하나인 광천문, 정확히는 패도광천문(覇刀狂天門)의 문주인 광천패도 부의기였다.

주변의 모두가 슬쩍 독수신옹을 바라보았다.

다들 부의기가 이렇듯 분기탱천해서 나서는 이유에 대해서는 익히 잘 알고 있었다.

대외적으로 공표되지는 않았으나, 그의 한쪽 팔을 자른 것도, 또한 그의 동생인 광천마도 부흠을 죽인 것도, 지금 나타난 설무백의 소행이라는 것을 모르는 사람은 적어도 그들 중에는 없었다.

다만 지금의 자리를, 더 나아가서 작금의 마교를 주도하는 것은 누가 뭐래도 독수신옹인지라 다들 그의 심중을 확인하지 않을 수 없었던 것이다.

아니나 다를까, 독수신옹이 냉정하게 한마디 던졌고, 그 한마디가 부의기의 발걸음을 멈추게 만들었다.

"혼자서 감당할 수 있겠나?"

발걸음을 멈춘 부의기가 일그러진 눈가로 독수신옹을 돌아보았다.

독수신옹이 냉담하게 다시 말했다.

"그럴 수 있다면 그렇게 하게."

자신은 물론, 지금 이 자리에 있는 그 누구도 나서지 않겠다는 뜻이었다.

부의기의 눈가에 경련이 일어났다.

혼자서 감당할 자신이 있냐고?

물론 혼자서 감당할 자신은 없다.

하지만 지금 이 자리에는 작금의 마교가 끌어 모을 수 있는 정예들이, 그야말로 주력이 거의 다 집결해 있지 않은가.

지금 그는 선봉으로 나서려는 것이다.

당연히 지금 이 자리에 있는 모두가 뒤를 따라설 것이라는 전제하에 말이다.

그런데 그게 아니라면?

부의기는 슬쩍 주변을 둘러보았다.

악초군과 야율적봉, 아소부 등 후계자 후보인 세 명은 말할 것도 없고, 모든 마왕들이 그들과 마찬가지로 무심하게 상황을 관조하고 있었다.

그들과 약간의 거리를 두고 떨어져 있는 자들도, 즉, 삼전오문구종에 속한 마두들도 약간 놀란 듯하지만 그가 기대했던 반응, 그를 따라서 나서려는 태도가 전혀 아니었다.

아니, 그의 수하들을 제외한 나머지 모두가 오히려 흥미로운 구경을 한다는 듯한 눈치였고, 하물며 마교총단에 속한 마왕들 중 몇몇은 눈살을 찌푸리고 혀를 차고 있었다.

부의기는 좌중의 싸늘한 반응에 절로 찬물을 들이켠 것처럼 정신이 맑아지는 것을 느꼈다.

자금의 마교가 완전한 하나로 뭉쳐지지 않았다는 것이, 또한 설령 하나로 뭉쳐졌다고 해도 기본적으로 자기 자신 이외에는 누구도 믿지 않는 사실이 천하의 그 어느 곳보다도 강자존을 우선하는 마교의 냉혹한 법칙임이 이 순간 새롭게 그의 뇌리에 각인되었다.

만약 방금 전 독수신옹이 아무런 참견도 하지 않았다면 상황이 달라질 수도 있었다.

막상 그가 설무백과 싸움을 벌이면 지금 이 자리에 있는 자들 중 절반 이상이 혹은 거의 대부분이 싸움에 나설 가능성이 높았다.

당연히 그게 그들에게도 도움이 되는 일일 테니까.

그러나 자금의 마교를 주도하고 있는 독수신옹이 자신의 의견을 밝혔고, 악초군 등, 후계자 후보들이 조용히 묵인한 이상, 이제 그런 일은 없었다.

다들 나서지 않을 것이다.

마찬가지로 지금 상황에서는 그게 그들에게 도움이 되는 일일 테니까 말이다.

'내가 나서지 못하면 다른 자들도 나서지 못한다. 여기 있는 그 누구도 혼자 나서서 저놈을 감당할 자신은 없을 테니까. 결국 상황에 따라서 모두 다 한꺼번에 나설 수밖에 없다는 건데, 잠시 수치를 참는 대가로는 나쁘지 않다.'

계산이라면 계산이었고, 자위라면 자위였다.

부의기는 와중에도 그런 생각으로 들끓는 분노와 참기 어려운 수치를 억누르며 물러났다.

"미안하오, 노야. 내가 잠시 흥분해서 피가 끓었으니, 너그럽게 이해해 주시오."

독수신옹이 가볍게 웃었다. 그리고 가만히 끄덕이며 위로하는 것으로 그의 채면을 살려 주었다.

"사과할 필요는 없는 일이네. 나 역시 잠시 저자의 얘기를 들어 보고자 함이니, 연후 이유 여하를 막론하고 선수는 자네의 몫이 될 것일세."

부의기는 애써 만족한다는 듯이 고개를 끄덕였다.

독수신옹이 그제야 조용히 앞으로 한 걸음 나서서 설무백의 시선을 마주하며 말했다.

"세상에서 가장 훌륭한 계략은 상대가 알면서도 당할 수밖에 없는 계략이지. 우리가 그간 자네에게 당한 것처럼 그리고 지금 자네가 우리에게 당한 것처럼 말이야."

설무백은 무심하게 주변을 둘러보며 대답했다.

"그쪽은 그렇게 당했을지 몰라도, 나는 그렇게 당한 게 아니야. 나는 지금 이 자리에 오고 싶어서 왔을 뿐이니까."

독수신옹이 웃는 낯으로 물었다.

"오고 싶어서 왔을지는 몰라도, 가고 싶다고 갈 수는 없는 자리니까 하는 말일세. 스스로 호랑이 입에 뛰어들어 놓고 이제 와서 아니라고 할 셈인가?"

설무백은 대수롭지 않게 고개를 저으며 독수신옹의 말을 부정했다.

"아니, 나는 가고 싶으면 갈 수 있어. 원한다면 지금 당장 확인해 봐도 좋아."

독수신옹이 무슨 생각인지 모르게 잠시 뜸을 들이다가 대답했다.

"그거야 싫어도 곧 확인하게 될 테니, 우선 묻겠네. 자네는 지금 무엇을 위해서 이 자리에, 우리 앞에 선 건가?"

장내가 조금 웅성거렸다.

어째 얘기가 이상하게 돌아가고 있었다.

지난 몇 개월 동안 공격한다 만다 하며 대놓고 그들을 놀리다가 기어코 기습을 감행한 적을 두고 이게 무슨 군자왈, 맹자왈 같은 소리란 말인가.

악초군 등 후계자 후보들과 몇몇 마왕들이 대놓고 미간을 찌푸리는 그때, 설무백이 대답했다. 아니, 대답이라기보다는 훈계와도 같은 일장 연설이었다.

"그간 세상의 혼란을 일으킨 원흉이 누구고, 그 이유는 대체 무엇이냐? 또한 그로 인해 스러진 생명은 몇이며, 구천을 떠도는 영혼은 얼마나 되나? 고작 중원을 차지한답시고 그 많은 인명을 희생시킨 것이 너무 심하다고 생각하지 않나?"

"저, 저런 시건방진……! 대가리에 쇠똥도 안 벗겨진 애송이가 지금 여기가 어디라고……!"

혁련보가 더 듣지 못하고 분노하며 나섰다.

독수신옹이 매섭게 변한 눈초리로 혁련보를 노려보며 꾸짖었다.

"누가 너보고 나서라 했느냐?"

혁련보가 입을 벌린 채 말을 잊지 못했다.

독수신옹만이 아니라 주변의 모두가 그를 주목하고 있는데다가, 그중 몇몇은 대놓고 불편한 심기를 드러내고 있었기 때문이다.

독수신옹이 끌끌 혀를 차는 것으로 그를 외면하며 다시금 설무백에게 시선을 고정했다.

"그렇다고 치고, 그래서 지금 자네가 하고자 하는 말이 뭔가?"

설무백이 본의 아니게 끊겼던 말을 무심한 목소리로 다시 이어나갔다.

"그동안 땅에 뿌려진 피가 강을 이룰 정도다. 이것이 부족한

가? 충분하지 않나?"

그는 자신이 던진 질문에 스스로 답했다.

"나는 차고 넘친다고 생각한다. 그리고 분명히 말해 두는데, 지금 내가 여기 와서 이런 말을 하는 것은 당신들이 두려워서가 아니라 앞으로 얼마든지 그보다 더 많은 피를 이 땅에 뿌려야할지도 모른다는 사실이 두려워서다. 바로 내 손으로 당신들의 피를 말이다. 어쨌거나 당신들도 사람이 아닌가."

실로 광오하기 짝이 없는 말이었다.

지금 그는 수만에 당하는 마교의 고수들에게 포위당한 상태에서 승리를 자신하고 있었다.

만에 하나 여기서 싸움이 벌어진다면 지금 자신이 마주하고 있는 마교의 모든 인원이 죽을 수도 있다고 경고하는 것이다.

"저런 건방진⋯⋯!"

"실로 오만하기 짝이 없는 놈이구나!"

"죽여라!"

"당장 저놈의 주둥이를 찢어발겨라!"

사방에서 동요가 일어나며 살기가 비등했다.

이제 더 이상은 독수신옹도 말릴 수 없을 것 같은 그 사태를 설무백이 제어했다.

쿵-!

설무백이 발을 굴렀다.

그리 크지 않은 소리라고 생각했는데, 지축이 울리며 주변

천외천의
주인

의 공기가 우렁우렁 울며 저 멀리 산하까지 진동시켰다.

실로 엄청난 내공의 발현이었다.

장내가 찬물을 끼얹은 듯 조용해졌다.

설무백이 그 순간에 조용히 다시 말했다.

"해서, 이 싸움의 종지부를 찍기 위해서 선언한다. 나 설무백은 마교의 후계자 후보로 나서겠다."

"……!"

장내가 크게 술렁였다.

어이없다 못해 기가 막혀서인지 오히려 분노를 드러내는 사람은 없었다.

대신 다들 코웃음을 치거나 비웃음을 흘리고 있었다.

"저런 미친……!"

와중에 악초군이 실소를 흘리며 독수신옹을 향해 물었다.

"저런 개소리를 언제까지 더 듣고 있어야 하는 거지요?"

독수신옹이 슬쩍 손을 들어서 악초군의 말문을 막고는 설무백을 향해 피식 웃었다.

실로 가소롭다는 듯이 보이는 반응이었는데, 그와 무관하게 이어져 나온 목소리는 진지했다.

"마교의 후계자 후보는……!"

독수신옹이 말문을 열렸을 때였다.

설무백의 뒤에 시립한 풍잔의 고수들 뒤쪽에서 한줄기 예리한 광체가 쏘아졌다.

워낙 빨라서 무엇인지 확인할 수는 없지만, 설무백의 뒷등을 노리는 빛이었다.

누군가의 암습이었다.

"앗!"

누군가의 입에서 경호성이 터졌다.

하지만 그게 어떤 의미의 경호성인지는 알 수 없게 되었다.

그때는 이미 어느새 돌아선 설무백이 손을 내밀어서 자신을 노리는 빛을 움켜잡고 있었기 때문이다.

빛의 정체는 한 자루 칼이었다. 그리고 그 칼 뒤에는 사람이 숨어 있었다.

신검합일의 경지!

칼날 뒤에서 모습을 드러낸 사람은 바로 백발, 백미, 백염으로 눈부신 선풍도골의 노인, 천사교주였다.

"어, 어찌 이런 일이⋯⋯!"

천사교주는 경악과 불신에 차서 그야말로 넋을 놓고 있었다.

다른 일반적인 싸움이었다면 선공이 실패했다고 해서 넋을 놓거나 하지는 않았다.

제아무리 바보라도 재빨리 다른 공세를 취하거나 적어도 다급히 물러났을 터였다.

하지만 지금의 천사교주는 그러지 않았다. 아니, 그러지 못했다. 일생일대의 심력과 공력을 담은 공격이, 그것도 기습이

상대의 맨손에 막혀 버리는 황당무계함이 그의 자아를 완전히 마비시켜 버린 것이다.

설무백이 무심하게 손아귀로 움켜쥔 칼을 당겼다.

스르르─!

당겨지는 칼을 따라서 천사교주의 몸이 당겨졌다.

설무백이 다른 손을, 정확히는 손바닥을 내밀어서 당겨지는 천사교주의 얼굴을 덮었다.

"헉!"

천사교주가 그제야 정신을 차린 듯 헛바람을 삼키며 바동거렸다.

그 순간에 설무백의 손이, 더 나아가서 전신이 검은 불꽃처럼 이글거리는 마기에 휩싸였다.

그가 의도적으로 드러낸 천마령의 기운이었다.

순간, 천사교주의 육체가 급격히 오그라들었다.

그의 육체가 시들어서 떨어진 나뭇가지처럼 바싹 말라비틀어진 목내이로 변해 버린 것은 그야말로 순식간이었다.

찰나의 순간 동안 벌어진 그 장면이 장내에 모인 모든 사람들의 뇌리에 잊을 수 없는 기억으로 새겨졌다.

시간이 정지했다.

순간이 영원처럼 길게 흘렀다.

가없는 마기에 휩싸인 설무백이 수중에 쥐고 있는 천사교주의 주검을 높이 쳐드는 것으로 멈추어졌던 시간을 다시 움직이게 만들며 말했다.

"마교의 후계자 후보는 전대 마교주의 핏줄이거나 제자, 혹은 전대 마교주가 특별히 선정한 자라야만이 자격이 있다고 들었다."

그는 천사교주의 주검을 내던지며 선언했다.

"보다시피 나는 천마령의 주인이며, 전대 마교주인 천마대제의 적자이자, 대제자인 천마공자의 핏줄로 마교의 후계자 후보 자격을 갖춘 사람이다!"

천지개벽天地開闢

쿵─!

설무백의 충격적인 선언이 발해진 순간, 장내에 운집한 모든 사람들의 뇌리에서, 그리고 가슴에서 터진 울림이었다.

그의 목소리는 그리 크지 않았으나, 모종의 기운이 담겨 있어서 족히 반경 오십여 장이 넘는 광장의 이 끝에서 저 끝에 있는 사람들의 귓속에까지 또렷하게 들린 결과였다.

아니, 그 이상이었다.

무언가 사태를 알린 듯한 타종에 반응해서 싸움을 멈추고 광장으로 집결하고 있던 수많은 사람들도 그의 선언을 들었다.

수만의 인원이 한순간에 모든 동작을 멈추며 딱딱하게 굳어졌다.

누구는 경악하고, 누구는 어리둥절해하고, 누구는 혼란스러워서 어찌할 바를 모르고 있었다.

시간이 정지해 버린 것 같았다.

"헛소리!"

악초군이 포효했다.

"네놈이 하다하다 이젠 별별 개소리를 다 지껄이는구나! 그게 어디 가당키나 하단 말이더냐!"

설무백의 시선이 악초군에게 돌려졌다.

"천마령의 권위를 부정하겠다는 거냐?"

악초군이 발작적으로 외쳤다.

"개소리 집어 치워라! 네가 천마공자의 핏줄이라는 증거는 어디에도 없다! 내 이 자리에서 네놈을 육시하고 간교한 그 세 치 혀를 뽑아내고 말리라!"

설무백이 냉정하게 물었다.

"네가 천마대제의 제자이며, 마교의 후계자 후보라는 증거는 어디에 있나?"

"이런 미친……!"

악초군이 분노해서 격앙된 목소리로 외쳤다.

"이 자리에 있는 마교의 모든 제자들이 바로 증거다! 하물며 내게는……!"

그는 검을 뽑아서 높이 쳐들었다.

무슨 금속으로 만들어졌는지는 몰라도, 요사스러운 암녹색의 광채가 검신을 타고 일렁거리는 장도, 천마검이었다.

"내게는 천마검이 있다!"

실로 어처구니가 없도록 분노한 마음에 앞뒤 안 가리고 나선 그의 분노가 사실은 실수였다.

설무백은 어디까지나 냉정하고 차분한 목소리로 물었다.

"그 천마검을 누가 네게 주었냐?"

"……!"

악초군은 말문이 막힌 표정으로 선뜻 대답하지 못했다.

설무백은 대답을 기다리지 않고 추상같이 다시 말했다.

"네가 직접 전대 마교총단의 단주인 독수신옹의 목숨을 담보로 팔로문의 고수들을 위협해서 조사의 묘를 파괴하고 취한 것이 아니더냐!"

"……!"

"게다가 너희들!"

차갑게 식은 설무백의 눈빛이 악초군의 뒤에 서 있는 야율적봉과 아소부를 향해 돌려졌다.

"너희들이 천마대제의 제자들인 야율적봉이고, 아소부임은 어떻게 증명할 테냐?"

문득 그는 뚜벅뚜벅 앞으로 걸어 나오며 슬쩍 들어 올린 손을 옆으로 뻗어 냈다.

"헉!"

측면의 지근거리에 운집해 있던 마교의 제자들 사이에서 누군가 헛바람을 내뱉으며 딸려 왔다.

흡사 눈에 보이지 않는 줄에 묶여서 끌려오듯 주룩 달려와서 그의 손아귀에 목을 들이미는, 적어도 모두의 눈에 그렇게 보이는 상대는 왜소한 체구와 일그러진 짝눈이 이채로운 염소 수염의 노인이었다.

악착같이 버티는 사람을, 그것도 무공을 익힌 고수를 속절없이 당기는 고도의 허공섭물 앞에서 장내의 모두가 경악하는 가운데, 누군가 그를 알아보았다.

"고독진군!"

그랬다.

전대의 거마인 고독진군이었다.

설무백은 자신의 손에 매달려서 속절없이 발동거리는 고독진군을 높이 처들며 하려던 말을 계속했다.

"변체환용술로 얼굴을 바꾸고, 이자의 고독술로 무사한 중원인들을 굴속 시켜서 부리는 만행을 저지른 것이 너희들인데, 너희들이 진짜 야율적봉이고, 진짜 아소부인지 어떻게 증명할 것이냐?"

말을 하는 도중에 고독진군의 육체가 급격히 쪼그라들며 푸석푸석한 목내이(미라)로 변해 버렸다.

다시 한번 위용을 드러낸 흡령력의 신위였다.

"하지만 나는 이렇게 증명할 수 있다! 봐라! 천마령은 내 안에 있다!"

천외천의
주인

그는 악초군과 야율적봉, 아소부에 이어서 장내에 운집한 수만의 마교도들을 훑어보며 외쳤다.

"말해보라! 이것이 천마령의 권능임을 부정할 테냐? 아니면 마교의 적통인 천마대제의 핏줄이 아니면 천마령을 가질 수 없음을 부정할 테냐?"

장내가 죽음과도 같은 고요에 빠졌다.

누구도 나서지 않았고, 누구도 입을 열지 않았다.

악초군과 야율적봉, 아소부는 말할 것도 없고, 장내에 있던 삼전오문구종의 마왕들도 못내 혼란스러운 눈빛을 드러낸 채 어쩔 줄 모르고 있었다.

그때!

"카카카카카……!"

장내에 기괴한 웃음소리가 울려 퍼지며 핏덩이를 뭉쳐서 만든 것 같은 사람의 형상이, 바로 사망혈사공을 극성으로 펼친 혈가의 가주 혈뇌사야가 설무백의 곁에 홀연히 모습을 드러냈다.

그리고 또 모습을 드러내는 사람들이 있었다.

혈뇌사야의 곁에서 붉은 운무가 자욱하게 피어나더니, 피처럼 붉은 적포를 걸친 일단의 무리가 하나둘씩 모습을 드러냈다.

혈뇌사야의 제자인 혈검사영과 혈검우사를 비롯한 혈가의 제자 이십여 명이었다.

혈뇌사야가 붉은 눈동자로 장내를 둘러보다가 이내 악초군 등을 거쳐 독수신옹에게 시선을 고정하며 말했다.

"악 노야. 나 혈뇌사야를 비롯한 혈가의 모든 식구는 마도오 문의 하나인 혈가의 명예를 걸고 이분, 설무백, 설 공자께서 대공자의 후예임을 보증하오. 하니, 이제 노야가 결정해 주시오. 이분 설 공자가 마교의 후계자 후보 자격이 있는 것이오, 없는 것이오?"

독수신옹이 선뜻 대답하지 못하고 머뭇거렸다.

그러는 와중에 의미심장하게 변한 그의 시선이 알게 모르게 사화신녀교의 종주인 연자하의 시선과 마주친 것은 우연이었 을까, 아니면 필연이었을까?

연자하가 불쑥 나서며 말했다.

"악 노야의 결정에 앞서 본녀가 한마디 먼저 하도록 하지요. 본녀는 사화신녀교의 종주로서 그리고 대립과 암투로 얼룩진 작금의 마교를 재편하고자 나선 제오열의 수뇌로써 설무백, 설 공자의 후계자 후보 자격을 인정합니다."

그녀의 선언이 끝나기 무섭게 하나둘씩 자리를 이동해서 그 녀의 곁으로 모여드는 사람들이 있었다.

대략 오십여 명인 그들은 비록 마교총단의 서열은 그리 높지 않지만, 하나같이 요직을 차지한 인물들이었고, 개중에는 놀랍게도 삼전오문구종의 제자들도 적지 않았다.

마침내 실체를 드러낸 마교총단 내의 제오열이었다.

"……!"

장내가 크게 술렁였다.

다들 자리가 자리인지라 감히 선뜻 나서지 못하고 있을 뿐, 장내가 실로 엄청난 충격의 도가니로 변해 버렸다.

그녀, 연자하를 두고 연적이라는 소리까지 들으며 경쟁하던 악초군가 야율적봉의 경우는 그야말로 날카로운 비수로 폐부를 찔린 사람들처럼 입을 딱 벌리고 있었다.

"제오열!"

"연자하 종주가 제오열의 수장……!"

"조용하라!"

시종일관 침묵하며 돌아가는 상황을 주목하던 독수신공이 마침내 나서며 크게 외쳤다.

장내의 소란이 서서히 가라앉았다.

광장의 모든 이목이 그에게 쏠리고 있었다.

독수신옹이 잠시 뜸을 들이다가 물었다.

"자네들은 어떻게 생각하는가?"

주변의 요인들이 주변을 두리번거렸다.

질문의 대상이 누군지 확인하려는 것이다.

그 순간에 그들이 모습을 드러냈다.

독수신옹의 뒤였다.

각양각색의 복색인 여덟 명의 인물, 마천거사와 백변귀천 등, 마교의 원로들이자, 장로들인 팔로문의 고수들이었다.

그중 마천거사가 독수신옹을 향해 정중히 고개를 숙이며 대답했다.

"우리는 천마령의 권위를 외면할 수 없습니다. 고로 저분 설무백, 설 공자의 후계자 후보 자격을 인정합니다."

장내가, 거대한 철탑을 중심으로 하는 드넓은 광장이 다시금 크게 술렁였다.

마교주의 자리가, 바로 대외적으로 천마라 불리는 권좌가 공석인 작금의 마교에서 그 자리를 두고 경쟁할 후계자 후보는 여타 강호문파의 장로원 겸인 팔로문의 결정에 따르도록 되어 있는 것이 마교의 철칙임을 모두가 알고 있기 때문이다.

그야말로 파격을 넘어서는 충격적인 사태가 벌어진 것이다.

"이 무슨 말도 안 되는……!"

혁련보가 황당하다 못해 어처구니가 없다는 표정으로 나서며 악을 썼다.

"나는 인정할 수 없다! 이건 있을 수도 없고, 있어서도 안 되는 일이다! 우리의 대업을 막아선 적의 수괴를 어찌 후계자 후보로 인정한단 말인가!"

독수신옹이 슬쩍 혁련보를 쳐다보며 물었다.

"지금 팔로문의 권위를 무시하겠다는 것인가?"

"……!"

혁련보가 흠칫했다.

찬물을 들이켠 것처럼, 가슴이 서늘해지며 등골이 오싹해졌다.

팔로문의 권위를 무시한다는 것은 그들로 인해 결정된 악초군 등 후계자 후보들도 인정하지 않는다는 뜻이 될 수도 있음이었다.

"내 말은 그게 아니라……!"

"저는, 아니, 저희들은……!"

악초군이 구원자처럼 나서서 혁련보의 말을 끊으며 독수신옹을 향해 말했다.

"노야의 의견을 듣고 싶군요."

독수신옹이 단호한 기색으로 대답했다.

"천마지회의 권한은 전적으로 당대 천마지존과 팔로문의 영역이라 본인의 의견은 전혀 중요하지 않소, 이공자."

천마지회란 바로 천마의 권좌를 차지할 수 있는 후계자 후보들의 경쟁과 대결을 뜻한다.

즉, 독수신옹의 대답은 자신 역시 팔로문의 결정을 따르겠다는 의미인 것이다.

"큭큭……!"

악초군이 어깨를 들썩이며 웃었다.

처음에는 웃음인지 모르게 나직이 시작된 그의 웃음이 이내 허리까지 뒤로 젖힌 파안대소로 바뀌었다.

"푸하하하하……!"

드넓은 광장이 그의 웃음소리로 가득 찼다.

흡사 장소성처럼 막대한 내공을 담은 웃음이었다.

"으으……!"

악초군의 주변에 자리한 사람들이 못내 미간을 찌푸리는 가운데, 내공이 약한 자들이 신음을 흘렸다.

그보다 더 심한 자들은 고통에 겨운 얼굴로 귀를 틀어막으며 주저앉고 있었다.

"이공자!"

독수신옹이 준엄하게 외쳤다.

악초군이 그제야 웃음을 그쳤다. 그리고 삐딱하게 독수신옹을 쳐다보며 코웃음을 쳤다.

"이공자는 개뿔!"

대뜸 욕설을 뱉어낸 그는 서서히 싸늘하게 식어 가는 눈빛으로 독수신옹을 직시하며 불쑥 물었다.

"이거였나? 순순히 내 청을 수락한 이유가?"

독수신옹이 새삼 준엄하게 주의를 주었다.

"자중하시오, 이공자!"

악초군이 아랑곳하지 않고 냉소를 날리며 보다 더 사납게 나왔다.

"이봐, 늙은이! 내가 이래도 응 저래도 응 고분고분해 주니까, 아주 만만해 보이지?"

"이공자!"

"그래서 대충 비위나 맞춰주며 준비한 것이 고작 이따위 놀음을 준비한 거야. 그렇지?"

"이공자!"

혁련보가 급히 나서며 악초군의 소매를 잡았다.

악초군이 거칠고 사납게 혁련보의 손길을 뿌리쳤다.

"너도 닥쳐!"

발작적으로 고개를 돌려서 혁련보를 쳐다보는 악초군의 두 눈이 광기를 발했다.

"대체 그간 뭐 하느라 이런 거 하나 간파하지 못하고 자빠졌다가 이제 와서 말리고 지랄이야, 지랄은!"

"이, 이공자……!"

혁련보가 다시 매달렸다.

악초군이 더욱 강하게 그의 손길을 뿌리치며 경고했다.

"한 번만 더 막으면 죽는다!"

"……!"

혁련보가 더는 막지 못했다.

악초군이 그제야 다시금 독수신옹을 노려보았다.

그는 이성을 잃고 있었다.

그간 억누르던 광기가 한꺼번에 폭발한 것처럼 그의 두 눈이 광기로 가득차서 희번덕거렸다.

"어서 대답이나 해 봐. 그래 안 그래?"

독수신옹이 어디까지나 침착한 목소리로 말했다.

답변이 아니라 오히려 질문이었다.

"지금 새로운 후계자 후보를 용인하기 싫어서 마교를 깨자는 것이오?"

광기에 물든 악초군의 눈빛이 크게 흔들렸다.

독수신옹이 그에 아랑곳하지 않고 냉정하게 말을 더했다.

"지금 이공자를 경거망동을 제지하려는 자가 어디에 있소? 과연 저들이 이공자를 두려워해서 그냥 두고 보는 것 같소?"

악초군이 한 방 맞은 표정으로 장내를 둘러보았다.

독수신옹의 말대로였다.

장내의 모두가 그저 침묵한 채 그를 바라보고 있었다.

그들의 눈빛에서는 그에 대한 두려운 감정이 눈곱만큼도 보이지 않았다.

다들 그저 앞으로 벌어질 일에 대한 호기심뿐, 그 이외의 다른 감정은 전혀 없었다.

악초군은 찬물을 들이켠 것처럼 정신이 번쩍 들었다.

강자만이 우선하는 마교의 습성과 아직 그가 마교에서 이룩한 것이 없다는 사실이 뇌리를 스치고 있었다.

하지만 아무리 그래도 이대로 그냥 물러날 수 없다는 것이 그의 아픔이고 이 자리의 맹점이었다.

곤혹스러운 표정을 지으며 망설이고 또 망설인 그는 이내 마음을 다잡으며 말했다.

"그래. 좋아, 인정하지! 그 까짓 후계자 후보 하나 더 늘어난다고 달라질 것은 없을 테니까! 단!"

그는 독기를 품은 눈빛으로 뒤의 철탑을 가리키며 강하게 덧붙였다.

"더 이상 질질 시간 끌 필요 없이 지금 이 자리에서 결정한다! 저 자리의 주인!"

광장의 중앙을 차지한 거대한 철탑의 이름은 마황탑(魔皇塔)이었다. 그리고 그 이름에 걸맞게 대지와 맞닿은 철탑의 중심에는 대여섯 개의 계단을 밟고 올라서야 앉을 수 있는 우람한 의자 하나가 자리하고 있었다.

바로 십만마교의 제자들을 굽어 볼 수 있는 천마의 권좌였다.

언제부터인지는 모르겠으나, 저 멀리 어디선가에서 들려오던 타종이 그친 상태였다.

누가 봐도 그것은 마교총단의 영내에서 벌어지던 싸움이 중지되었다는 의미가 강했는데, 실제로 그런 것 같았다.

사방에서 마황탑이 우뚝 솟은 광장으로 몰려드는 인원이 빠르게 늘었고, 그 속에는 상처 입은 오행마가의 주인 음양유마 광척과 백선마가의 주인 백안마신 반태서, 그리고 그들과 싸우던 검노 등 중원의 무인들도 포함되어 있었다.

그 때문이었다.

광장의 분위기는 실로 오묘했다.

더 없이 삼엄한 분위기 속에 서로가 서로의 눈치를 보며 광장으로 모여든 사람들이 저마다 자신이 소속된 세력으로 합류하고 있었다.

말 그대로 위태로운 휴전 상태, 언제라도 불씨만 생기면 당장에 쾅 하고 폭발해서 산산이 부서질 화약고와 같았다.

숨이 막히도록 팽팽한 긴장감이 가느다란 실 끝에 간신히 매달려서 흔들리고 있는 것이다.

악초군이 못내 작금의 사태를 수용하고 나서며 이 자리에서 권좌의 주인을 가리자고 나선 것이 바로 그 순간이었다.

화약고의 심지에 붙여질 불이 일어난 것처럼 광장의 분위기가 크게 요동치는 가운데, 다시금 모두의 이목이 독수신옹에게 집중되었다.

독수신옹이 애써 그런 장내의 시선을 외면하며 묵묵히 설무백을 바라보았다.

실로 하고 싶은 말이 많지만, 그렇게 할 수 없는 아쉬움이 진하게 풍기는 눈빛이었다.

설무백은 독수신옹의 생각을, 그 생각을 일으키는 마음의 저편을 읽어 보려고 했다.

그때 앞으로 나선 악초군이 도발했다.

"설마 여기까지 와서 꼬리를 마는 건 아니겠지?"

이것이 일거에 전세를 뒤집을 수 있는 방법이라고 생각하는 걸까?

아니, 그보다는 얼마든지 설무백을 누를 자신이 있는 것인지도 모른다.

설무백은 아무래도 좋았다.

결국 바라마지 않는 대로 되었다.

수만의 목숨을 끊고 피의 강을 보지 않고도 이 혐오스럽고 지긋지긋한 싸움을 끝낼 수 있는 돗자리가 깔린 것이다.

설무백이 그런 생각으로 마음을 다잡은 참인데, 뒤늦게 장내에 나타나서 그의 지근거리로 다가온 검노가 물었다.

"정말 괜찮은 거겠지요?"

검노는 이미 모든 내막을 알고 있는 것이다.

아니, 정확히 말하면 풍잔의 요인들은 거의 다가 설무백의 계획을 알고 있었다.

오직 한 사람, 풍잔의 군사인 제갈명만이 모르고 있었는데, 이는 그가 다른 누구보다도 자신의 감정을 속이는 데 익숙하지 않은 사람이기에 어쩔 수 없는 노릇이었다.

"노인네 노파심은…… 이젠 괜찮지 않아도 물러날 수 없잖아."

"아, 뭐 그렇긴 하지만……."

환사가 끼어들며 타박했다.

"싸움이 시작되기 전에 초를 치기요?"

예충이 한마디 거들었다.

"가장 센 척 하면서 나약하게 굴기는……!"

천월이 나서서 그들 모두에게 눈총을 주었다.

"창피하게 다들 여기서 왜 이래!"

다들 머쓱해져서 함구했다.

곁을 지키고 있던 공야무륵은 말할 것도 없고, 설무백의 그림자를 벗어나서 모습을 드러낸 요미와 어느 틈엔가 그들의 곁으로 다가서서 한마디 것처럼 보이던 반천오객, 풍사 등도 그 바람에 아무런 말도 못하며 침묵했다. 그리고 그건 뒤늦게 장내에 합류해서 그의 곁으로 다가서려던 하백 등과 구대문파의 장문인들을 포함한 명숙들도 다르지 않았다.

하나같이 하고 싶은 말이 많은 표정이면서도 감히 나서지 못하고 있었다.

설무백은 그런 그들을 향해 씩 웃어 주며 말했다.

"다들 약속이나 잊지 마요."

검노가 어리둥절해하는 표정이다가 이내 무언가 기억난 듯 쓰게 입맛을 다셨다.

다른 사람들도 그랬다.

다들 내색은 삼가고 있으나, 상황이 상황인 만큼 적잖은 긴장으로 인해 경직되어 있는 상태로 설무백의 말을 뒤늦게 이해하고 수긍하는 기색들이었다.

그사이에 돌아선 설무백은 뚜벅뚜벅 앞으로 나서며 손을 뻗어서 두 사람을 가리켰다.

"너, 그리고 너!"

그의 손이 가리킨 것은 악초군의 뒤에서 작금의 사태를 이리저리 재며 눈치를 보느라 여념이 없는 야율적봉였다.

그들이 흠칫하자, 그는 웃는 낯으로 재우쳐 말했다.

"왜 안 나서? 함께해야지?"

"……!"

악초군의 눈썹이 지렁이처럼 꿈틀했다.

이건 그의 예상에 없는 전개인 듯했다.

그러나 이것 역시 설무백의 분명한 계획이었다.

"설마 후계자 후보인 주제에 마교의 적통을 이을 수 있는 기회를 저버릴 셈이야?"

야율적봉이 비틀린 미소를 흘리며 앞으로 걸어 나왔다.

"그럴 리가 있나. 어디 한번 어부지리를 노릴 수 있나 재봤을 뿐이야. 아무래도 그런 횡재는 없을 듯하니 당연히 나서야지."

"건방진 놈!"

와중에도 생각이 많아진 표정이던 아소부도 한마디 욕설을 뱉어 내며 나섰다.

은연중에 야율적봉과 시선을 교환하는 것으로 봐서 그들 간에 모종의 밀약이 엿보였으나, 설무백은 신경 쓰지 않았다.

있는 그대로 말해서 지금 설무백의 눈에 들어온 그들은 그의 상대가 아니었다.

어쩌면 천마령의 권능이 작용해서일지도 몰랐다.

분명 막강한 무위가 느껴지는 기도임에도 그보다 더 낮은 무위라고 생각되는 검노나 쌍노, 태양신마 등과 비무할 때보다도 오히려 부담감이 없었다.

설무백은 그런 마음으로 느긋하게 앞으로 나서며 말했다.

"너희들 간의 경쟁은 나를 상대한 후에 해도 좋다."

악초군의 두 눈에 광기가 이글거렸다.

야율적봉의 두 눈은 독기에 차올랐고, 아소부의 두 눈은 살기로 가득 찼다.

다들 영악한 자들답게 설무백의 말이 무슨 뜻인지 바로 알아차린 것이다.

설무백은 그래도 굳이 부연해 주었다.

"합공을 하라는 소리다. 그렇지 않으면 제대로 싸울 기회도 없을 테니까."

살기가 비등했다.

악초군과 야율적봉, 아소부의 전신에서 일어난 살기가 드넓은 광장을 압도했다.

장내의 모두가 그 살기에 반응해서 물러났다.

고작 이십여 평의 공간에 불과하던 광장의 중심이 삽시간에 반경 오십여 장의 드넓은 공간으로 변해 버렸다.

때를 같이해서 독수신옹이 기다렸다는 듯 광장이 쩌렁쩌렁하게 울리는 목소리로 외쳤다.

"감히 누구도 이 싸움에 개입하지 마시라! 이 싸움의 승자가 마교의 적통을 이을 것이다!"

장내가 숨을 죽였다.

시간이 정지한 것처럼 장내가 고요해졌다.

그러나 그런 광장의 중심에서 각기 서너 장의 거리를 두고 사방을 점하며 대치한 설무백과 악초군, 야율적봉, 아소부의 사이에서는 폭풍이 몰아치고 있었다.

눈에 보이지는 않지만, 서로가 서로를 경계하며 뿜어내는 그들의 진기로 인해 대리석처럼 단단하게 다져진 땅바닥이 절로 들썩이는 기류의 폭풍이었다.

다만 그 폭풍을 마주하는 그들, 네 사람에게는 저마다 약간의 차이가 있었다.

설무백은 어디까지나 태연자약했다.

도저히 생사결의 중심에 서 있는 사람으로 보이지 않았다.

반면에 나머지 세 사람, 악초군과 야율적봉, 아소부의 안색은 매우 굳어진 상태였다.

다들 두렵거나 하는 것으로 보이지는 않았으나, 마치 무언가 무거운 물건을 짊어진 사람들처럼 힘겨워하는 것 같았다.

특히 아소부의 경우는 이마에 송골송골 식은땀까지 맺히고 있었다.

실로 지켜보는 다른 사람들로서는 전혀 이해할 수 없는 모습이었으나, 실제로 그들은 힘겨워하고 있었다.

설무백의 가없는 존재감이, 굳이 화를 내지 않아도 절로 드러나는 위엄이 그들의 심신을 압박하고 있는 것이다.

사실을 말하자면 그래서 승부는 이미 났다.

악초군과 야율적봉, 아소부는 이미 기세에서부터 설무백에게 밀리고 있기 때문이다.

대개의 싸움은 그게 목숨을 놓고 벌이는 생사결이든, 자존심을 놓고 겨루는 비무든 간에 싸우기도 전에 이미 승패가 결정 나기 마련이며, 그 이유는 소위 말하는 기세에 있다.

무공의 고하(高下)나 싸움의 경험 혹은 초식의 예리함을 따지고 그것으로 우열을 가리는 싸움은 서로가 비등한 경우로 한정되는 법이고, 그래서 늘 강자가 약자를 이기는 것이 아니라 가끔은 약자가 강자를 이기는 변수도 일어나기 마련인 것이다.

그러나 기세는 다르다.

상대의 기세에 밀리면 절대 이길 수 없다.

세상은 요지경 속이라 찾아보면 아주 없지는 않을 테지만, 실로 매우 드물다.

쥐가 고양이를 이기는 것만큼이나 또는 개구리가 뱀을 물리치는 것만큼이나 말이다.

지금 악초군과 야율적봉, 아소부의 상황이 그랬다.

그들 스스로도 도저히 이유를 알 수 없었지만, 그와 같은 상황에 놓여 있었다.

설무백은 한없이 커져 가는 중이었고, 그들 스스로는 한없이 작아지고 있었다.

그들 중의 누구도 눈앞의 사내, 설무백에게서 절대 살아날 수 없다는 중압감에, 더 나아가서 도저히 뿌리칠 수 없는 공포에 젖어들고 있었던 것이다.

광장의 모두가 그것을 느꼈다.

고요하다 못해 적막하던 장내의 분위기가 소리 없는 웅성거림으로 어수선해졌다.

이건 다들 직접 눈으로 보면서도 믿을 수 없는 광경이었던 것이다.

그때 설무백이 한걸음 나아갔다.

보통의 경우라면 지극히 평범한 걸음걸이였으나, 상황이 상황인지라 전혀 그렇게 보이지도, 느껴지지도 않았다.

특히 세 사람, 악초군과 야율적봉, 아소부에게는 더욱 그랬다.

쿵-!

아무런 소리도 들리지 않았음에도 그들, 세 사람의 귀에는 지축이 울리는 소리가 들렸다.

정확히는 그렇게 느껴졌다.

환청(幻聽)이었다.

잔뜩 겁먹은 심장이 울리며 이명(耳鳴)을 자아낸 것이다.

뒤늦게 그것을 인지한 그들, 세 사람은 절로 얼굴을 붉혔다.

설무백이 그런 그들을 바라보며 피식 웃는 낯으로 조용히 말했다.

"눈치가 없네? 선수를 양보한 건데?"

"......!"

"그냥 내가 먼저 갈까?"

악초군이 수치심에 몸을 떨었다.

야율적봉과 아소부도 안색을 붉히며 입술을 깨물었다.

다음 순간, 누가 먼저랄 것도 없이 동시에 그들, 세 사람은 시선을 교환했다.

사전에 그들 사이에 정해진 것은 아무것도 없었으나, 그 한 순간의 눈 맞춤이 그들의 생각과 마음을 하나로 모은 것 같았다.

"놈!"

"죽어라, 애송이!"

다른 무엇보다도 품위를 우선으로 생각하는 까닭에 생전 욕설이라곤 모르고 살던 야율적봉이 쌍욕을 뱉어 내며 날아올라서 칼을 휘둘렀다.

반달처럼 둥글게 휘어진 서슬의 끝에 야수의 그것처럼 날카로운 두 개의 이빨이 삐죽이 솟아난 그의 낭아도가 청록의 빛을 발하며 삽시간에 끝없이 늘어나는 환상을 연출했다.

검강이었다.

아소부가 그 아래로 미끄러지듯 다가들며 쌍수를 내밀었다.

백색의 뇌전이 그의 손에서 뻗어져서 눈부신 그물을 형성했다.

설무백의 전신을 덮치는 그물이었다.

악초군이 움직인 것은 그 다음이었다.

아니, 사람들의 눈에는 그렇게 보였으나, 사실은 그의 공격이 가장 빨랐다.

검은 불꽃으로 이글거리는 검신이, 바로 천마검의 서슬이 거대한 기둥처럼 자라났다.

악초군의 보이지 않고 검은 불꽃으로 타오르며 이글거리는 기둥만 남아서 설무백의 전신을 횡으로 휩쓸어갔다.

휘우우우웅─!

불타는 아름드리나무가 통째로 휘둘러지는 것 같은 엄청난 파공음이 야율적봉과 아소부의 공격으로 일어난 소음을 거짓말처럼 한순간에 삼켜 버렸다.

설무백은 그렇듯 그들, 세 사람, 악초군과 야율적봉, 아소부의 공격을 뻔히 바라보며 그만의 시간이 만들어낸 공간에서 움직였다.

양날 창 묵린이 새처럼 날아오르고, 환검 백아가 승천하는 용처럼 비상했다.

눈부신 백광이 온 세상을 잠식했다.

너무나도 엄청나고 막대해서 차라리 아무것도 들리지 않는 것 같은 벽력음이 터진 그 다음 순간이었다.

꽈광─!

광장에 운집한 모든 사람들이 백광으로 물들어 버린 세상

속에서 아무것도 보지 못한 채 귀를 틀어막으며 주저앉았다.

말 그대로 천지개벽, 하늘과 땅이 처음으로 열리는 찰나의 순간이 영원처럼 길게 흐르고 있었다.

온 세상이 눈부신 백색으로 물들어 버리는 순간, 광장에 모인 사람들의 숫자는 수만을 넘기고 있었다.

그러나 그 많은 사람들 중에서 설무백과 악초군, 야율적봉, 아소부의 격돌을 제대로 볼 수 있는 사람은 실로 극소수에 불과했다.

설무백이 전신으로 뿜어낸 가공할 기의 발현인 백색의 광체도 광체지만, 그들, 모두의 속도가 내로라하는 고수들의 눈으로도 따라가지 못할 정도로 빨랐기 때문이다.

그 때문이었다.

세상을 하얗게 탈색시켰던 눈부신 광망이 명멸한 다음에 드러난 상황은 광장의 모두를 경악하게 만들었다.

"크으……!"

세 사람, 악초군과 야율적봉, 아소부가 신음을 흘리며 튕겨 나가고 있었다.

그들은 이미 하나같이 산발에 너덜너덜한 의복이었고, 저마다 입가로는 핏물이 흘러내렸다.

반면에 설무백은 실로 멀쩡했다.

허공에 우뚝 서서 튕겨 나가는 세 사람을 무심하게 오시하는 그의 전신은 안개처럼 뭉클거리는 백색의 서기와 검은 불

천외천의
주인

꽃처럼 이글거리는 마기가 줄기줄기 뒤섞여 있는데다가, 머리 위에 떠서 천천히 회전하는 양날 창 묵린과 전면에 세워져서 바람개비처럼 돌아가는 환검 백아의 조화가 더해져서 지옥의 악귀를 상대하는 천신처럼도, 제석천에 대항하는 아수라의 화신처럼도 보였다.

하지만 작심하고 펼친 합공이 깨졌음에도 악초군과 야율적봉, 아소부는 아직 포기하지 않았다.

"익!"

가장 먼저 중심을 바로잡은 악초군이 반사적으로 반전해서 쇄도하며 수중의 천마검를 휘둘렀다.

천마도가 주인의 의지를 반영하듯 시커먼 마기를 뿜어내며 공간을 가르고 있었다.

설무백은 쇄도하는 천마검을 물끄러미 지켜보다가 천마검이 뿜어내는 검은 마기가 면전에 이르러서야 손을 썼다.

다른 사람들의 눈에는 바로 반응해서 움직이는 것으로 보였으나, 그의 시간에서는 그 정도의 여유가 있었던 것이다.

환검 백아가 스스로 움직여서 지근거리로 다가선 마기를 헤치고 천마검과 마주쳤다.

깡-!

굉음이 울렸다.

검은 마기가 흩어지며 조각난 강기가 사방으로 비산했다.

와중에 아수라파천무 또는 마검파천황이라고 불리는 절대

마검법을 수련한 이후 단 한 번도 밀린 적이 없는 천마검이, 그리고 악초군이 다시금 엄청난 압력을 받으며 밀려 나갔다.

"크윽!"

악초군이 절로 신음을 흘렸다.

그의 수중에 들린 천마검이 부러질 것처럼 휘어지고, 그의 입에서는 핏물이 토해지고 있었다.

뒤늦게 중심을 바로잡은 야율적봉과 아소부가 그 순간에 쇄도하며 설무백의 전신 요혈을 노렸다.

앞으로 내밀어진 야율적봉의 칼끝에서 보는 이들의 눈이 시릴 정도로 맹렬한 살기가 뿜어지고, 아래에서 위로 사선을 그리며 솟구치는 아소부의 칼에서는 보는 것만으로도 섬뜩함을 자아내는 암녹색의 독강이 일어났다.

설무백의 신형이 흐릿해졌다.

야율적봉의 살기가 그의 전신을 찢어발긴 것처럼 혹은 아소부의 독강이 그의 전신을 녹여 버린 것처럼 보였으나, 실제는 그렇지가 않았다.

설무백의 신형이 그들의 공격 범위를 벗어난 뒤쪽에서 모습을 드러냈다.

그사이가 실로 찰나지간이라 그의 신형이 동시에 두 곳에 자리한 것처럼 보였다.

"헉!"

야율적봉과 아소부가 헛바람을 삼키는 그 순간, 양날 창 묵린이 그들을 휩쓸었다.

설무백은 뒤로 자리를 옮겼으나, 묵린은 그 자리를 지키고 있었다.

살아 있는 생명체처럼 스스로 움직여서 그들의 사각을 노리는 묵린의 서슬을 그들은 막지 못했다.

"윽!"

"커억!"

야율적봉과 아소부가 비명을 지르며 물러났다.

사실은 튕겨지고 있는 것이었다.

하지만 그게 끝이 아니었다.

쐐애액-!

눈부신 속도로 공중을 크게 회전한 묵린이 튕겨지는 그들을 연이어 노렸다.

그들은 사력을 다해서 막았으나, 소용없었다.

치익! 치지직-!

눈 깜짝할 사이에 그들의 전신이 피투성이로 변했다.

실로 귀신도 곡할 이기어술이었다.

그들은 묵린의 공격을 막고 또 막는 와중에 속절없이 찔리고 베이며 선혈이 낭자한 모습으로 변해서 추락하고 있었다.

그러나 그들보다 더한 상황에 처한 것은 악초군이었다.

악초군은 홀로 싸우고 있었다.

정확히는 환검 백아가 사정없이 그를 몰아붙이는 중이었다.

바로 비검이었다.

"이익!"

악초군은 이를 악문 채 사력을 다해서 대항하고 있었으나, 무의미한 반응의 연속이었다.

환검 백아의 서슬은 단지 찌르거나 베는 한 번의 움직임으로 보이면서도 실제는 수십 번의 움직임이 더해진 공격을 가했고, 그 하나하나가 귀신이 곡할 정도로 정확하게 그의 사각을 노렸다.

게다가 무엇보다도 경악스러운 것은, 그래서 그를 절로 오금이 저리도록 공포의 늪에 빠지도록 만드는 것은 환검 백아가 스스로 움직이며 가공할 초식을 구현하고 있다는 사실이었다.

물론 설무백이 그렇듯 악초군 역시 벌써 오래전에 초식에 구애받지 않는 경지에 달해 있었다.

지금 그가 펼치는 아수라파천무는 정해진 초식에 따르는 것이 아니라 그저 천마검을 찌르거나 휘두르는 자체가 하나의 초식으로 구현되는 것이다.

그런데 환검 백아의 공격은, 바로 설무백이 펼치는 비검은 실로 정확하게 그의 생각을 앞서나갔다.

그뿐 아니라 빠르고 강했다.

어떻게 이렇듯 빠를 수 있을까?

어떻게 이렇듯 강할 수 있을까?

그저 단순하게 움직이는 것 같은 백아의 공격은 그가 막을수록 점점 빨라지고 더욱 강해졌다.

　이런 경우는 정말 처음이었다.

　그가 휘두르는 천마검의 모든 곳이 비어 있었다.

　아니, 마치 거대한 철벽을 상대로 싸우고 있는 것 같았다.

　그가 천마검을 휘두르는 모든 곳이 막혀 있는 것이다.

　반면에 환검 백아는 그의 공격 방향을 미리 알고 있기라도한 듯, 완벽하게 피하고 완전하게 반격했으며, 거머리처럼 아교처럼 그에게서 떨어져 나가지 않았다.

　"아……!"

　악초군은 절망했고, 한순간 깨달았다.

　놈은, 저 높은 하늘에 우뚝 서서 자신을 오연히 내려다보고있는 설무백은 지금 그와 싸우는 것이 아니었다.

　그의 정신과 육체를 파괴하고 있었다.

　무슨 짓을 해도 자신을 이길 수 없다는 것을 그에게, 더 나아가서 지금 이 자리에 모인 모두의 뇌리에 선명하게 각인시키고 있는 것이었다.

　"으으……!"

　악초군은 그럼에도 불구하고 멈출 수 없었다.

　무언가 하지 않으면 돌이킬 수 없는 일이 벌어질 것이라는압도적인 예감에 사로잡혀서, 그는 무의식 적으로 수중의 천마검을 필사적으로 휘두르고 있었다.

이미 생사 여부와는 아무런 상관이 없었다.

그저 지금 그가 사로잡혀 있는 전율할 만한 공포에서 벗어나는 길은 이것밖에 없다는 느낌이 그의 육체를 지배하고 있었다.

겁에 질린 아이가 무의식적으로 악을 쓰며 우는 것과도 같은 반응이었다.

그런 그의 시야로 화살 맞은 새처럼 추락하는 야율적봉과 아소부의 모습이 들어왔다.

"으으……!"

악초군은 더는 항거할 의지마저 사라지는 것을 느끼며 저 높은 곳의 설무백을 올려다보았다.

설무백이 무심한 눈길로 그의 시선을 마주했다.

악초군은 그것만으로도 온몸을 거미줄처럼 휘어 감는 압도적인 살기를 느끼며 바르르 떨었다.

그와 동시에!

스칵-!

섬뜩한 음향이 들려 왔다.

악초군은 지금 자신이 무슨 소리를 들었는지 알 수 없었다.

무언가 찌릿하면서도 시원한 느낌이 들었지만 그것이 무엇 때문인지도 이해할 수가 없었다.

그러다가 그는 보았다.

그의 수중에 있던 천마도가 멀어지고 있었다.

천마도의 손잡이를 움켜잡고 있는 그의 손도 보였다.

팔이 잘려져 나간 것이다.

뒤늦게 고통이 찾아왔다.

"크윽!"

악초군은 그제야 신음을 토하며 잘려져 나간 팔뚝에서 뿜어지는 붉은 핏줄기를 볼 수 있었다.

그리고 또 그는 보았다.

그의 팔을 자른 환검 백아가 곡선적인 움직임을 배제한 채 직선으로 그를 향해 다가왔다.

그의 심장을 향해서였다.

"ㅎㅎㅎ……!"

악초군은 돌이킬 수 없는 절망감에 차라리 웃어 버렸다.

그 순간 누군가 그를 대신하듯 외쳤다.

"안 돼!"

지상에서 발해진 외침이었다.

그와 함께 솟구친 잿빛 인영이 그와 다가드는 백아의 사이로 끼어들었다.

푸욱―!

섬뜩한 소음과 함께 백아의 서슬이 잿빛 인영을 관통했다.

그제야 악초군은 잿빛 인영의 정체를 확인할 수 있었다.

"혁련…… 단주……?"

그랬다.

지상에서 그들의 싸움을 지켜보던 혁련보가 위기의 순간에 나섰고, 그를 대신해서 칼을 맞았던 것이다.

칼은, 환검 백아는 정확히 혁련보의 심장을 관통했다.

혁련보는 피를 토하며 화살 맞은 새처럼 추락하며 이해할 수 없는 눈빛으로 악초군을 바라보고 있었다.

악초군은 동시에 같이 떨어져 내렸다.

더는 공중에 떠 있을 수 없을 정도로 기력을 다하기도 했지만, 그에 앞서 혁련보의 눈빛이 그를 끌어당겼다.

"왜……?"

악초군은 간발의 차이로 추락하는 혁련보를 낚아채서 지상으로 떨어지며 물었다.

기력도 다하고, 한 팔마저 없는 상태라 등부터 간신히 혁련보를 부여잡은 채로 등부터 땅바닥에 처박혔으나, 그는 전혀 그에 아랑곳하지 않고 있었다.

"……."

혁련보는 대답하지 않았다.

그저 핏물이 넘쳐나는 입으로 웃으며 손을 내밀어서 악초군의 볼을 쓰다듬었다.

그리고 이내 숨이 끊어져서 죽었다.

악초군은 도무지 이해할 수도, 납득할 수도 없는 상황 앞에서 실로 넋이 나가 버렸다.

그때 악인대의 일악이 그의 곁으로 다가와서 말했다.

"전에 저보고 왜 주군을 따르느냐고 물으셨지요? 저를 주군의 곁으로 보낸 분이 그분입니다."

악초군은 멍하니 일악을 돌아보았다.

일악이 깊이 고개를 숙이며 한마디 더했다.

"이유는 말하지 말라 하셨습니다."

악초군의 정신은 더욱더 깊은 혼란의 늪에 빠져 버렸다. 그런 그의 귓가로 다른 사람의 목소리가 들려왔다.

"과유불급(過猶不及)이라 했거늘, 욕망이 너무 과했던 게야. 자신으로 부족하자, 자신의 핏줄을 내세워서라도 그 욕망을 채우려 했으니 말이야."

악초군은 굳이 보지 않고도 상대를 알 수 있었다.

독수신옹이었다.

그 독수신옹이 씹어뱉는 듯한 어조로 말을 더했다.

"그가 너의 혁련 씨를 악 씨로 바꾸었다. 갓 태어난 기존의 악 씨를…… 바로 내 손자를 납치해서 죽여 버리는 만행을 자행하면서까지 말이다."

"……!"

악초군은 지금 독수신옹이 무슨 말을 하는 것인지 전혀 이해할 수 없었다.

그저 멍했다.

기력을 다해서인지, 아니면 독수신옹의 말에 충격을 받아서인지, 그는 아무 생각도 할 수가 없었다.

그 상태로, 그는 힘겹게 고개를 들어서 주변을 둘러보았다.

초점을 잃어버린 그의 시야로 살았는지 죽었는지는 모르겠으나, 목이 그리고 허리가 정상이라면 도저히 그럴 수 없는 방향으로 꺾인 채 널브러진 야율적봉과 아소부의 처절한 모습이 들어왔다. 그리고 그 주변으로 보이는 모든 사람들이 하늘을 우러러 보고 있었다.

악초군은 그들의 시선을 따라서 하늘을 우러러 보았다.

공중의 설무백이 아무것도 없는 허공을 마치 계단을 밟고 내려오듯 저벅저벅 걸어서 지상으로, 바로 그의 곁으로 내려오고 있었다.

악초군은 일어나려고 했으나, 몸이 말을 듣지 않았다.

오히려 시야가 서서히 흐려지며 곁으로 내려서는 설무백의 모습이 가물가물하게 사라졌다.

그것으로 끝이었다.

이내 하얗게 의식을 잃은 그는 힘없이 앞으로 고꾸라져 버렸다.

털썩-!

설무백은 쓰러진 악초군을 슬쩍 일별했을 뿐, 멈추지 않고 그대로 곁을 스쳐서 앞으로 나아갔다.

광중의 중앙에 하늘 높이 솟아 있는 철탑, 마황탑을 향해서였다.

장내는 쥐 죽은 듯 고요했다.

누구도 입을 열지 않았고, 누구도 움직이지 않았다.

장내의 모두가 손끝하나, 눈동자 하나 움직이지 않고 숨을 죽였다.

오직 그의 발걸음만 광장의 이쪽 끝에서 저쪽 끝까지 선명하게 울려 퍼졌다.

마황탑의 앞에 늘어서 있던 마교의 마왕들과 마두들이 아무런 소리도 내지 않고 스르르 옆으로 물러나서 길을 열었다.

설무백은 그렇게 인의 장벽으로 만들어진 길을 가로질러서 마황탑 앞으로 나아갔고, 그 높디높은 철탑 아래, 역시나 철로 만들어진 계단을 밟고 올라가서 거기 자리한 의자에, 바로 마교의 권좌 앞에 우뚝 섰으며, 이내 천천히 돌아서서 앉으며 장내를 굽어보았다.

무한한 존재감이 그의 전신에서 일어났다.

고개조차 바로 들 수 없은 위엄이 그의 두 눈에서 폭포수처럼 쏟아져 나와서 장내를 압도했다.

그 상태로, 그는 말했다.

"싸움은 끝났다!"

광장을 휘감고 돌던 죽음과도 같은 고요가 서서히 무너졌다.

광장에 운집한 수많은 마교의 제자들이 하나둘씩 무릎을 꿇기 시작한 결과였다.

거기에는 팔로문의 여덟 고수를 비롯해서 이 자리에 참가한 삼전오문구종의 수뇌들인 마왕과 가주, 종주들도 포함되어 있었다.

독수신옹이 그때를 기다린 것처럼 크게 외쳤다.

"천마광림 천상천하유아독존!"

무릎 꿇은 마교의 모든 제자들이 그 뒤를 이어서 우렁찬 고함을 내질렀다.

"만세, 만세, 만만세!"

종장終章 반년 후

"그다음은 어떻게 되었을 것 같아?"

"음…… 잘은 몰라도, 그냥 그대로 끝나지는 않았을 것 같아 요."

"어째서 그렇게 생각하지?"

"제아무리 강한 사람도 언제나 그보다 더 강한 사람에게 지 기 마련이니까요."

"이 세상에는 그보다 더 강한 사람이 없다고 했잖아."

"이 세상이 언제까지나 같지는 않을 거잖아요. 새로운 시대 가 올 거예요."

"새로운 시대?"

"장강후랑추전랑(長江後浪推前浪 : 장강은 뒷물이 앞물을 밀어내고), 일

대신인환구인(一代新人換舊人 : 새 인물이 옛 사람을 대신한다)이라고 하잖아요. 분명히 새로운 강자가 나타난다는 뜻이고, 모두가 그것을 바라고 기대하며 꿈꾸는 이상, 거기서 그대로는 끝나지 않을 게 분명해요."

"음, 그럴까?"

"그럴 거예요. 틀림없이!"

대청마루의 기둥에 등을 기대고 앉아 있던 남궁유화는 아들 소천의 확고부동한 대답에 절로 머쓱해져서 자리를 털고 일어났다.

영민한 아들 소천의 대답이 예상과 달라서 적잖이 당황스러웠다.

그냥 준비해 둔 다음 말을 하자니, 바로 코앞에서 뚫어지게 바라보는 소천의 반짝이는 눈망울이 적잖게 부담스러웠다.

그녀는 애써 다른 방향으로 말문을 돌렸다.

"그래도 그 사람 제법 멋지고 훌륭하지 않니? 뭐랄까? 흑도답지 않게 대인의 풍모를 지녔다고나 할까?"

"그렇긴 하지만……."

소천이 말꼬리를 늘이다가 새삼 단호한 표정으로 다시 말을 이었다.

"강한 사람은 그러기 쉽잖아요. 쉽게 너그러울 수도 있고, 쉽게 포용할 수도 있지요. 죄다 자신의 아래로 보고 있으니까요."

남궁유화는 어딘지 모르게 반감이 느껴지는 소천의 대답에 절로 미간을 찌푸리며 충고했다.

"보석이라고 해서 다 반짝이는 것이 아니다. 헤매고 다니는 사람이라고 해서 모두 다 길을 잃은 것은 아닌 것처럼 말이다. 그래서 사람을 평가할 때는 그렇게 한 가지만 놓고 평가해서는 안 되는 거야. 너처럼 강하다는 것 하나만 놓고 그 사람을 평가하다가는 정말 중요한 것을 놓칠 수도 있어. 겉은 중요하지 않단다. 속이 중요한 거야. 네 말처럼 그 사람은 강하지. 하지만 이 어미가 그 사람을 강하다고 생각하는 것은 겉만이 아니라 속까지 포함해서야. 그렇듯 외면과 내면의 강함을 겸비한 사람은 절대로 쉽게 무너지지 않아. 깊게 뻗은 뿌리에는 서리가 닿지 않는 거처럼 말이다. 이 어미 말이 무슨 뜻인지 알겠니?"

소천은 대답은 않고 멀뚱거리는 눈으로 그녀를 바라보았다. 그러다가 불쑥 물었다.

"왜 그러세요? 평소 어머니답지 않게 앙앙불락(怏怏不樂), 화를 다 내시고?"

"······!"

남궁유화는 실로 무색해져서 얼굴을 붉혔다. 그러고 보니 자신이 필요 이상의 감정을 드러낸 것 같았다.

소천이 당황하는 그녀의 태도가 재미있다는 듯 짓궂은 개구쟁이처럼 웃으며 거듭 말했다.

"걱정 마세요, 어머니. 다른 사람의 그릇을 제대로 평가하기에는 제가 아직 너무 어리잖아요. 차차 더 심도 있는 공부를 하면 분명히 나아질 거예요."

남궁유화는 어린 나이답지 않게 너무 영특해서 점점 더 감당하기 어려워지는 소천에 태도에 못내 걱정이 들어서 절로 어두운 낯빛이 되었다.

소천이 그런 그녀의 속내를 읽은 듯 활짝 보란 듯이 웃는 낯으로 다시 말했다.

"어머니 저는 세상에는 두 가지 부류의 사람이 있다고 배웠어요. 약한 자를 괴롭히려는 사람과 약한 자를 지키려는 사람이 바로 그 두 부류라고 하더군요. 또한 무인은 어쩔 수 없이 그 둘 중 하나의 길을 선택해야 한다는데, 어머니 저는 이미 후자를 선택해 두었으니, 부디 다른 걱정하지 마세요."

"아, 그래……."

남궁유화는 어째 빤치고 어르는 것 같은 소천의 영악함에 걱정이 사라지기는커녕 더욱더 걱정이 쌓이는 기분이었으나, 애써 내색을 삼가며 돌아섰다.

"아무튼, 이 어미는 이만 가마. 어째 괜한 말로 네 공부만 방해한 것 같구나."

사실은 그녀의 입장에서 나름 조심스럽게 소천의 의중을 파악해 보려고 시작한 대화였다.

그런데 그녀 자신이 먼저 감정을 제어하지 못하는 바람에 산통이 깨져 버렸다.

어째 긁어 부스럼처럼 혹 떼러 왔다가 혹 하나 더 붙인 사람이 되어 버린 기분이었다.

하지만 다음 순간, 그녀는 그보다 더한 충격을 먹고 말았다.

돌아서는 그녀를 향해서 소천이 불쑥 이렇게 물었기 때문이다.

"한데, 어머니. 강하고 훌륭하다는 흑도의 그분이 제 아버지 맞지요?"

"……!"

남궁유화는 얼음처럼 굳어져서 입도 벙긋하지 못한 채 꼼짝도 하지 못했다.

천만다행히도 그때 구원자가 나타났다.

"손님이 오셨습니다."

훤칠한 키에 어깨가 넓은 백의사내 하나가 그녀의 거처인 무림맹의 별채로 들어서고 있었다.

그녀의 사촌이자, 무림맹의 지객당을 관리하는 남궁이소(南宮履素)였는데, 그의 뒤에는 허름한 마의를 포대처럼 헐렁하게 걸친 사내 하나가 따르고 있었다.

여느 명문가의 귀공자처럼 흑색 비단옷을 말쑥하게 차려입은 미남자, 풍사였다.

남궁유화는 첫눈에 풍사를 알아보며 자신도 모르게 소천의 눈치를 보았다.

그 바람에 풍사가 은연중에 소천의 모습을 살피는 것을 그녀는 전혀 눈치채지 못했다.

"풍잔의 심부름을 하고 있는 혈영입니다."

남궁유화는 인사를 받기에 앞서 소천을 향해 말했다.

"잠시 들어가 있거라."

"예, 어머니."

소천이 깍듯하게 대답하고는 총총히 별채의 건물로 들어갔다.

남궁유화는 그제야 풍사에게 시선을 주고 별채의 정원 한쪽에 자리한 정자로 자리를 옮기며 말했다.

"이젠 풍잔이 아니라 마교의 심부름을 하고 있는 거 아닌가요?"

마교와 중원무림의 싸움인 천하대전이 끝난 지가 벌써 다섯 달 전의 일이었다.

결과는 승자도 패자도 없는 싸움이었다.

실상은 설무백을 위시한 중원의 일천결사가 승리했지만, 천하의 그 누구도 예상치 못하게 설무백이 마교의 권좌를 차지함으로 해서 벌어진 상황이었다.

따라서 중원으로 돌아온 일천결사의 생존자들과 달리 설무백은 마교에 남았고, 그 시간이 어느새 여섯 달, 반년이나 지났는데, 그사이 풍잔의 고수들이 대거 마교로 입성했다는 사실을 그는 익히 잘 알고 있었다.

그 때문이었다.

결과적으로 마교와의 싸움은 끝났으며, 중원무림은 빠르게 예전의 모습을 회복하고 있었으나, 아직도 중원무림에는 그 일에 대해서 온전히 납득하지 못하는 명숙들이 적지 않았다.

지금 남궁유화는 그로 인해 아직도 여전히 해산하지 않은 무림맹의 군사로서 은근히 그 점을 꼬집고 있는 것이다.

풍사는 별다른 감정이 드러나지 않는 모습으로 부드럽게 웃으며 대답했다.

"대종사께서 말을 하시길 세상을 이끌어 가는 것은 특정 세력이나 일개 종파가 아니라 사람이라고 하셨습니다."

남궁유화가 잠시 뜸을 들이며 풍사의 태연자약한 시선을 마주하다가 피식 웃었다.

"당신은 그 말을 믿는 모양이지만, 세상에는 그렇지 않은 사람이 더 많아요. 다들 지금은 나설 상황이 아니라고 생각하며 숨죽이고 있을 뿐이죠."

풍사는 어디까지나 여유롭게 말을 받았다.

"제게 그런 말씀을 하셔도 소용없습니다. 저는 본디 다른 사람들의 생각을 그리 중요하게 생각하지 않으니까요."

"설무백 그 사람의 생각만이 중요하다는 거겠죠?"

"물론입니다."

남궁유화는 사뭇 매서운 눈빛을 드러냈다가 그저 담담하고 여유로운 풍사의 모습에 기가 눌린 표정으로 한숨을 내쉬며 탄식했다.

"하지만 중원엔 그렇게 생각하지 않는 사람들이 적지 않고,

저 역시 그중의 하나입니다. 당신 같은 고수들이 이처럼 철저하게 그 사람을 신봉한다는 사실이 저는 실로 두렵습니다."

풍사는 별다른 반감이 느껴지지 않는 태도로 예의 부드러운 미소를 지으며 위로하듯 말했다.

"대종사께서는 종종 수하들에게 이런 말씀을 하십니다. 세상에는 두 가지 부류의 사람이 있다. 약한 자를 괴롭히려는 사람과 약한 자를 지키려는 사람이 바로 그 두 부류이다. 무인은 태생적으로 어쩔 수 없이 그 둘 중 하나의 길을 선택해야 하는데, 나는 이미 후자를 선택했으니, 너희들도 그러길 바란다. 이런 말씀이요."

그는 픽 웃는 낯으로 말을 끝맺었다.

"저도 그렇고, 대종사를 모시는 모두가 이미 후자를 선택했으니, 너무 이리 박대하지는 말아 주십시오."

남궁유화가 잠시 침묵한 채 뚫어지게 풍사를 바라보았다.

풍사는 예사롭지 않게 변해 버린 그녀의 눈빛에 적잖이 당황했다.

"제가 무슨 실수라도……?"

남궁유화가 묘하게 일그러진 표정으로 풍사를 쳐다보며 말했다.

"재미있네요. 방금 전에 같은 말을 들었거든요. 내 아들 녀석에게 말이에요."

"아, 그렇습니까?"

풍사는 못내 흠칫하다가 이내 크게 웃었다.

실로 어색함이 물씬거리는 웃음이었다.

"하하, 그것 참 우연의 일치네요. 하하하……!"

남궁유화가 의미심장한 눈빛으로 삐딱하게 풍사를 바라보며 물었다.

"정말 우연일까요?"

풍사는 애써 시치미를 뗐다.

"그렇겠죠, 아마?"

남궁유화가 처음으로 미소를 보이며 말했다.

"남을 속이는 재주는 없는 것 같아서 조금은 믿음이 가네요."

"예?"

"아니에요. 그냥 혼자 하는 말이에요. 그보다 저는 아직 용건을 듣지 못한 것 같은데, 무슨 일로 찾아온 거죠?"

풍사는 적잖이 긴장한 표정으로 변해서 애써 자세를 바로하며 조심스럽게 말했다.

"다름이 아니라 대종사께서 남궁세가의 두 분을 초대하셨습니다."

남궁유화가 어느 정도 짐작했다는 듯 대수롭지 않게 고개를 끄덕이며 확인했다.

"마교총단으로 말이죠?"

"예."

"드디어 마교의 정리가 끝났다는 얘기네요."

"뭐 대충 그렇습니다."

"그런데 두 사람이라면……?"

남궁유화가 재우쳐 물었다.

"저와 언니인가요?"

풍사는 잠시 머뭇거리다가 대답했다.

"아닙니다. 남궁유화 소저와 아드님입니다."

남궁유화의 안색이 굳어졌다.

적잖이 놀라고 당황한 기색이었다.

마침내 올 것이 왔다는 표정으로 보이기도 했다.

그 상태로, 그녀는 쓰게 웃으며 중얼거렸다.

"부디 그 얘기는 아니길 바랐는데……."

그녀는 자리를 털고 일어나서 정자 주변을 맴돌았다.

깊은 고뇌가 느껴지는 모습이었다.

그러다가 그녀는 풍사에게 시선도 주지 않고 불쑥 물었다.

"아비가 아들을 보자는 거니, 내가 거절할 수는 없는 거겠죠?"

풍사는 한 방 맞은 표정이 되었다.

남궁유화가 어느 정도 짐작은 하고 있을 거라고 생각은 했지만, 이렇듯 대놓고 직접적으로 나올 줄은 정말이지 그가 꿈에도 예상치 못한 일이었다.

그는 이내 작심한 표정으로 말했다.

"이미 아시리라 봅니다만, 대종사께서는 소천을 아니, 소군을 지키시려는 겁니다."

남궁유화는 쓰게 웃었다.

물론 그녀도 익히 짐작하고 있었다.

천하대전이 끝난 작금의 강호는 분명 평화를 되찾았다.

하지만 그 평화는 드넓은 장강의 수면처럼 겉으로 드러난 모습을 뿐, 아직도 내부는 여전히 불안정했고, 그 중심에는 새로운 마교의 지존으로 등극한 설무백이 있었다.

예로부터 마교와 중원무림은 어떤 식으로든 한데 섞일 수 없는 물줄기와 같았다.

지금은 너무나도 강하고 거대한 설무백의 존재로 인해 중원의 모두가 내색을 삼가며 싫어도 어쩔 수 없이 조화를 이루고 있으나, 그게 언제까지 계속될 수 있는 수평선이 아니라는 것쯤은 모두가 다 깊이 인식하고 있었다.

그에 준해서 만일 소천이 설무백의 핏줄이라는 사실이 세상에 드러나면 작금의 강호무림이 어떤 국면으로 돌변할지 그녀는 물론 그 누구도 예상할 수 없었다.

분명한 것은 어떤 식으로든 소천을 차지하려는 사람들이 나타날 것이라는 사실이다.

누구는 기득권을 가지기 위해, 누구는 마교와의 공존을 보다 더 공교히 하려는 명목으로, 그리고 심한 경우 또 다른 누구는 마황의 후계를 처리해야 한다는 정의감에 사로잡혀서 말이다.

벌써부터 그녀의 주변을 기웃거리는 자들이 생겨난 것을 보면 이건 단순한 노파심이 아니었다.

엄연한 현실이었다.

그것이 바로 그녀가 사는 강호무림의 습성이고, 세태요, 방식인 것이다. 만에 하나라도 이 와중에 소천이 다친다면, 생각하기도 싫지만 불의의 사고로 죽기라도 한다면 어찌될까?

실로 끔찍했다.

남궁유화는 절로 몸서리를 쳤다.

설무백은 선악을 구분하기 어려운 성정을 가진 존재지만, 여차하면 다른 누구보다 악할 수 있는 사람이라는 것이 바로 그녀의 판단이기 때문이다.

아들을 잃는다는 것도 무섭지만 그보다 그게 더 무서워지는 그녀였다.

"저는 가지 않겠어요. 하지만 아이의 의견은 물어보도록 하지요."

남궁유화는 애써 마음을 정하고 슬쩍 고개를 돌려서 별채의 문을 바라보며 말했다.

"나오거라."

잠시 적막이 흐른 뒤, 별채의 문이 스르르 열리며 천연덕스럽게 웃는 소천이 얼굴을 내밀었다.

문에 얼마나 세게 귀를 붙이고 있었는지 붉어진 소천의 한쪽 볼에는 문의 문양이 판박이처럼 고스란히 찍혀져 있었다.

"헤헤……!"

남궁유화는 정말 골치가 아프다는 표정으로 무심결에 이마를 짚다가 이내 풍사의 눈치를 보고는 정색하며 물었다.

"다 들었을 테니, 따로 설명은 하지 않으마. 네 생각은 어떠냐? 갈 테냐?"

소천이 기다렸다는 듯 힘주어 대답했다.

"갈래요! 보고 싶어요, 아버님이 어떤 분인지!"

남궁유화는 이번에도 역시 그럴 줄 알았다는 표정으로 깊은 한숨을 내쉬며 고개를 끄덕였다. 그러고는 잠시 두리번거리며 주변을 살피다가 새삼 한숨을 내쉬며 말했다.

"역시나 아무래도 찾을 수가 없네요. 잠시 얼굴 좀 볼 수 있을까요?"

그녀의 말이 끝나고 잠시 고요가 흐르다가 한순간 소천의 곁에 검은 그림자 하나가 홀연히 나타났다.

대나무처럼 바싹 마른 몰골에 검은 안대가 한쪽 눈을 대신한 애꾸눈 사내, 혈영이었다.

그녀는 그간 소천의 주변에 혈영이 있었음을 이미 알고 있었던 것이다.

"알고 계셨습니까?"

"제가 그리 눈치가 없는 사람이 못됩니다."

남궁유화는 못내 쓰게 웃으며 대꾸하고는 혈영을 향해서 더없이 정중하게 고개를 숙였다.

"같이 가실 테니, 먼 길에 잘 부탁드립니다. 그리고 그간 소천을 지켜 주셔서 감사했습니다."

"별말씀을……!"

혈영은 마주 공수하며 대답했다.

"걱정하지 마십시오. 그 누구도 소천의 몸에 손끝 하나 대지 못하도록 하겠습니다."

남궁유화는 그것으로 만족하며 서둘러 마차를 준비했다.

소천은 풍사와 혈영의 경호를 받으며 그 마차를 타고 무림맹을 벗어났다.

마차의 주변에는 풍사와 동행한 보이지 않는 그림자들이, 바로 사사무를 비롯한 이매당의 고수들이 은밀하게 따르고 있었으나, 남궁유화는 물론, 무림맹의 그 누구도 그것을 알아보는 이는 없었다.

"와, 크다!"

마교총단의 대문 앞이었다.

성곽 같은 담장 사이로 성문처럼 거대하게 자리한 대문과 그 너머로 줄지어 늘어선 전각군을 바라본 소천은 실로 천진난만한 어린아이의 모습 그대로 방방 뛰며 감탄하고 있었다.

제대로 쉬지도 못하고 수만 리를 달려온 지난 여독이 하나도 느껴지지 않는 모습이었다.

풍사가 머쓱한 표정으로 혈영은 바라보며 나직이 물었다.

"원래 저런 성격이었나?"

혈영이 쓰게 입맛을 다시며 대꾸했다.

"그럴 리가, 꾸미는 거야. 다른 사람들에게 자기 또래의 아이처럼 보이고 싶은 거지."

풍사가 웃었다.

"고생깨나 했겠군."

"나?"

"아냐?"

혈영이 어깨를 으쓱했다.

"별로…… 나름 재미있었어. 덕분에 천하대전에서 배제된 것이 조금 아쉽긴 했지만."

풍사가 그건 이해한다는 듯 고개를 끄덕이는 참인데, 마교총단의 거대한 대문이 빠르게 열리며 일단의 무리를 거느린 거대한 체구의 사내가 나와서 그들을 맞이했다.

위지건이었다.

"오셨습니까."

풍사가 물었다.

"대종사께서는?"

"이 시간이면 마황궁에 계실 겁니다."

위지건이 대답하며 물끄러미 소천을 바라보았다.

소천에게 아무런 예도 취하지 않는 그의 태도를 이상하게 보고, 혈영이 물었다.

　"대종사께 무슨 말 못 들었어?"

　위지건이 우둔하게 생긴 모습과 달리 예민하게 혈영의 말을 알아들으며 대답했다.

　"듣지 못하긴요. 다들 알고 있습니다. 직접 모두에게 알려주신 걸요. 남궁세가의 소천이 내 아들이다, 하고. 다만 아이니까 아이로 대하라고 했습니다. 대종사의 아들인 소종사가 아니라 그냥 동료의 아들로 생각하고 말입니다."

　그리곤 소천을 향해 씩, 웃으며 물었다.

　"네가 소천이지?"

　소천이 대답했다.

　"네, 제가 소천이에요."

　"잘 왔다. 나는 위지건이라고 한다. 여기 수문장이지. 앞으로 잘 지내보자."

　"아, 예. 반가워요, 위지건 아저씨."

　두 사람이 대화를 나누는 사이, 혈영은 슬며시 풍사의 곁으로 붙으며 물었다.

　"자네는 몰랐어?"

　풍사가 고개를 저었다.

　"아니."

　"근데, 왜……?"

"나는 싫다고 했어."

"응?"

혈영이 이해할 수 없다는 표정으로 쳐다보자, 풍사가 히죽 웃으며 말했다.

"자율. 군림하되 지배하지 않는다. 대종사의 말씀이셔."

혈영은 쓰게 입맛을 다시며 투덜거렸다.

"이상한 거로 사람을 피곤하게 하시네."

"내 말이."

풍사가 웃는 낯으로 툴툴 대고는 이내 발길을 재촉했다.

"아무튼, 어서 가자고. 내색은 안 하셔도 애타게 기다리고 계셨을 거야."

"그건 또 그렇지."

혈영이 바로 동의하고는 소천을 향해 말했다.

"가자."

소천이 따라나서다가 다시 멈추었다.

앞서 가던 풍사가 발길을 멈추며 혈영을 돌아보고 있었다.

혈영이 어깨를 으쓱하며 말했다.

"자율이라며? 나는 아직 안 정했어."

풍사가 무색해진 표정으로 다시 돌아서서 발길을 재촉했다.

혈영이 새삼 피식 웃고는 소천과 함께 그 뒤를 따라갔다.

마황궁은 마교총단의 중앙에 우뚝 솟은 마황탑이 자리한 드넓은 광장을 앞마당처럼 마주한 거대한 전각이었다.

위지건의 말마따나 설무백은 겉에서 볼 때는 통으로 하나지만 내부는 여덟 층으로 나뉘어져 있는 그 대전의 상층부인 마황청에 수많은 사람들과 함께 있었다.

좌우로 시립한 수십 명의 사람을 굽어보며 태사의에 앉아 있는 그의 모습은 실로 어지간한 사람은 고개조차 바로 들지 못할 정도로 엄청난 존재감을 발휘했다.

그래서였다.

소천은 애늙은이라는 소리를 들을 만큼 영민하고 영악한 아이였으나, 마황청으로 들어서는 순간부터 감히 고개를 들지 못했다.

고개를 들기는커녕 무림맹을 떠나오기 전부터 굳게 다지고 또 다진 그의 심장이 그대로 터져 버릴 것처럼 마구 요동쳐서 호흡마저 가빠지고 있었다.

실로 엄청난 설무백의 존재감은 고사하고, 그보다는 못하지만 그래도 대단하고 엄청난 기도를 풍기는 대청의 모두가 그를 주시하고 있어서 더욱 그랬다.

그렇듯 잔뜩 주눅이 든 소천의 귓가로 풍사와 혈영의 목소리가 들려왔다.

"다녀왔습니다, 대종사."

"그간 적조했습니다, 대종사."

뒤를 이어 다른 목소리가, 바로 마교대종사라는 아머지 설무백의 목소리가 들려왔다.

"수고했다. 별일은 없었고?"

풍사가 대답했다.

"별일 있을 게 뭐가 있습니까."

소천이 아버지 설무백의 목소리를 듣고 절로 움찔하는 참인데, 혈영이 그를 언급했다.

"길이 험해서 소천의 고생이 이만저만 아니었습니다."

소천은 울먹했다.

자신을 대변해 주는 혈영의 말을 듣자, 전에 없이 이상하게 코끝이 찡하며 가슴이 먹먹해져 버렸다.

그때였다.

"아니, 이게 대체 뭐하는 짓이야?"

뾰족한 여인의 목소리가 마황청을 쩌렁하게 울렸다. 그리고 뒤를 이어 다급한 발걸음이 들려오더니 이내 소천을 당겨서 품에 안는 여인이 있었다.

"무백이 너 그렇게 안 봤더니만, 정말 몹쓸 구석이 있는 애구나! 이 어린애를 여기다 이렇게 세워 두고 지금 이게 무슨 짓들이야!"

여인의 품은 포근했다.

기분이 좋아지는 향기로운 냄새도 났다.

소천은 아직 모르고 있지만, 그녀는 바로 설무백의 어머니이자 그의 할머니인 양화였다.

천하의 마황청에 허락도 없이 마음대로 달려 들어와서 감히 마교대종사 설무백에게 악을 쓰며 나무라는 그녀를 그 누구도 제지하지 못하는 것이, 아니, 감히 나설 엄두조차 내지 못하는 것이 바로 그 때문이었다.

"아니, 그게 아니라……!"

"아니긴 뭐가 아니야! 하여간, 사내란 것들은 정말……! 다 관두고, 애는 내가 데려갈 테니, 이따 일찍 들어오기나 해!"

양화는 매섭게 일갈하는 것으로 급히 태사의에서 일어난 설무백의 말문을 막고는 무릎을 꿇고 소천을 보듬어 안았다.

여독에 꼬질꼬질해진 소천의 머리칼과 뺨을 매만지고 쓰다듬어 주며 더 없이 부드럽게 등을 토닥여 주었다.

"내가 네 할미란다. 같이 가자, 아가야. 우리 아가를 이렇게 괄시한 네 아비는 이따가 이 할미가 아주 호되게 나무라줄 테니, 너무 섭섭해하지 말고. 알았지?"

소천은 그간 다른 사람 앞에서는, 하물며 어미인 남궁유화 앞에서도 절대 눈물을 보이지 않는 아이였다.

늘 어린아이답지 않게 조숙하게 굴었고, 때로는 도를 넘어서 애늙은이라는 소리를 들을 정도로 당차게 행동했다.

어머니 때문이었다.

너무 일찍 어머니가 홀로 다른 사람들의 눈치를 보며 자신을 키운다는 사실을 깨달은 그는 무슨 일을 당해도 그러기로 마음먹었고, 여태 한 번도 그 작심을 지키지 않은 적이 없었다.

그러나 지금 이 순간, 소천이 어린 주먹을 움켜쥐며 악착같

천외천의
주인

이 지키던 그 모든 작심이 봇물처럼 와르르 무너졌다.

어렵사리 고개를 들어서 할머니라는 양화의 시선을 마주하고, 다시 용기를 내서 태사의 앞에 서 있는 설무백의 시선과 마주치자 절로 그렇게 되었다.

"으아아앙─!"

아이가 아이로 돌아갔다.

그간 억지로 견디던 모든 것에 대한 섭섭함이, 홀로 참고 억누르던 외로움이 한꺼번에 울분이 되어서 터져 버린 것이다.

"그래그래⋯⋯!"

양화는 품에 머리를 묻고 우는 소천의 등을 토닥이며 새삼 설무백을 노려보았다. 그리고 조심스럽게 소천을 안아들고 서둘러 마황청을 빠져나갔다.

마황청에 잠시 침묵이 흘렀다.

다들 알게 모르게 설무백의 눈치를 보고 있었다.

개중에 고개를 숙이는 사람들은 몇몇 여인들뿐이었는데, 남몰래 숨죽여서 웃고 있는 것으로 보였다.

설무백은 무색하다 못해 붉어진 얼굴로 털썩 태사의에 주저앉으며 물었다.

"이 정도는 해야 멋진 아비로서의 등장이라며?"

태사의에서 가장 가까운 좌측에 줄지어 서 있던 검노와 환사, 천월, 예충 등이 저마다 한마디씩 자책했다.

"안 괜찮았나⋯⋯?"

"조금 과했던 것 같기도……?"

"여기가 너무 어두워서 그랬을지도……?"

태사의에서 가장 가까운 우측에 줄지어 서 있던 독수신옹과 적미사왕 등, 마교의 마왕들이 과연 그런 것 같다는 표정으로 고개를 끄덕이며 저마다 동의했다.

"여기 분위기가 너무…….."

"딱딱하고 음습하긴 하지요, 이곳이."

"여기보다는 광장이 더 좋았을지도…….."

너도나도 무색해진 표정으로 저마다 한마디씩 하는 와중에 설무백이 서 있는 태사의의 뒤에서, 정확히는 그쪽으로 그늘진 설무백의 그림자 속에서 불쑥 빠져나온 요미가 끌끌 혀를 차며 말했다.

"오빠, 그러게 내가 이건 아들 환영식치고는 너무 과하다고 했지?"

그랬다.

지금의 자리는 아들을 처음 맞이하는 아버지의 위상을 돋보이게 하기 위해서 이 자리에 모인 마교와 풍잔의 수뇌들이 머리를 싸맨 고심한 끝에 설무백에게 추천한 자리였다.

소위 아들에게 잘 보이려는 아버지를 위한 작전이었던 것이다.

"에휴, 관두자, 관둬!"

설무백은 한숨을 내쉬며 손을 내저었다.

그러고는 바로 태사의를 내려와서 검노와 독수신옹 등에게 눈총을 주며 마황궁을 나섰다.

"노인네들 말을 믿은 내가 잘못이지! 그만 됐으니까 이제 다들 가서 볼일 봐요!"

마황궁의 모두가 계면쩍은 얼굴로 설무백의 시선을 피했다.

그사이, 요미가 후다닥 달려와서 그의 곁에 붙었으며 생글거렸다.

"그럼 이제 내 말대로, 아니, 우리들 말대로 하는 거지?"

설무백은 잠시 뜸을 들이는 동안에 말석을 차지하고 있던 검영과 독후, 사문지현 등, 대여섯 명의 여인들이 그들의 뒤를 따라붙으며 요미를 거들었다.

"당연히 그래야지."

"뭘 물어. 이제 남은 건 그 방법밖에 없잖아."

설무백은 절로 그녀들의 말에 마음이 동해서 고개를 끄덕였다.

"그래, 그렇게 하지!"

피는 절대 속이지 못하는 법이라며 장황하고 거창하고 화려한 것보다는 단순하고 소소한 것을 선호하는 설무백의 취향을 반영해서 그저 단출한 가족의 저녁식사가 가장 적당하다는 것이 요미를 비롯한 그녀들의 제안이었다.

과연 그녀들의 생각이 옳았다.

설무백은 저녁이 되기 무섭게 아들 소천을 위해서 아버지

설인보와 어머니 양화, 그리고 몇몇 가신들만이 함께하는 단출한 식사 자리를 마련했고, 그것이 소천에게 통했다.

무지막지한 신위와 위엄이 억누르는 자리에서 주눅이 들었던 어린 소천의 마음은 지극히 소소하지만 더 없이 화기애애한 분위기인 그 자리에서 사르르 풀어졌다.

"어머니를 여기로 모셔오면 안 될까요, 아버지?"

설무백은 생전처음 들어 보는 아버지라는 말에 전율과도 같은 감격을 느꼈으나, 애써 내색을 삼가며 조심스럽게 되물었다.

"네 어미가 오지 않겠다고 했다던데?"

"제가 모셔 올게요!"

소천이 당차게 가슴을 두드리며 장담했다.

"어머니는 제 말이라면 뭐든지 다 들어주시거든요!"

"그래 부탁한다, 아들아!"

"예, 문제없어요!"

설무백은 꽤나 오랜 시간 동안 소천과 화기애애한 시간을 보냈고, 참으로 오랜만에 편안하고 안락한 잠을 청할 수 있었다.

물론 그것이 전적으로 소천을 맞이하고 함께한 기분 때문만은 아니었다.

마교의 권좌에 오름으로써 어지러운 난세를 일거에 잠재우는 것은 성공했으나, 또한 그로 인해 새로운 화근이 시작되고 있음을 그는 모르지 않았다.

어쩌면 머지않아 새로운 암흑의 시대가 도래할 수도 있다는 우려마저 들고 있었다.

그도 어쩔 수 없는 무인이기에 그것이 두렵기만 한 것은 아니었지만, 못내 신경이 쓰이는 것은 엄연한 사실인지라 그간 두문불출, 풍잔의 전력을 동원하면서까지 마교의 체계를 정비하고, 흐트러진 기강을 바로잡느라 반년이라는 시간을 소모할 수밖에 없었다.

요컨대 이제야 어느 정도 휴식을 취할 수 있는 날을 맞이했고, 그동안 내내 가슴을 무겁게 했던 소천과의 관계도 원만히 해결한 까닭에 실로 오랜만에 편히 잠들 수 있었던 것이다.

무력(武歷) 1079년, 자미성(紫微星)을 침범했던 천랑성(天狼星)의 기운이 완전히 사라지고, 밤하늘 높이 뜬 만월(滿月)이 온 세상을 따스하게 비추는 밤이었다.

천하대전을 승리로 이끌고 마교의 권좌에 앉은 대종사 설무백은 편히 잠든 아들을 뒤로하고 다섯 미인의 배웅을 받으며 들어선 침실에서 환생한 이후 처음으로 편안한 숙면에 들었다.

어머니 품처럼 포근한 숙면이었다.

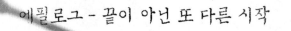
에필로그 – 끝이 아닌 또 다른 시작

삐뽀삐뽀-!

두 번 다시없을 것처럼 포근한 숙면에 빠졌던 설무백은 난생 처음 들어 보는 괴상한 소음 속에서 눈을 떴다.

응?

무슨 소리지?

여기는 어디야?

아, 어제 식구들과 저녁식사를 하고 소천과 노닥이다가 소천을 재우고 내 방으로 와서 잠들었지 참.

어라?

근데, 여기는 내 방이 아니잖아?

설무백은 눈 한 번 깜빡이는 사이, 자신의 실태가 파악되고,

다시 한번 더 눈을 깜빡이자 선잠을 깬 사람답지 않게 멀쩡한 정신이 되어서 실로 꿈처럼 낯선 주변의 상황이 일목요연하게 파악되었다.

꿈처럼 낯선 상황이었으나, 분명 꿈은 아니었다.

지금 그는 마차처럼 빠르게 달리는 밀폐된 공간에 자리한 좁은 침상에 누워 있는 상태였다.

곁에는 하얀 제복을 입은 중년사내 하나와 마찬가지로 하얀 제복인 여인 하나가 있었는데, 저마다 반딧불처럼 요상한 불빛이 다닥다닥 붙은 상자를 살피느라 그가 깨어난 것도 모르고 있었다. 그러다가 중년사내가 그와 시선을 마주치고는 깜짝 놀랐다.

"아, 깨어나셨군요!"

몰랐는데, 설무백의 팔에는 작은 호수가 매달린 바늘이 꽂혀 있었다.

중년사내가 급히 그것과 연결된 작은 줄 끝에서 대롱거리는 병을 확인하며 옆에 붙은 작은 쪽문을 열고 건너편을 향해 말했다.

"깨어나셨는데, 아직 멀었어?"

쪽문 너머에서 누군가 대답했다.

"이제 다 왔습니다!"

동시에 특이한 물건이 사방에 가득한 마차가 크게 회전했고, 이내 멈추었다.

그리고 설무백의 발치에 있는 벽이 좌우로 활짝 열리며 곁에 있던 중년사내와 여인처럼 하얀 제복을 입은 사내들과 여인들이 우르르 모습을 드러냈다.

"무려 오 분이나 심정지 상태였습니다. 안심할 수 없으니, 우선 여기 응급실에서 추이를 지켜보셔야 합니다. 이미 다 조치해 두었으니, 조금 번거로우시더라도 참아 주십시오."

중년사내가 양쪽 귀에 꽂은 줄에 매달린 작은 나팔 같은 것으로 그의 가슴에 이리저리 대보며 건네는 말이었다.

그다음에 그가 누워 있는 작은 침상이 좌우로 열린 발치의 문 밖으로 밀려나가고 밖에 있던 사람들이 우르르 다가와서 침상을 잡았다.

드르르르─!

침상은 바닥에 무언가 기관 장치가 되어 있는 것 같았다.

사람들이 들지 않았음에도 절로 생겨난 다리가 바닥에 닿으며 미끄러지듯 이동하고 있었다.

설무백은 그사이에 보았다.

놀랍게도 그가 타고 있던 마차에는 말이 묶여 있지 않았다.

어자석으로 보이는 앞쪽도 밀폐된 공간이었고, 두 사람이 앉아 있었으나, 그들은 말의 고삐 대신에 둥근 바퀴 같은 것을 잡고 있었다.

그러나 그보다 더 놀랍고 당황스러운 것은 밖으로 나오기 무섭게 그의 시야에 들어온 세상이었다.

하늘을 찌를 듯이 높이 솟아오른 사각의 건물들이 사방에 즐비하게 늘어서 있었다. 또한 백색의 제복을 입은 무리 너머에 줄지어 시립해 있는 사람들은 그가 살면서 한 번도 본 적이 없는 신기한 복색이었다.

시커먼 색의 제복을 입은 사내들의 좁은 소매, 각진 어깨선은 그렇다 쳐도, 가슴의 내밀한 골을 드러내고 있는데다가 짧은 치마로 허벅지까지 훤히 내놓은 여인들의 복색은 실로 낯부끄러운 행색이 아닐 수 없었다.

게다가 가관이게도 검은 제복의 사내들은 왜 다들 하나같이 개목걸이처럼 목을 조인 줄을 늘어트리고 있는 것일까?

"설마 또……?"

설마가 아니었다.

설무백은 이제야말로 지금 자신이 또 다른 시간, 전혀 다른 차원의 세계로 환생한 것임을 인지하며 넋을 놓았다.

그러는 사이에도 그의 주변은 실로 정신없이 부산하게 돌아갔다.

"어서 빨리 응급실로!"

"지금 응급실에는 자리가 없습니다만?"

"너 뭐야? 누가 그쪽 응급실로 가래? VIP실 말이야, VIP실!"

"아, 예!"

대여섯 명의 사내들은 설무백이 누워 있는 움직이는 침상을 밀고 무언가 유리로 만들어진 문을 통해서 실내로 들어갔다.

극상의 야명주를 깎아서 만든 것처럼 생긴 사각의 불빛이 줄지어 박혀 있는 천장이 설무백의 눈부시게 했다.

그 불빛들이 빠르게 그의 발치로 밀려 나가고, 그가 누운 움직이는 침상은 이내 다시 사각의 밀폐된 공간으로 들어섰다.

그러자 밀폐된 공간이 통째로 움직였다.

느낌으로 봐서는 하늘로 솟구치는 것 같았는데, 이내 멈추며 저절로 문이 열렸다.

실로 놀랍기 짝이 없는 기관이었다.

자동문을 통해 밀폐된 공간을 벗어난 움직이는 침상은 다시금 천장이 온통 휘황한 불빛으로 가득한 복도로 나왔다.

거기에도 백색의 제복을 입은 사내들이 대기하고 있었는데, 그렇게 더 늘어난 인원이 그가 누워 있는 움직이는 침상을 밀고 또 뒤따르며 복도를 가로질렀다.

설무백은 그사이 복도를 오가다가 벽에 붙어서 길을 내준 하얀 제복의 여인들이 나누는 대화를 들을 수 있었다.

자기들끼리 나직이 속삭이며 나누는 대화였으나, 그의 귀에는 또렷이 들려왔다.

"저 사람이 누군데 저리 병원장까지 나서서 호들갑인 거야?"

"어라, 모르니 너? 저 사람 제야그룹 막내아들이잖아."

"아, 그 정신이 오락가락 한다는 제야그룹의 망나니가 저 사람이야?"

"쉿! 미쳤어! 조용히 해! 여기 제선종합병원이 제야그룹 산하라는 거 몰라서 그래!"

"뭐 어때? 없는 곳에서는 대통령도 욕하는 세상인데. 그리고 망나니를 망나니라고 하지 그럼 뭐라고 부르냐? 너는 뉴스도 안 보냐? 이제 겨우 고삐리인 주제에 모델들하고 약 파티를 벌이다가 걸려서 실형을 받는 바람에 퇴학을 당하고 유학조차 못 가는 애라잖아, 쟤가."

"모르는 건 내가 아니라 너 같다. 그거 함정에 빠진 거야. 제야그룹 입김에 다들 쉬쉬해서 그렇지, 그거 모르는 사람 거의 없어."

"정말이야?"

"정말이지 않고. 제야그룹 상속 싸움 유명하잖아."

"아, 그렇구나……."

여인들의 대화가 희미하게 멀어졌다.

그사이, 설무백이 누운 움직이는 침상은 방향을 꺾어서 새로운 복도로 들어서고 있었다.

설무백은 실로 버겁도록 혼란스러운 마음을 다잡으며 가볍게 심호흡했다. 젖먹이 갓난아이였을 때도 수용하고, 견디고, 이겨 낸 적이 있는 상황이었다.

실로 한 번도 접해 보지 못한 낯선 세계라 혼란스러움이 더하긴 하지만, 수용하지 못할 것도, 이겨 내지 못할 것도 없었다.

'중원의 언어가 아닌 것을 보면 다른 나라인 것만큼은 분명한데…… 대체 내가 지금 어떻게 저들의 말을 알아듣는 거지?'

아주 낯설지는 않았다.

기억은 나지 않지만 분명히 언젠가 들어 본 있었다.

그러다가 문득 생각났다.

'싸울아비!'

그랬다.

과거 갓난아이로 환생했을 당시 해동의 땅이라는 해구(강화도의 옛날 지명)에서 들어 본 언어였다.

'그럼 여기도 해구⋯⋯?'

그때 말이 끌지 않은 마차에서부터 곁을 따르던 중년인이 그에게 말했다.

"이제 곧 서울의 제야종합병원에서 보낸 헬기가 도착할 겁니다. 정밀 진단은 그쪽에서 받을 예정이니, 답답하시더라도 조금만 참으십시오, 도련님."

설무백은 그저 침묵을 유지한 채 자신의 몸 상태를 살폈다.

딱히 아픈 곳도 없고, 불편함이나 거부감이 느껴지지도 않았다.

무슨 상황이었는지는 몰라도, 혼절했다가 깨어난 것이라고 했는데, 전신 어디에도 이상이 느껴지기는커녕 더 없이 멀쩡했다.

'그때도 그랬지.'

손이 으스러지고 심장에 칼이 박혔던 전생에서 아니, 그 이전의 전생에서 갓난아이로 환생했을 때도 그랬다.

어디 하나 다치거나 아픈 구석 없이 멀쩡한 상태로 깨어났었다.

'대신 전생의 기억만 가지고 있었을 뿐, 모든 무공이 사라졌지!'

혹시 지금도 그럴까?

움직이는 침상이 절로 열리는 문을 통해서 어느 공간으로 들어서는 순간이었다.

설무백은 부지불식간에 벌떡 상체를 일으켰다.

"앗! 도련님!"

중년사내가 화들짝 놀랐다.

움직이는 침상을 밀던 다른 사람들도 기겁하며 멈추었다.

설무백은 그에 아랑곳하지 않고 내공을 운기하며 슬며시 한 쪽 손을 들어서 주먹을 쥐어 보았다.

무한한 내력이 일어났다.

노도처럼 단전을 벗어난 진기가 사지백해를 돌며 그의 주먹으로 집결했다.

우우우우웅—!

주변의 공기가 크게 요동치며 우렁우렁 울었다.

바닥이, 벽면이, 천장이, 건물 전체가 지진을 만난 것처럼 진동하는 가운데, 움켜쥔 그의 주먹이 하늘의 태양이 담금질한 대지의 아지랑이처럼 이글거렸다.

불같이 일어난 투명한 서기가 그의 전신을 휘감고 있었다.

무지막지한 내공의 발현!

주변의 모든 사람이 실로 기겁해서 자세를 낮추며 주변을 두리번거리는 가운데…….

설무백은 본의 아니게 무심한 눈빛, 무감동한 표정으로 입꼬리를 말아 올렸다.

피식!

《천외천의 주인》마칩니다

꿈의 도약, 로크에서 하십시오
(주)로크미디어에서 신인 작가를 모십니다

즐거운 세상, 로크미디어는 꿈을 사랑하고 도전을 두려워하지 않는 작가 분들의 참신한 작품을 기다리고 있습니다. 21세기 장르 문학계를 이끌어 갈 차세대 선두 주자 (주)로크미디어에서 여러분의 나래를 활짝 펴 보시길 바랍니다.

모집 분야 판타지와 무협을 포함한 장르 문학
모집 대상 아마추어 작가, 인터넷 작가
모집 기한 수시 모집
작품 접수 시 유의 사항
    1. 파일명은 작가명_작품명.hwp형식을 갖춰 주십시오.
    1. 파일에 들어갈 내용은 다음과 같습니다.
       — 성명(필명인 경우 실명을 밝혀 주세요), 연락처, 이메일 주소
       — 제목, 기획 의도
       — A4용지 1장 분량의 등장인물 소개
       — A4용지 2장 분량의 전체 줄거리
       — 본문
    1. 작품이 인터넷에 연재되고 있다면, 게시판명과 사이트의 구체적이고 정확한 주소를 기재해 주십시오.

선택된 작품은 정식 계약 후 출판물로 간행되어 전국 서점에 유통됩니다.
작가 분은 (주)로크미디어의 전폭적인 지원하에 전속 작가로 활동하시게 됩니다.
※ 자세한 내용은 로크미디어 홈페이지(rokmedia.com)를 참조하세요.

(04167)서울시 마포구 마포대로 45 일진빌딩 6층
(주)로크미디어 편집부 신간 기획 담당자 앞
전화 : 02) 3273-5135
www.rokmedia.com   이메일 : rokmedia@empas.com